사랑하기 때문에

사랑하기 때문에

Parce que je t'aime

기욤 뮈소 장편소설
Guillaume Musso

전미연 옮김

밝은세상

사랑하기 때문에

초판 1쇄 발행일 2007년 12월 3일 | **2판 1쇄 발행일** 2024년 5월 27일

지은이 기욤 뮈소 | **옮긴이** 전미연 | **펴낸이** 김석원 | **펴낸곳** 도서출판 밝은세상

출판등록 1990. 10. 5 (제 10 – 427호) | **주 소** (10881) 경기도 파주시 문발로 119, 202호

전 화 031-955-8101 | **팩 스** 031-955-8110 | **메일** wsesanghanmail.net

블로그 blog.naver.com/balgunsesang8101 | **인스타그램** www.instagram.com/wsesang

ISBN 978-89-8437-483-6 (03860) | **값** 17,500원

잘못된 책은 구입한 곳에서 교환해 드립니다.

현실의 부당함을, 현실이 인간의 갈망·욕구·꿈을

충분히 만족시켜줄 수는 없다는 사실을

이해시키는 데 소설만 한 것은 없다.

_마리오 바르가스 요사

일러두기 각주는 모두 옮긴이 주입니다.

1. 이야기가 시작되던 날 밤

우리는 인생에서 가장 중요한 교차로들에 신호등이 없다는 사실에 익숙해져야 한다.
_어니스트 헤밍웨이

2006년 12월, 크리스마스 날 저녁, 맨해튼 한복판

아침부터 퍼붓기 시작한 눈은 저녁인 지금까지도 쉴 새 없이 내렸다. 뉴욕의 건물들은 여전히 현란한 조명을 밝히고 있었지만 추위로 꽁꽁 얼어붙은 거리를 오가는 인파는 현저히 줄어들었다.

드문드문 눈 더미가 쌓이고 계속 떡가루 같은 눈이 펑펑 쏟아지고 있어 차량 운행이 어려운 탓인지 크리스마스 저녁치고 교통량은 그다지 많지 않았다.

매디슨가와 32번가가 만나는 지점에 여러 대의 리무진이 몰려들었다. 리무진은 르네상스 스타일로 지은 모건 도서관 앞 광장에 사람들을 쏟아놓았다. 뉴욕에서 최고 권위를 자랑하는 문화재단인 모건 도서관은 오늘로 설립 100주년을 맞았다.

웅장한 계단 위쪽은 턱시도와 화려한 드레스, 모피 코트, 각종 보석

들로 몸을 치장한 사람들로 그득했다. 사람들은 한결같이 도서관과 이어지는 파빌리온으로 총총히 발걸음을 옮기고 있었다. 강철과 유리만 사용해 축조한 이 현대적 건물 덕분에 도서관 전체가 21세기적인 조화미를 풍겼다.

파빌리온 꼭대기 층의 긴 복도 끝에 위치한 넓은 방에는 문화재단이 자랑하는 소장품이 전시되어 있었다. 구텐베르크의 성경, 채식(彩飾)을 한 중세 육필 원고들, 렘브란트·레오나르도 다빈치·반 고흐의 그림들, 볼테르와 아인슈타인이 쓴 편지들, 심지어 밥 딜런이 〈바람만이 알고 있어〉의 가사를 적었던 종이 냅킨도 전시돼 있었다.

서서히 장내가 정돈되고, 뒤늦게 도착한 사람들은 서둘러 좌석을 찾아 앉았다. 오늘 저녁에는 특별히 도서관의 열람실 일부를 연주 공간으로 단장했다. 오늘 도서관을 찾은 사람들은 유명한 바이올리니스트 니콜 해서웨이가 연주하는 모차르트 소나타와 브람스 소나타를 감상할 수 있게 되었다.

니콜이 청중들의 박수갈채를 받으며 무대로 올라섰다. 그녀는 세련된 외모에 사려 깊은 눈빛을 가진 삼십 대 여성이었다. 그레이스 켈리 스타일로 틀어 올린 머리는 마치 알프레드 히치콕 영화에 등장하는 여주인공을 연상시켰다.

니콜은 국제무대에서 여러 번 호평받으며 유명 오케스트라와도 몇 차례 협연을 가졌다. 열여섯 살 때 첫 음반을 녹음한 이래 권위 있는 상도 여러 차례 수상했다.

5년 전, 니콜의 삶을 송두리째 뒤흔드는 사건이 발생했다. 각종 언론 매체에서 대대적으로 이 사건을 보도하면서 니콜은 음악 애호가들뿐만 아니라 일반인들에게도 이름이 널리 알려지게 되었다.

니콜이 청중들에게 인사한 뒤 바이올린을 들어 올려 연주 자세를 취했다. 그녀의 고전적인 미모는 귀족풍의 품위 있는 건물과 완벽한 조화를 이루었다. 고대 조각들과 르네상스 시대의 고서가 비치된 열람실은 마치 그녀가 원래부터 있어야 할 자리라도 되는 듯했다.

이내 니콜의 활이 대담하면서도 기품 있는 움직임으로 현들과의 소통을 시작했다. 멋진 조화를 이룬 화음이 연주 내내 이어졌다. 도서관 밖 어둠 속에서는 여전히 눈이 펑펑 쏟아지고 있었지만 건물 안은 안락하고 화려하고 고상한 별세계였다.

*

도서관에서 5미터쯤 떨어진 그랜드센트럴역 부근 하수구 뚜껑이 천천히 열리더니 헙수룩한 남자가 얼굴을 쑥 내밀었다. 눈은 제대로 초점이 잡히지 않았고, 얼굴에는 여기저기 상처가 나 있어 성한 곳이 보이지 않았다.

팔에 안고 있던 검은색 래브라도 강아지를 내려놓은 남자가 힘겹게 하수구 밖으로 몸을 빼내더니 눈이 내리는 인도 위로 올라섰다. 차에 치일 듯 말 듯 비틀거리며 도로를 횡단하는 남자를 향해 클랙슨 소리가 요란하게 쏟아졌다.

　보행자들은 깡마르고 헐끔한 행색에 여기저기 해지고 지저분한 코트를 입은 노숙자를 저만큼 피해 지나갔다. 노숙자는 자신이 사람들에게 기피 대상이 되고 있다는 사실을 모르지 않았다. 때와 오줌, 땀에 찌든 그의 몸에서는 퀴퀴하고 고약한 냄새가 물씬 풍겨났다.

　남자는 이제 겨우 서른다섯 살이었지만 겉으로 보자면 족히 오십 살은 되어 보였다. 불과 몇 년 전까지만 해도 안정된 직업이 있었고, 아름다운 아내와 귀여운 자식과 함께 꾸려가는 단란한 가정이 있었지만 이젠 모두 지난 이야기일 뿐이었다. 그는 이제 거리를 떠도는 그림자, 누더기를 걸치고 횡설수설 지껄여대는 유령 같은 존재에 지나지 않았다. 걷기조차 힘겨운 듯 그는 허정허정 휘우뚱거리는 걸음으로 어렵사리 발길을 떼어놓았다.

　오늘이 무슨 요일이지? 몇 시? 몇 월?

　그는 아무것도 알 수 없었고, 머릿속은 온통 뒤죽박죽이었다. 눈앞에서 비치는 도시의 불빛들도 점차 희미해지는 듯했다. 바람에 떠밀려온 눈송이들이 면도날처럼 날카롭게 얼굴을 할퀴고 지나갔다.

　발은 꽁꽁 얼어붙었고, 텅 비어버린 위는 죽을 듯이 아팠고, 뼈는 금방이라도 으스러질 듯 쑤셔댔다.

　세상을 등지고 도시의 내장 속으로 숨어들어 살기 시작한 지도 벌써 2년이나 되었다. 수천 명의 다른 노숙자들처럼 그 역시 매일이다시피 지하철과 하수구, 철도의 창자 속에서 몸을 눕힐 만한 장소를 찾아 헤매야만 했다. 하지만 선량한 보통 시민들과 뉴욕을 찾는 관광객들은 염려 놓으시라. 시 당국에서 노숙자들에 대한 강력 단속을 펼쳐 맨해튼 거리 구석구석을 깨끗하게 청소해놓았으니…….

휘황찬란한 마천루 밑, 거미줄처럼 연결된 거대한 터널 속에는 인생 낙오자들이 집단적으로 기거하는 또 다른 뉴욕이 펼쳐져 있었다. 터널 속은 경찰의 단속에 밀려 밑바닥으로 내동댕이쳐진 수천 명의 '인간 두더지들'이 쥐와 온갖 배설물들에 섞인 채 어렵사리 목숨을 이어가는 공간이었다.

노숙자는 호주머니를 뒤져 싸구려 술병을 꺼냈다. 당연히 마실 생각이었다. 술을 마시는 것 말고 달리 무엇을 할 수 있겠는가?

한 모금, 또 한 모금.

추위와 공포, 불결함을 잊기 위해.

예전의 안온했던 삶을 기억에서 깡그리 지워버리기 위해.

*

니콜의 마지막 활시위가 끝났다. 이내 고요한 침묵이 청중들 사이를 휘돌았다. 그 자체가 모차르트적이어서 유명해진 침묵은 이내 우레와 같은 박수갈채에 파묻혔다.

꽃다발을 받아든 니콜은 청중들에게 목례를 한 다음 실내를 가로지르며 지나갔다. 끝도 없을 것 같은 찬사가 쏟아졌지만 정작 그녀는 청중들의 열렬한 반응 따위는 안중에도 없었다. 그녀가 냉정하게 자평하자면 오늘 연주는 만족스럽지 못했다. 완벽한 기교와 넘치는 힘이 어우러지긴 했어도 내면의 울림이 빠진 연주였다.

니콜은 무덤덤한 표정으로 손을 내미는 몇 사람과 악수를 나누고는 샴페인을 한 모금 삼켰다. 그녀는 한시바삐 자리를 뜰 생각이었다.

"집에 가고 싶어?"

니콜이 목소리가 나는 쪽으로 천천히 고개를 돌렸다. 에릭이 마티니 잔을 손에 든 채 미소를 지어 보였다. 그녀는 몇 달 전부터 비즈니스 전문 변호사인 에릭과 교제해왔다. 에릭은 필요한 순간에 언제나 그녀 곁에 있어 주었다.

"머리가 빙빙 돌아. 어서 집에 데려다줘."

예상했던 대답이라는 듯, 에릭이 미리 휴대품 보관소에서 찾아다 놓은 그녀의 회색 플란넬 코트를 건넸다.

니콜은 코트를 걸치고 옷깃을 여미었다. 축하 파티는 이제 막 절정에 이르고 있었지만 두 사람은 손님들에게 간단한 작별 인사를 건넨 뒤 웅장한 대리석 계단을 걸어 내려왔다.

"택시를 불러줄 테니 타고 가. 난 사무실에 가서 내 차를 가지고 뒤따라갈게."

홀에 내려왔을 때 에릭이 말했다.

"나도 같이 가. 기껏해야 5분 거리잖아."

"말도 안 되는 소리. 걷기에는 날씨가 너무 고약해."

"아니야, 좀 걸으면서 시원한 공기를 마시고 싶어."

"여긴 우범지대야. 괜히 강도라도 만나면 어쩌려고?"

"고작 300미터쯤 걸어가는 게 언제부터 그렇게 위험한 일이었는데? 게다가 오늘은 당신도 옆에 있잖아."

그들은 살을 에는 추위 속에서 종종걸음을 치며 5번가까지 걸어갔다. 도로 상황이 나빠서인지 지나다니는 차는 많지 않았다. 눈은 여전히 펑펑 쏟아져 바닥에 쌓이고 있었다.

에릭의 차를 주차해놓은 브라이언 공원 뒤편까지는 불과 100미터쯤 남아 있었다. 날씨가 화창한 날에는 공원에서 해바라기를 하거나 소풍을 즐기거나 분수대 옆 벤치에서 체스를 두는 사람들이 많았다. 평소에는 상쾌한 느낌을 주는 공원이었지만 오늘 저녁은 캄캄한 어둠 속에 잠겨 왠지 황량하고 음산한 느낌을 풍겼다.

"돈 내놔!"

갑자기 나타난 강도가 칼로 위협을 가하는 바람에 니콜은 외마디 비명을 질렀다. 강도는 번쩍거리는 칼날을 그녀의 눈앞에 바짝 들이댔다.

"어서 내놓지 못해!"

강도가 위협적으로 칼을 겨누며 그녀를 윽박질렀다. 육중한 체구의 사내였다. 무릎까지 내려오는 칙칙한 윈드브레이커에서 스킨헤드가 불쑥 빠져나왔다. 단추 구멍만 한 눈은 번득이는 광채를 띠고 있었고, 얼굴에 세로로 길게 새겨진 칼자국이 말할 수 없이 섬뜩한 느낌을 주었다.

"어서!"

"네! 네!"

에릭이 브라이틀링 지갑을 꺼내 손에 들고 있던 휴대폰과 함께 강도에게 건넸다.

지갑과 휴대폰을 낚아챈 사내가 이번에는 니콜의 가방과 바이올린 케이스를 뺏기 위해 다가섰다.

니콜은 두려움을 내색하지 않으려고 애썼지만 강도의 눈을 똑바로 쳐다볼 수가 없어 결국 두 눈을 감아버리고 말았다. 강도의 손이 그녀의 목에 걸린 진주 목걸이를 잡아채는 동안 그녀는 마음속으로 알파벳을 거꾸로 외우기 시작했다.

ZYXWVU…….

두려움을 물리치기 위한 궁여지책이었다.

돈과 휴대폰, 보석을 수중에 넣었으니 금방 가겠지. 나를 죽인다고 달라질 건 없을 테니까.

한참 있다가 눈을 떴는데도 강도는 여전히 사라지지 않고 있었다. 도리어 손에 든 칼을 당장이라도 휘두를 태세였다.

에릭은 그녀를 향해 칼이 날아오는 순간에도 몸을 덜덜 떨기만 할 뿐 아무런 도움이 되지 못했다.

그녀에게 에릭의 행동이 왜 전혀 놀랍지 않았을까?

강도의 칼을 피할 방법이 없었다. 그녀는 마치 방관자처럼 목을 향해 날아오는 칼날을 멍하니 바라보며 서 있었다.

내 인생이 이렇게 끝나는 건가?

전도유망했던 데뷔 시절, 화려한 전성기, 뒤이어 찾아온 추락, 아무런 예고도 없이 찾아온 죽음……. 갑자기 비극의 여주인공이 되어버린 듯한 절망감이 온몸을 엄습해왔다.

사람들은 죽는 순간에 인생에서의 결정적인 순간들이 퀵 모션으로 스쳐간다고들 이야기한다. 지금 이 순간, 니콜의 뇌리에 떠오른 장면은 딱 하나밖에 없었다. 끝없이 펼쳐진 모래사장에서 그녀를 향해 손을 흔드는 두 사람의 얼굴이었다. 그녀가 유일하게 사랑했던 남자, 그리고 그녀가 보호해주지 못해 잃어버린 딸…….

난 곧 죽겠지? 아니야. 아직은 아닐지도 몰라. 한데 어떻게 된 일이지?

누군가 갑자기 나타나는 바람에 어느새 상황이 돌변해 있었다.

노숙자였다. 처음에는 강도가 한 명 더 있나보다고 생각했던 니콜은 웬 노숙자가 자신을 구하기 위해 싸우고 있다는 사실을 깨달았다. 강도와 맞서 싸우던 노숙자가 어깨에 칼을 맞고 쓰러졌다. 부상을 당하고도 재빨리 몸을 일으켜 세운 노숙자가 다시 강도를 향해 달려들었다. 강도가 맹렬한 기세로 달려드는 그에게 이내 무기를 빼앗기며 강탈한 물건도 바닥에 떨어뜨렸다. 다시 격렬한 육탄전이 벌어졌다.

끝내 밀리지 않고 우위를 점하던 노숙자가 거무튀튀한 래브라도 강아지의 도움을 받아 결국 강도를 물리쳤다. 그러나 그 역시 상처가 깊어 보였다. 기력을 모두 소진한 노숙자가 급기야 눈길 위에 얼굴을 박은 채 쓰러졌다.

니콜은 노숙자를 향해 급히 달려가느라 에나멜 샌들 한쪽이 벗겨졌지만 아랑곳하지 않았다. 그녀는 생명의 은인인 노숙자의 머리맡에 무릎을 꿇고 앉았다. 하얀 눈 위로 흘러내리고 있는 핏자국이 선연했다.

노숙자는 왜 그녀 때문에 목숨을 거는 위험을 감수했을까?

"고마움도 표시할 겸 한 20달러쯤 쥐어줘서 보내는 게 어때?"

에릭이 눈 속에 떨어진 지갑과 휴대폰을 집어 들며 말했다. 모든 위험이 사라지고 난 지금, 잔뜩 겁에 질렸던 변호사는 어느새 이전의 품위를 되찾은 듯했다.

니콜이 경멸 어린 시선으로 그를 뚫어지게 쳐다보았다.

"당신 눈에는 사람이 다친 게 안 보여?"

"경찰을 부를까?"

"경찰을 부를 게 아니라 구급차를 불러야지. 이제 알겠어?"

니콜은 안간힘을 다해 노숙자의 몸을 똑바로 돌려 눕히고 나서 아직도 피가 철철 흐르고 있는 어깨의 상처를 걱정스레 쳐다보았다. 그제야 그녀는 턱수염이 빼곡하게 덮인 노숙자의 얼굴을 제대로 확인했다. 처음에는 미처 알아보지 못했지만 그의 열에 들뜬 두 눈과 마주치는 순간 그녀의 눈망울은 점점 놀라움으로 가득 찼다.

니콜은 자신의 내부에서 뭔가 깨지는 듯한 느낌이 들었다. 후끈한 열기가 몸속으로 물결치듯 파고들었다. 고통인지 안도감인지 정체를 알 수 없는 느낌이었다. 화상인지, 밤새 생겨난 희망의 불씨인지도 알 수 없었다. 고개를 숙인 그녀는 노숙자의 얼굴을 가까이서 들여다보았다.

"지금 뭐하는 거야?"

에릭이 걱정스럽다는 듯이 물었다.

"전화 끊고, 어서 가서 당신 차나 가져와."

니콜이 몸을 일으키며 명령하듯 말했다.

"왜?"

"이 남자, 내가 아는 사람이야."

"어떻게, 당신이 이 사람을 안다는 거야?"

"잔말 말고 이 사람을 우리 집으로 데려갈 수 있게 도와줘."

니콜이 그의 질문을 무시하며 말했다.

에릭이 고개를 가로저으며 한숨을 내쉬었다.

"빌어먹을! 대체 이 남자가 누군데 그래?"

허공을 바라보며 한참 동안 말이 없던 니콜이 마침내 나지막한 목소리로 대답했다.

"마크, 내 남편."

2. 실종자

사랑할 때처럼 고통에 무방비 상태인 때는 없다.
_ G. 프로이트

강 건너 브루클린, 작은 탑들과 가고일*로 장식된 빅토리아풍 아담한 집의 안온한 실내에서는 벽난로의 장작불이 타닥타닥 소리를 내며 활활 타올랐다.

다리에 두꺼운 담요를 둘둘 감은 마크 해서웨이는 여전히 의식을 잃은 채 소파에 누워있었다.

수잔 킹스턴 박사가 봉합 시술을 막 끝낸 참이었다.

"그나마 다행이야. 상처가 경미해서."

수잔이 수술 장갑을 벗으며 말했다.

"다만 우려되는 건 전반적인 건강 상태야. 기관지염이 심하고, 혈종과 동상이 겹쳐 온몸에 성한 구석이 없어."

저녁에 가족끼리 둘러앉아 크리스마스 푸딩을 먹고 있던 수잔은 이

*유럽의 교회 지붕에 설치된 괴물상

옷에 사는 니콜 해서웨이로부터 남편이 다쳤으니 제발 와달라는 부탁을 받았다. 그녀는 조금도 주저하지 않고 달려왔다. 니콜 부부와 그들 부부는 서로 잘 아는 사이였다. 5년 전 비극적인 사건이 발생하기 전만 해도 두 부부는 서로 친하게 지내며 자주 외출도 함께했었다. 그들은 파크 슬로프에 있는 이탈리아 레스토랑들을 순례하듯 방문했고, 브루클린 하이트의 골동품 가게들을 뒤지고 다니며 맘에 드는 물건을 사모으기도 했다. 주말이면 프로스펙트 파크 공원의 드넓은 잔디밭에서 함께 달리기를 즐기곤 했다. 하지만 지금은 비현실적인 느낌이 들 만큼 아득한 지난날 이야기였다.

마크를 찬찬히 살펴보던 수잔이 어이없다는 듯이 물었다.

"마크가 길거리에서 산다는 걸 알고 있었어?"

대답이 궁해진 니콜은 고개만 가로저었다.

2년 전 어느 날 아침, 마크는 집을 떠나겠다고 말했다. 이대로는 도저히 못 살겠다고, 더 이상 버틸 힘이 없다고 했다.

니콜은 그를 붙잡기 위해 최선을 다했다. 그러나 최선을 다해도 불가능한 일은 있다. 그 후 마크의 소식을 전혀 듣지 못한 채 살아왔다.

"안정제와 항생제를 투여했으니까 푹 자게 내버려둬."

수잔이 떠날 채비를 하며 말했다.

니콜이 그녀를 문까지 배웅했다.

"내일 아침에 다시 들를게. 그런데……."

수잔은 스스로 부끄럽기도 하고, 상대에게 얼마나 끔찍하게 들릴지 생각하면서 차마 말을 잇지 못했다.

"……남편을 다시 거리로 내보내면 안 돼. 그러면 진짜 죽을 수도 있어."

수잔이 가까스로 말을 맺었다.

"이제 어떡한다?"

"뭘?"

"어떻게 처리해야 하지? 당신 남편 말이야?"

위스키 잔을 손에 든 변호사가 안절부절못하며 부엌을 서성거렸다. 그를 쳐다보는 니콜의 눈에 실망과 혐오감이 어렸다.

대체 내가 이런 작자와 일 년 동안이나 무얼 했을까? 어떻게 이런 작자를 내 인생의 한 부분으로 받아들였지? 그동안 왜 이 따위 남자에게 의지했지?

"이제 가버려."

니콜이 웅얼웅얼 말했다.

에릭이 고개를 가로저었다.

"당신을 혼자 내버려두고 갈 수는 없잖아."

"내 목에 칼이 들어오는데도 서슴없이 내팽개쳤던 사람이 새삼 무슨 소리야!"

에릭의 얼굴이 수치심 때문에 돌처럼 굳어졌다. 시간이 조금 흐르고 나서야 그의 입에서 변명이 쏟아졌다.

"너무 순식간에 벌어진 일이라 나로서도……."

변명을 늘어놓던 그가 니콜의 표정을 살피며 입을 닫았다.

"가버리라니까, 당장!"

니콜이 차갑게 말했다.

"당신이 원한다면……. 내일 전화할게."

에릭이 문을 열고 사라졌다.

니콜은 그를 쫓아버린 것에 안도하며 거실로 돌아왔다. 불을 모두 끈 그녀는 소파를 끌어당겨 살그머니 마크 옆으로 다가앉았다.

장작불이 발산하는 오렌지색 불빛이 은은하게 비치는 거실은 안온함 속에 잠겨 있었다. 당혹스러운 하루에 지친 니콜이 살포시 남편의 손을 포개 잡으며 눈을 감았다.

지난날, 이 집에서 우리는 얼마나 행복했던가!

마음에 드는 집을 찾아내고 함께 기쁨에 들떴던 날이 떠올랐다. 19세기 말에 지어진 갈색 벽돌 건물로, 예쁜 정원이 딸린 집이었다. 10년 전, 아이가 태어나기 직전에 이 집을 구입했다. 시끄러운 맨해튼보다는 조용한 곳에서 아이를 키우고 싶어 했던 그들 부부는 결국 원하던 집을 찾아냈다.

책장 선반에 놓인 몇 장의 액자 속 사진만이 행복했던 지난 시절을 떠올리게 했다. 손을 마주 잡은 여자와 남자는 은근한 시선과 부드러운 스킨십을 주고받고 있었다. 하와이에서 보낸 낭만적인 휴가, 겁도 없이 나섰던 그랜드 캐니언 오토바이 횡단, 엄마 배 속에 있는 아이의 초음파 사진, 몇 달 뒤 생후 첫 크리스마스를 맞이하는 아이의 동글동글

한 얼굴을 담은 사진, 유치가 빠지기 시작해 꼬마 숙녀로 변신한 아이의 사진이 차례로 보였다. 아이는 브롱스 동물원의 기린들 앞에서 의기양양하게 포즈를 취하고 있었다. 눈 내리는 몬태나에서 보닛을 바로 잡아 쓰고, 카메라 렌즈를 향해 어네스토와 카푸치노, 두 마리의 크라운 피시를 선보이고 있는 사진도 있었다.

영원히 사라져버린 행복한 날들의 향기였다.

마크가 자면서 쿨럭쿨럭 기침을 했다. 니콜은 온몸에 전율을 느꼈다. 지금 소파에서 잠든 남자는 도저히 지난 시절의 마크가 아니었다. 한쪽 벽면을 빼곡하게 매우고 있는 여러 학위와 상장들만이 마크가 한 때 명성이 자자했던 신경정신과 의사라는 사실을 증명해줄 뿐이었다.

FAA*와 FBI는 항공기 사고가 발생하거나 각종 인질 억류 사건이 벌어질 때마다 심리회복력 전문가인 마크에게 도움을 요청하곤 했다. 마크는 9.11 사태 직후 희생자 가족들과 아슬아슬하게 참변을 피한 세계무역센터 직원들의 정신건강을 보살피기 위한 심리 전문가팀에도 합류한 바 있었다.

참담한 비극을 겪으면 누구나 깊은 후유증을 앓게 된다. 아비규환의 화마와 절규, 피의 기억에서 그 누구도 자유로울 수 없다. 용케 살아남았다 하더라도 평생 죄책감을 벗어던지지 못하고 온갖 괴로움에 시달린다. 결코 해답도 없는 질문이 끈질기게 머릿속을 어지럽힌다.

왜 너는 살아남았는가? 왜 다른 사람이 아니고 네가 살아남았는가?

*미국연방항공청

네 자식과 아내, 부모가 아니고 왜 네가 살아남았는가?

마크는 병원에서 환자를 진료하는 동시에 인기 있는 잡지에 치료 경험을 기고하기도 했다. 잡지에 기고한 글을 통해 마크는 죽마고우이자 동업자인 커너 맥코이와 함께 선구적으로 시도하고 있는 최면 치료법을 알리기 위해 노력했다. 유명세를 누리게 된 그는 TV 출연도 잦은 편이었다.

마크는 아내인 니콜과 함께 언론의 관심을 받는 인사가 되었다. 저명한 《베니티 페어》는 뉴욕에서 가장 주목받는 커플을 다룬 호에서 그들 부부를 멋진 사진을 곁들여 4페이지에 걸쳐 소개했다. 성공에 대한 사회적 인정의 징표였다. 그러나 광택지 위에 펼쳐진 요정 이야기는 하루 아침에 산산조각 나고 말았다.

어느 3월 오후, 다섯 살 난 딸 라일라가 로스앤젤레스 남쪽에 위치한 오렌지카운티의 한 쇼핑몰에서 실종된 사건 이후로…….

디즈니 가게의 유리 진열장 앞에서 장난감을 구경하던 아이는 아무도 모르는 사이에 돌연 사라졌다. 호주 출신의 보모 아가씨는 아이를 혼자 내버려둔 시간이 불과 몇 분밖에 되지 않는다고 항변했다. 그녀는 장난감 가게 옆 디젤 매장에서 세일하는 청바지를 입어보다가 그만 아이를 시야에서 놓쳐버렸다.

아이가 사라진 것을 발견하기까지 얼마만큼 시간이 흘렀을까?

보모는 그 시간이 미처 5분도 안 된다고 수사관들에게 말했다.

5분이라면 억겁과 무엇이 다른가? 그 시간이면 무슨 일이든 벌어질 수 있다.

어린이 실종사건에서 초동 대응이 결정적 역할을 한다는 건 누구나 다 알고 있는 상식이다. 살아 있는 상태로 아이를 찾을 가능성이 가장 높기 때문이다. 그러나 마흔여덟 시간이 지나게 되면 아이의 생존 가능성은 희박해진다.

3월 23일, 그날은 비가 억수같이 퍼부었다. 대낮에, 그것도 사람들이 북적이던 쇼핑센터 근처에서 아이가 실종되었지만 수사관들은 신빙성 있는 증언을 확보하지 못했다. 감시카메라들에 찍힌 비디오테이프들도 분석해봤지만 끝내 단서가 될 만한 정보를 찾아내지 못했다. 보모에 대한 심문도 마찬가지였다. 보모가 아이를 제대로 돌보지 않은 관리소홀 문제가 지적됐지만 납치범으로 의심할 여지는 없었다.

그들 부부에게는 지독하게 길고 고통스러운 날들이었다.

몇 주에 걸쳐 수백 명이나 되는 경찰이 탐지견과 헬리콥터까지 동원해가며 인근지역을 샅샅이 뒤졌다. FBI까지 가세해 아이의 행방을 찾아 헤맸지만 끝내 아이를 찾는 데는 실패했다.

……그리고 다시 한 달, 두 달이 지나갔다.

아무런 단서도 찾지 못한 경찰은 당혹감을 감추지 못했다. 납치범으로부터 몸값 요구도 없었고, 그럴듯한 수사 실마리도 찾지 못했다.

……그리고 다시 1년, 2년이 지나갔다.

5년 전부터 라일라의 사진은 다른 실종 어린이들의 사진과 함께 역과 공항, 우체국의 게시판에 붙여졌다.

라일라는 도대체 어디로 사라진 것일까?

*

마크의 삶은 2002년 3월 23일을 기해 멈춰버렸다. 딸을 잃은 그는 끝내 절망을 벗어던지지 못했다. 고통과 자책감이 그의 내면을 뿌리째 뒤흔들어 결국 일과 아내, 친구마저 등지게 되었다.

마크는 최고의 사설탐정을 고용해 처음부터 수사를 다시 시작했지만 아무런 소득도 얻지 못했다. 그러자 그는 직접 팔을 걷어붙이고 수사에 나섰고, 3년이라는 세월을 흘려보냈다.

어느 날, 마크는 자취를 감추고 말았다. 니콜에게도, 친구인 커너에게도 상의도 없이……

니콜 역시 고통은 컸지만 마크처럼 방황의 수렁에 깊숙이 빠져들지는 않았다. 처음에는 극심한 자책감 때문에 마크보다 곱절의 절망감을 느꼈다. 라일라를 몇 차례 순회 독주회가 예정되어 있던 로스앤젤레스에 데려가겠다고 고집을 피운 사람이 바로 그녀였기 때문이다. 게다가 비극의 원인을 제공한 보모를 채용한 사람도 그녀였다.

절망을 극복하기 위한 유일한 방법은 미치도록 일하는 것밖에 없었다. 쉴 새 없이 콘서트를 열고, 연주를 녹음했다. 수시로 언론에 나가 자신의 가정에 찾아온 비극에 대해 언급하며 기꺼이 언론의 호기심을 충족시켜주었다.

아무리 잊으려 발버둥 쳐도 어떤 날은 도저히 고통의 무게를 감당할 수 없었다. 그처럼 절망적인 기분이 들 때면 그녀는 마치 동면하는 짐승처럼 호텔 방에 틀어박혀 담요를 뒤집어쓰고 끝도 없이 잠을 청했다.

*

갑자기 벽난로에서 장작이 쩍 갈라지는 소리를 냈다. 흠칫 놀라 눈을 뜬 마크는 자리에서 벌떡 일어섰다. 순간적으로 여기가 어딘지, 무슨 일이 벌어졌는지 도무지 가닥이 잡히지 않았다. 니콜을 발견하고 나서야 그는 서서히 생각이 정리되었다.

"당신, 다친 데는 없어?"

마크가 물었다.

"아니, 당신 덕분에 무사할 수 있었어."

다시 노곤하게 몸을 누일 것 같던 그가 화들짝 몸을 일으켰다.

"그대로 누워 있어, 제발. 당신은 무엇보다 휴식이 필요해!"

그는 니콜의 말이 들리지 않는 것처럼 전망창을 향해 걸어갔다. 창 너머로 보이는 거리는 침묵에 싸인 채 빛나고 있었다.

"내 옷은 어디에 두었지?"

"버렸어. 너무 더러워서."

"그럼 내 강아지는?"

"여기까지 같이 왔는데, 그만…… 어디론가 도망쳐버렸어."

"난 이만 가볼게."

그가 비틀거리며 문을 향해 걸어갔다. 그녀가 그의 앞을 가로막은 채 버티고 섰다.

"마크, 지금은 밤이야. 더구나 당신은 다쳤고, 완전히 탈진 상태야. 게다가 우린 2년 만에 처음 만났잖아. 대화가 필요하다고 생각 안 해?"

니콜이 팔을 뻗어 제지하자 그가 그녀의 팔을 밀쳐냈다. 그가 필사적으로 매달리는 그녀를 사력을 다해 뿌리치다가 선반을 툭 치는 바람에 쨍그랑 소리와 함께 액자 하나가 바닥으로 굴러떨어졌다.

마크가 떨어진 액자를 제자리에 올려놓았다. 그의 눈이 사진 속의 딸과 마주쳤다. 생글거리는 초록색 눈, 입가에 머금은 미소. 아이의 얼굴에는 행복과 기쁨이 넘쳐나고 있었다. 아이의 사진을 보자 끔찍한 고통이 되살아났다. 그는 벽에 등을 기댄 채 오열하며 바닥으로 주저앉았다.

니콜이 다가와 그의 가슴에 얼굴을 묻었다. 두 사람은 한동안 포옹한 자세를 풀지 않았다. 그들은 극도의 절망감 속에서 서로의 품에 안겨 고통을 나누었다. 그녀의 보드라운 살결과 그의 거칠거칠한 살결, 겔랑 에센스의 미려한 향과 노숙자의 악취가 뒤섞이는 순간이었다.

니콜이 그의 손을 잡아끌고 2층 욕실로 데려가 샤워기를 틀어놓고 자리를 피했다. 마크는 오랜만에 샴푸 냄새에 혼곤히 취했다. 그는 따스하면서도 상쾌한 샤워기의 물세례를 받으며 30분 동안이나 그렇게 서 있었다.

큼직한 타월로 몸을 감은 마크가 물을 뚝뚝 흘리며 거실로 나왔다.

반짝반짝 왁스 칠이 된 마룻바닥 여기저기에 물이 흥건하게 떨어졌다.

마크는 예전에 사용하던 옷장 문을 열었다. 아직 옷은 그대로 들어 있었다. 그는 예전에 입었던 아르마니, 보스, 제그나 같은 옷에는 눈길도 주지 않았다. 이제는 그와 아무런 상관도 없는 지난날의 흔적일 뿐이었다. 그는 박스 팬티를 꺼내 입고, 두툼한 마직 바지와 긴 팔 티셔츠, 두꺼운 스웨터를 걸쳤다.

계단을 내려온 그는 니콜이 있는 부엌으로 갔다. 나무와 유리, 스테인리스 소재를 사용해 전반적으로 투명한 느낌을 주는 부엌이었다. 벽을 따라 세련된 곡선을 그리며 배치된 조리대와 가스레인지대를 보는 순간 저절로 요리가 하고 싶어지게 만드는 부엌이었다. 몇 년 전까지만 해도 그가 직접 가족의 아침 식사, 간식으로 먹는 팬케이크, 정성이 넘치는 저녁 식사를 준비하던 공간이었다. 한데 근래에 요리를 한 흔적은 찾아볼 수조차 없었다.

"오믈렛과 토스트를 만들었어."

니콜이 머그잔에 김이 모락모락 나는 커피를 따르며 말했다.

마크가 자리를 잡고 앉나 싶더니 벌떡 일어섰다. 그의 두 손이 떨리기 시작했다. 음식에 손을 대기 전에 우선 술부터 마셔야 할 것 같았다.

니콜이 깜짝 놀라 쳐다보는 가운데 잡히는 대로 술병을 집어든 그가 서둘러 마개를 땄다. 꿀꺽꿀꺽 두 모금 만에 술병의 절반 정도가 비어버렸다. 일시적으로 안정을 되찾은 그는 아무 말 없이 음식을 먹기 시작했다.

니콜이 침묵을 깨며 물었다.

"그동안 어디 있었던 거야, 마크?"

"욕실에."

그가 고개도 들지 않고 말했다.

"그게 아니라 지난 2년 동안 어디 있었냐고?"

"아래."

"아래?"

"지하철 터널, 하수구, 배수관을 돌아다니며 노숙자들과 함께 지냈어."

눈에 눈물이 그렁그렁 맺힌 니콜이 도저히 이해가 안 된다는 듯이 고개를 가로저었다.

"왜 그래야만 하는 거야?"

"당신도 내가 그럴 수밖에 없는 이유를 잘 알잖아."

마크가 격앙된 어조로 말했다.

니콜이 다가가 그의 손을 잡았다.

"당신은 가정이 있는 사람이야, 마크. 직업도, 친구도……."

손을 뿌리친 그가 식탁에서 벌떡 일어섰다.

"날 좀 내버려둬!"

"나한테 딱 한 가지만 설명해줘. 그렇게 산다고 달라지는 게 뭐야?"

니콜이 그를 붙잡으며 울부짖었다.

"내가 이러는 건 도저히 다른 방법으론 살 수 없기 때문이야. 당신은 살 수 있을지 몰라도 난 안 돼."

"날 죄인 취급하지 마, 마크."

"손톱만큼도 당신을 질책할 생각 없어. 당신이 원한다면 새 인생을 찾아 떠나도 좋아. 하지만 난 고통 속에 머물러야만 해."

"당신은 정신과 의사야. 사람들이 정신적인 고통을 극복할 수 있게 도와주는 사람이잖아?"

"난 내게 주어진 고통을 극복하고 싶지 않아. 라일라가 내게 남긴 고통이라면 회피하지 않고 받아들일 거야. 한순간도 아이를 잊은 적이 없어. 유괴범들이 아이를 어떻게 했을까? 지금쯤 아이는 어디에 있을까?"

"라일라는 죽었어."

니콜이 냉정하게 한마디 툭 던졌다. 인내심의 한계였다. 마크가 손을 치켜들어 니콜의 목을 붙잡았다. 목이라도 조를 태세였다.

"당신 입에서 어떻게 그런 말이 나올 수 있지?"

"5년이 지났어, 마크! 5년 동안 아무런 단서도 찾지 못했고, 몸값 요구도 없었어."

니콜이 뒷걸음질 치며 말했다.

"아직 희망이 전혀 없진 않아."

"아니, 없어. 다 끝났어. 이제 합리적으로 기대할 수 있는 건 아무것도 없어. 하루아침에 아이를 다시 찾는 일 따위는 없을 거야. 그런 일은 절대 일어나지 않는다고. 알겠어? 절대로!"

"입 닥치지 못해!"

"경찰로부터 뭔가 연락이 온다면, 그건 아이의 시체를 찾았다는 것이겠지. 틀림없이 그 이상도 그 이하도 아닐 거야."

"아니야!"

"당신 혼자만 고통을 짊어졌다고 생각하지 마. 난 딸뿐만 아니라 남편까지 잃었어. 이젠 제발 현실을 받아들여, 마크."

마크는 대답하지 않은 채 황급히 부엌을 빠져나갔다.

니콜이 그를 뒤따랐다. 오늘만큼은 그를 좀 더 막다른 골목으로 몰아붙일 작정이었다.

"왜, 다시 아이를 가질 수 있다는 생각은 하지 않는 거야? 시간이 지나면, 이 집이 다시 사람 사는 집처럼 될 수 있다는 생각을 왜 하지 않지?"

"다른 아이를 가지기 전에 난 내 딸부터 찾을 거야."

"커너한테 전화해야겠어. 지난 2년 동안 커너는 당신을 찾으려고 여기저기 수소문하고 다녔어. 커너라면 당신이 힘든 상황에서 벗어날 수 있게 도와줄 거야."

"난 이 상황에서 벗어나고 싶지 않다니까. 내 딸이 겪는 만큼 나도 똑같이 고통을 겪고 싶을 뿐이야."

"계속 밖에서 살다가는 죽어. 정말 죽길 원하는 거야? 그렇다면 어디 원하는 대로 해봐. 차라리 머리에 한 방 쏘는 게 어때?"

"난 죽고 싶지 않아. 살아서 라일라를 다시 찾을 테니까."

니콜은 도움이 필요한 상황이었다. 그녀는 휴대폰을 집어 들고 커너의 전화번호를 눌렀다.

받아 커너, 어서 받으라고!

무심한 신호음만 길게 울려 퍼졌다. 커너가 전화를 받지 않는다면 방법이 없었다. 이제 혼자 힘으로는 도저히 마크를 말릴 자신이 없었다.

다시 거실 소파에 누운 마크는 몇 시간 더 잠을 청했다. 동이 트자마자 자리에서 일어난 그는 옷장 속에 들어 있던 스포츠 배낭을 꺼내 담요 한 장, 윈드브레이커, 비스킷, 술병 따위를 집어넣었다. 체념한 니콜이 휴대폰과 배터리, 충전기를 마크의 배낭 속에 챙겨 넣었다.

"혹시라도 커너한테 전화하고 싶을지도 모르잖아. 아니면 내가 당신한테 연락할 일이 생길지도 모르고……."

마크가 현관문을 밀고 밖으로 나섰을 때 눈은 이미 그친 상태였다. 새벽 햇살이 푸른빛으로 도시를 물들이고 있었다.

마크가 소복이 쌓인 눈 위로 발을 내딛자 마치 마술처럼 검은 래브라도 강아지가 쓰레기통 뒤에서 낑낑거리며 나타났다. 마크가 강아지의 머리를 쓰다듬어주며 고마움을 표했다. 그는 손에 후후 입김을 불고 나서 배낭을 어깨에 짊어지고 브루클린 다리를 향해 뚜벅뚜벅 걸어갔다.

현관 문턱에 나와 선 니콜은 새벽의 여명 속으로 멀어져가는 마크를 물끄러미 쳐다보았다. 마냥 서 있던 그녀가 길 한가운데로 뛰어가면서 소리쳤다.

"마크! 난 당신이 필요해!"

경기 시작을 알리는 벨 소리와 함께 링으로 나선 복서처럼, 그가 십여 미터쯤 떨어진 곳에서 그녀를 향해 돌아섰다. 미안하다는 말을 전하려는 듯 그가 양팔을 휘휘 내저었다.

잠시 후, 마크는 길모퉁이를 돌아 사라졌다.

3. 나를 닮은 사람

인생은 두려움을 엮어서 만든 목걸이다.
_비요크
휘발유통과 성냥을 꿈꾼 소녀
_스티그 라르손의 소설 제목

커너 맥코이의 병원은 센트럴파크 서쪽 끝에 위치한 타임워너센터에 입주해 있었다.

커너는 환자들이 편안한 기분으로 최상의 의료 서비스를 받을 수 있게 병원을 설계했다. 그가 새롭게 선보인 파격적인 치료법은 동료 의사들로부터는 호응을 이끌어내지 못했지만 환자들 사이에 입소문이 퍼지면서 하루가 다르게 찾는 사람이 늘어나고 있었다.

크리스마스인데도 커너는 아직 병원에 남아 환자의 진료기록카드를 들여다보고 있었다. 그는 쏟아져 나오는 하품을 억지로 참아가며 손목시계를 쳐다보았다.

새벽 1시 30분. 어차피 집에서 기다리는 사람은 없었다. 일이 인생의 전부가 되다시피 한 그에게는 애인도 가족도 없었다. 원래는 그와 필적할 만큼 심리학에 열정을 보였던 죽마고우 마크 해서웨이와 함께 개업

했었다. 시카고 빈민가에서 온갖 고통을 경험하며 자란 두 사람은 훗날 의사가 되어 다양한 치료법을 개발하리라 결심했었다.

마크에게 불행한 일이 일어나기 전만 해도 두 사람은 승승장구했다. 라일라의 실종사건이 벌어졌을 때 커너는 최선을 다해 친구를 도왔다. 경찰이 사건 해결을 포기하고 나서자 마크와 힘을 합쳐 처음부터 다시 수사를 벌이기도 했다. 그러나 끝내 아무런 성과도 얻어내지 못했다.

슬픔과 좌절감을 견디지 못한 마크는 어느 날 갑자기 자취를 감추어 버렸다. 그는 마크가 사라지고 나서 한동안 심각한 혼란에 빠졌다. 동업자이자 절친한 친구를 잃었을 뿐만 아니라 직업적으로도 가장 처절한 실패를 경험한 셈이었다.

커너는 나쁜 기억들을 떨쳐버리기 위해 의자에서 일어나 퓨어몰트 위스키를 한 잔 따랐다.

메리 크리스마스!

그가 유리에 비친 자신의 얼굴을 향해 잔을 들었다. 사방이 유리 패널로 둘러싸인 사무실은 비현실적인 빛 속에 잠겨 있었다. 창 너머 센트럴파크 쪽으로 아찔한 전망이 펼쳐졌다. 타임워너센터의 인테리어는 간결하고 군더더기가 없는 게 특징이었다. 철제 선반 위에 놓인 두 개의 자코메티풍 조각품은 공간 속으로 치솟는 듯한 느낌을 풍겼다. 로버트 라이먼의 단색 그림은 흰색 사각형밖에 보지 못하는 사람들에게는 당혹감을 안길 수도 있겠지만 커너는 화폭에 연출된 빛의 미세한 변화에 매료되었다.

보이지 않는 부분을 상상하고, 외양의 뒷면을 보는 것⋯⋯.

그의 직업에서 핵심은 바로 그것이었다.

커너는 위스키 잔을 손에 든 채 노트북 화면에 나타나는 사진 몇 장을 관찰하는 중이었다. 환자의 뇌 일부를 찍은 단층촬영 사진들이었다. 이런 종류의 사진을 볼 때마다 그는 황홀감에 젖어들었다.

고통·사랑·행복·불행의 감정들은 바로 이 뇌라는 비밀 세계, 즉 수십억 개의 뉴런들 가운데서 일어나고 있었다. 인간의 욕망·두려움·공격성·기억력·생각·수면은 뇌에서 분비되는 신경전달물질, 즉 한 뉴런에서 다른 뉴런으로 메시지를 전달하는 화학물질의 분비와 밀접한 관련이 있었다.

커너는 신경과학의 최근 연구 성과들에 깊은 관심이 있었고, 우울증의 생물학적 원인을 분석하는 분야에서 선구자적 위치를 차지하고 있었다. 연구 결과 전달 유전자가 짧게 생긴 사람이 우울증에 걸리거나 자살할 확률이 더 높다는 결론을 얻어냈다. 사람마다 시련에 대처하는 능력이 똑같지 않다는 뜻이었다.

커너는 유전자 결정론을 수동적으로 받아들이지는 않았다. 그는 정신 현상과 생물학은 서로 밀접한 관련이 있다고 믿었다. 그가 심리학과 생물학 분야 모두에서 전문가가 되기 위해 애썼던 건 바로 그런 이유 때문이었다.

커너는 개개인의 유전자가 뇌에 결정적인 영향을 미치긴 하지만 다양한 정서적 관계, 애착 관계를 통해 뇌를 새롭게 프로그래밍할 수 있다고 믿었다. 타고난 유전자로 인해 완전히 결정되는 건 아무것도 없다는 게 그의 변함없는 신조였기 때문이다.

위스키 잔을 단숨에 비운 커너는 코트를 걸쳐 입고 사무실을 나섰다. 타임워너빌딩 안에는 별 다섯 개짜리 호텔, 재즈클럽 그리고 다양한 레스토랑이 입주해 있었다. 층층마다 울려오는 떠들썩한 파티 소리 때문에 그는 한층 더 고독감을 느꼈다.

승강기에 오른 커너는 어깨끈이 달린 가방을 열고 다음 날 집에서 검토하기 위해 집어넣은 서류가 빠짐없이 들어 있는지 확인했다. 이틀 후 집단 심리치료가 예정되어 있었다. 효과적인 치료를 위해서는 무엇보다 완벽한 사전 준비가 필요했다.

커너는 출입구에 망막 인식 시스템이 설치된 지하 주차장에 도착했다. 그는 눈을 인식기에 대고 나서 주차되어있는 차를 향해 걸어갔다. 번쩍거리는 광채가 나는 은색 애스턴 마틴 쿠페가 그의 차였다.

버튼을 누르자 레이싱 카의 문이 열리며 새 차 특유의 가죽 냄새가 진하게 풍겨왔다. 조수석에 가방을 내려놓은 그는 차를 몰고 콜럼버스 광장 쪽으로 연결된 출구로 빠져나왔다. 여전히 굵은 눈발이 날리고 있었고, 바닥은 심하게 미끄러웠다. 트라이베카 방향으로 접어든 그는 애비뉴 오브 더 아메리카스를 향해 차를 운전해갔다.

라디오에서는 모든 투쟁에서 패배해 비인간화된 인간의 미래를 연상시키는 '라디오헤드'의 음악이 흘러나오고 있었다. 끊임없이 존재의 고통에 시달려온 그에게 딱 들어맞는 음악이었다. 그가 브로드웨이의 교차로에서 갑자기 속도를 올리는 바람에 하마터면 차가 도로 밖으로 튕겨져나갈 뻔했다. 그는 가끔 위험한 상황을 자초하며 자기 자신과 내기를 즐겼다. 아직 살아 있다는 걸 느끼고 싶을 때 시도하는 일종의 자극이었다.

커너는 그리니치빌리지 초입에서 신호등에 걸려 멈춰 섰다. 핸들 위로 고개를 숙인 그는 잠깐 동안 눈을 감았다.

정신을 똑바로 차려야 해!

얼마 전까지만 해도 그는 오래전부터 자신을 괴롭혀온 두려움을 완전히 극복했다고 자신했다. 《살아남기》라는 책을 집필할 당시만 해도 두려움과 고통을 극복한 경험을 독자들과 함께 공유하며 희망의 메시지를 전하기도 했다. 그런데 마크가 떠나면서 미래는 다시 불확실해졌다. 그는 다시 자신을 절망과 고독으로 이끄는 자책감의 포로가 되고 말았다.

휴대폰이 울리는 바람에 그는 두 눈을 비비며 몽롱한 상태에서 벗어났다. 재킷 호주머니에서 휴대폰을 꺼낸 그는 발신자의 이름을 확인했다.

니콜 해서웨이.

니콜?

커너는 그녀가 에릭이라는 변호사와 사귀기 시작하면서 연락을 끊고 지내왔다.

망할 놈의 변호사.

그의 심장이 갑자기 쿵쾅거리며 뛰기 시작했다. 혹시 마크의 소식을 듣게 될지도 모른다는 기대감 때문이었다. 그가 극도의 흥분 상태에서 막 전화를 받으려는 순간이었다.

"빌어먹을!"

갑자기 조수석 문이 열리며 손 하나가 쑥 들어오더니 그의 가죽가방을 낚아챘다. 이것저것 생각할 틈도 없이 차 밖으로 뛰어나온 그는 도둑을 뒤쫓기 시작했다.

눈이 내리고 있었지만 훔친 가방을 가슴에 꼭 끼고 달아나는 소녀의 긴 머리가 보였다. 발을 뻗을 때마다 눈 덮인 길 위로 나자빠질 뻔했지만 그는 안간힘을 다해 소녀를 뒤쫓아 뛰었다. 앞서가는 소녀와의 거리가 불과 20미터 이내로 좁혀졌을 때였다. 소녀가 별안간 차도로 뛰어들었다. 소녀는 아슬아슬한 곡예를 펼치며 차도를 건너고 있었다.

나쁜 계집애!

대단히 위험한 일이었지만 그 역시 차도로 뛰어들지 않을 수 없었다. 가방에 들어 있는 서류는 절대로 잃어버려서는 안 되는 것들이었다. 환자들의 지극히 개인적인 사생활을 기록한 문서들이었기 때문이다.

속도가 붙으면서 소녀와의 거리는 점점 좁혀졌다. 소녀의 헐떡이는 숨소리가 가까이 들려오는 순간 그는 슬라이딩하듯 몸을 날렸다. 그에게 등을 세게 떠밀린 소녀는 눈 속에 얼굴을 파묻은 채 나뒹굴며 옴짝달싹 못 하는 상황이 되었다. 그가 소녀의 팔목을 비틀어 힘껏 움켜잡았다.

"가방 이리 내놔!"

커녀가 소리를 지르며 가방부터 빼앗아 들었다.

물건을 되찾은 그는 천천히 몸을 일으켰다. 그는 여전히 팔을 등 뒤로 움켜쥔 채 소녀를 일으켜 세웠다.

"이 손 놔요!"

소녀가 발버둥 치며 고함을 질렀다.

들은 척 만 척하며 소녀를 몇 미터 앞 가로등 아래로 데려간 그는 불빛 아래에서 소녀의 얼굴을 확인했다.

연약하고 호리호리한 체구에 나이는 열다섯쯤 돼 보이는 소녀였다. 소녀의 창백한 낯빛이 군데군데 탈색돼 벌겋게 된 검은색 염색 머리와 대조를 이루었다. 여기저기 닳고 해진 인조가죽 코트가 망사스타킹이 드러난 미니스커트를 덮고 있었다.

"어서 손을 놔달란 말예요!"

소녀가 반복해서 말했다.

커녀는 아랑곳하지 않고 손목에 힘을 더 가했다.

이렇게 나이 어린 소녀가 크리스마스 한밤중에 대체 무슨 짓이지?

"이름이 뭐니?"

"꺼져버려!"

소녀가 그를 노려보며 욕설을 내뱉었다.

"네가 이렇게 나오면 경찰서로 데려가는 수밖에 없어!"

"나쁜 자식!"

소녀가 심하게 몸부림을 치는 바람에 코트에서 지갑이 툭 떨어졌다.

그가 한쪽 손만을 사용해 요령 있게 눈 속에 떨어진 지갑을 주워들었다.

지갑을 열어보니 과연 기대했던 대로 소녀의 신분증이 들어 있었다.

'에비 하퍼. 1991년 9월 3일생.'

"도대체 새벽 2시에 여기서 뭐하는 거니, 에비?"

"어서 지갑이나 돌려줘요. 당신이 무슨 권리로 이래요?"

"지금 권리 운운할 입장이 아닌 것 같은데, 에비."

커너가 마침내 잡고 있던 소녀의 손을 놓아주었다. 자유롭게 손을 움직일 수 있게 된 소녀는 몇 미터 물러나면서도 달아나지는 않았다.

에비의 눈빛은 퍽이나 도전적으로 보였다. 커너 역시 에비를 뚫어지게 쳐다보았다. 소녀는 추위 때문에 몸을 덜덜 떨고 있었다. 눈두덩을 시커멓게 칠해 마치 뱀파이어 같은 화장을 했지만 커너는 그 속에서 아직은 순진한 눈빛을 찾아낼 수 있었다. 소녀의 투명한 눈에서는 묘한 결의가 느껴졌다.

"자, 이제 네 부모님에게 데려다주마."

"난 부모가 없어요."

에비가 뒷걸음질 치며 소리쳤다.

"그럼, 사는 데는 어디니? 청소년 보호센터? 아니면 위탁가정?"

"참견 말고 그냥 꺼지세요!"

"또 그 타령이냐? 학교에서 배운 게 고작 그런 거야?"

커너는 한숨을 푹 내쉬었다. 그는 소녀의 태도가 짜증스러운 한편 연민의 정을 느꼈다. 꼭 집어내 누구라고 말할 순 없지만 에비를 보고 있자니 어딘가 모르게 누군가와 많이 닮아 보였다. 안 그런 척했지만 소녀는 두려움에 떨고 있었다. 그는 에비가 현재 겪고 있는 고통을 충분히 이해할 만했다.

"돈이 필요하니, 에비?"

대답이 없었다. 에비는 애써 감추려 했지만 공포 때문에 두 눈동자가 특히 도드라져 보였다.

"약 때문이지? 약이 필요하지?"

에비가 버럭 화를 냈다.

"난 마약은 안 해요."

"학교는?"

"당신이 상관할 바 아니잖아요."

커너는 에비에게 좀 더 가까이 다가섰다. 보다 합리적인 대화를 나눠볼 생각이었다.

"에비, 난 의사란다. 너한테 오늘 밤을 편하게 지낼 수 있는 보호시설을 찾아봐줄 수도 있어."

"지금 날 구해주겠다는 거예요?"

"널 돕고 싶다는 뜻이야."

"당신 도움 따윈 필요 없어요."

"그럼 네가 원하는 건 뭐지?"

"돈."

"돈은 어디에 쓰게?"

"제기랄, 당신이 경찰이야?"

에비의 지갑을 연 커너는 내용물을 확인했다. 신분증을 빼면 지갑은 텅 비어 있었다. 지폐는커녕 동전 한 닢 남아 있지 않았다.

그가 신분증을 제자리에 꽂아 넣고 지갑을 돌려주자 에비가 낚아채듯 받아들었다.

"뭐 좀 먹으러 가지 않을래?"

커너가 물었다.

"대신 난 댁한테 뭘 해줘야 하죠?"

"아무것도 필요 없다, 에비."

그가 절레절레 고개를 저으며 말했다.

그를 바라보는 에비의 눈에 의구심이 가득 고였다.

'이 남자는 왠지 마음을 놓아도 될 것 같은데…….'

에비가 지금껏 살아오면서 얻은 교훈이 있다면 남자는 절대로 믿어선 안 된다는 것이었다.

"근데 당신은 왜 날 도우려는 거죠?"

"널 보면 누군가 떠오르는 사람이 있어."

에비가 머뭇거리다가 말했다.

"됐어요. 식사는 필요 없어요."

커너가 한 번 더 설득에 나섰다.

"여기서 조금 가면 14번가에 좋은 식당이 하나 있단다. 알베르토 식당이란 곳인데, 어딘지 아니?"

에비가 별 뜻 없이 고개를 끄덕였다.

"난 돌아가서 내 차를 가지고 알베르토 식당에 가서 맛있는 식사를 할 생각이다. 햄버거 맛이라면 뉴욕에서 알베르토를 따라올 데가 없지. 아마 맥도날드 햄버거 따위는 비교도 안 될 거야. 너도 먹어 보면 당장 알겠지만……."

"그럴 일은 없을 것 같은데요."

"어쨌든 난 알베르토 식당에 갈 생각이란다. 한 10분쯤 있다가 바삭바삭한 빵 위에 양파를 송송 썰어 올리고, 오이 슬라이스를 깐 다음 살짝 익힌 쇠고기 패티를 얹은 햄버거가 생각나면 어디로 날 찾아와야 할지는 알겠지?"

커너는 천천히 차가 있는 곳을 향해 걸어갔다. 20미터쯤 걷던 그는 흘끗 뒤를 돌아다보았다. 쉬지 않고 떨어지는 눈송이들이 가로등 불빛을 받아 온통 은색으로 반짝이고 있었다. 마치 동화 속 세상 같았다.

추위에 온몸이 마비되어버린 듯, 에비는 제자리에서 꼼짝도 하지 않고 서 있었다. 헐쑥한 그녀의 모습에 커너는 또 한 번 놀랐다. 그녀 안에 있는 무언가는 이미 죽어버린 것 같았다.

"난 안 가요!"

에비가 도전적으로 말했다.

"물론 결정은 네가 하는 거야."

커너가 말했다.

*

약 15분 뒤, 에비는 알베르토 식당의 카운터 자리에 앉아 며칠은 굶은 사람처럼 게걸스럽게 음식을 먹고 있었다.

녹슨 스테인리스 뼈대에 닳고 닳은 몰스킨 커버가 덮인 의자들이 뉴저지 분위기를 흠씬 풍겼다. 시간이 멎은 듯한 공간이었다. 계산대 뒤쪽 벽에는 헌사가 쓰인 사진들이 잔뜩 걸려 있었다. 잭 니콜슨, 브루스 스프링스틴, 스칼렛 요한슨도 최근에 이 식당을 찾은 흔적을 남겨두었다.

식당 구석에서 탄식하는 듯한 소리를 발하는 스피커에서는 대여섯 명 남짓한 손님들을 위해 에릭 클랩튼의 오래된 노래가 흘러나오고 있었다.

커너는 식당 밖으로 나가 담배를 피워 물며 유리창 너머의 소녀를 뚫어지게 쳐다보았다. 마치 그녀의 외양 안에 감춰진 영혼의 비밀이라도 캐내려는 듯이.

에비는 코트를 둘둘 말아 의자에 올려놓고 있었다. 단추를 풀어놓은 카디건 아래 받쳐 입은 검은색 티셔츠 바탕에는 '카발라주의자*가 더 낫다(Kabbalists do it better)'는 슬로건이 찍혀 있었다. 목에 건 은목걸이 줄에는 뒤집힌 십자가와 다섯 갈래로 뻗은 별이 매달려 있었다.

얼마나 허겁지겁 먹어대는지 에비의 입 주변에는 케첩 자국이 여기저기 묻었다. 에비가 냅킨으로 케첩 자국을 닦으려고 팔을 들어 올렸을 때였다. 커너는 소녀의 양쪽 손목에 붙은 반창고 자국을 발견했다. 에

*유대신비주의자

비의 팔뚝 안쪽에는 자해 흔적도 보였다.

소녀의 상태가 그리 좋지 않다는 말은 차라리 심할 정도로 완곡한 표현이었다. 외면적으로는 강하고 결의가 넘쳐 보였지만 에비의 내면은 금방이라도 흐물흐물 녹아내릴 것처럼 지치고 힘든 상태임이 분명했다. 그와 마크는 오래전부터 사람들의 내면을 들여다볼 수 있는 능력을 갖게 되었다.

마크······.

친구 생각에 그의 눈동자가 흔들렸다. 아주 오래전, 어린 나이였지만 두 사람은 서로 힘을 합해 살아가자고 약속했었다. 두 사람은 약속대로 온갖 험난한 행로를 극복하며 살아왔다. 라일라의 실종사건은 두 사람이 함께 세웠던 삶의 지표와 약속을 물거품으로 만들었다.

커너는 마지막으로 연기를 한 모금 더 빨아들이고 나서 담배꽁초를 눈 속에 던졌다. 맘껏 즐거워야 할 크리스마스지만 짙은 허무감만이 꾸역꾸역 밀려드는 밤이었다.

아니 새벽 3시에, 집도 아닌 길바닥에서 대체 무슨 짓을 하고 있는 거지?

계속 이런 식으로 살아갈 수는 없었다. 세상 사람 모두를 구원할 수는 없는 것 아닌가. 마더 테레사가 걸어간 길은 그가 가기엔 너무나 버거워 보였다.

잠시 발길을 멈추고 호흡을 가다듬을 필요가 있지 않을까. 당분간 환자들을 모두 잊고, 맨해튼을 떠나 다른 곳에서 새로운 삶을 시작해도 될 때가 아닐까.

답답한 마음에 잠시 상념에 젖어들었던 커너는 창문 너머에서 자신을 응시하고 있는 에비의 시선을 느꼈다. 그는 서서히 고개를 들었다. 둘의 시선이 진정으로 마주치는 첫 번째 순간이었다. 바로 그 순간, 커너는 에비가 누구를 연상시키는지 확실하게 깨달았다. 그건 바로 그 자신이었다.

아직 실체를 확인하진 못했지만 에비 역시 자신과 비슷한 고통을 겪고 있는 게 분명했다. 에비가 고통을 깃발처럼 펼쳐 보이고 있다면, 그는 의사라는 직업 때문에 고통을 숨기고 있을 따름이었다. 하지만 둘이 겪고 있는 고통은 본질적으로 성격이 다르지 않았다.

커너는 따스한 온기가 넘치는 알베르토 식당 안으로 들어섰다. 에릭 클랩튼의 노래는 어느새 밥 딜런의 노래로 바뀌어 있었다. 〈폭풍 속의 안식처〉, 밥 딜런이 1975년 아내 사라와 결별하고 나서 발표한 곡으로 그가 가장 좋아하는 노래였다. 슬픔이 예술적 영감의 원천이 될 수 있다는 또 하나의 증거였다.

"햄버거 맛 어때?"

커너가 소녀의 맞은편 의자에 앉으며 물었다.

"괜찮네요."

에비가 스트로로 밀크셰이크를 한 모금 빨며 대답했다.

커너가 몸을 앞으로 쭉 내밀었다. 정말 도울 생각이라면 우선 이 소녀에 대한 정보를 보다 많이 확보하는 게 급선무였다.

커너가 대단히 설득력 있는 어조로 물었다.

"돈이 필요하다고 했지?"

"됐어요."

"돈이 뭐 때문에 필요한지 말해봐."

"이젠 됐으니까 신경 꺼요!"

"그렇게 나온다면야……."

커너는 긴 한숨을 내쉬었다.

빌어먹을! 당사자가 싫다는데 대체 웬 관심이란 말인가.

기분이 상한 그는 계산대로 가서 코로나 한 병을 주문했다. 고개를 창밖으로 돌린 에비는 조바심이 나는지 검은 매니큐어를 칠한 손톱을 이빨로 물어뜯고 있었다.

맥주 값을 지불하면서 지갑의 내용물을 확인했다. 얼마 전, 현금인출기에서 뺀 100달러짜리 지폐가 세 장 들어 있었다. 그는 항상 현금을 넉넉히 넣고 다녀야 안심이 되는 스타일이었다. 한때 지독하게 궁핍했던 사람들에게서 공통적으로 볼 수 있는 행태였다.

그때 머릿속에서 좋은 생각이 떠올랐다. 앉아 있던 스툴에서 내려온 커너는 소녀가 앉아 있는 테이블을 향해 걸어갔다.

에비는 벌써 자리를 뜰 채비를 하고 있었다.

"우리, 작은 게임 하나 할까?"

그가 테이블 위에 100달러짜리 지폐를 한 장 꺼내놓으며 말했다.

"대체 무슨 게임을 하게요? 미성년자 타락시키기 게임?"

"돈을 벌고 싶어 하는 줄 알았는데……."

지폐를 바라보는 에비의 눈은 호기심과 경멸을 동시에 담고 있었다.

커녀가 지폐 한쪽을 가렸다. 에비의 눈에 약지 한 마디가 없는 그의 손이 들어왔다.

"이 돈을 가지고 싶지 않니?"

커녀가 소녀 쪽으로 지폐를 내밀었다.

"내가 묻는 말에 대답하면 이 돈은 네가 가져도 된다."

에비가 그를 뚫어지게 쳐다보았다.

빠져나오지 못할 수도 있는 늪에 발을 담글지 말지 망설이던 소녀가 결국 결단을 내린 듯 말문을 열었다.

"해봐요, 그 질문이라는 게 뭔지……."

"돈이 왜 필요하니?"

커녀가 소녀를 똑바로 쳐다보았다.

"권총을 사려고요."

에비가 지폐 가까이 손을 가져가며 당당하게 대답했다.

도전적으로 커녀를 흘끗 쳐다봤던 에비는 지폐를 집어 들더니 주머니 속에 집어넣었다. 소녀의 인생에서 이렇게 쉽게 돈을 벌어본 건 난생처음이었다.

커녀의 표정은 몰라보게 굳어져 있었다. 총기의 이미지가 그의 머릿속을 휙 스치고 지나갔다. 뒤이어 발포 소리, 비명 소리가 연이어 터져 나오는 듯했다. 불현듯 그의 뇌리에 오랫동안 묻어두었던 기억이 떠올랐다.

커너는 두 번째 지폐를 꺼내 테이블 위에 올려놓았다.

"왜 권총이 필요한지 말해봐라."

에비는 더 오랫동안 머뭇거렸다. 처음에는 슬쩍 거짓말을 할 생각이었는데, 눈치채지 못할 사람이 아니라는 생각이 들었다. 그러고 보면 진실의 힘은 참으로 귀하고 소중했다. 그가 내미는 100달러짜리 지폐들도 진실의 대가로 주어지는 게 아니겠는가.

"죽이고 싶은 사람이 있어요."

최종 법정의 판결문 같은 대답이었다.

어안이 벙벙해진 커너는 소녀의 놀라운 답변에 고개를 절레절레 흔들었다. 충격이 밀려왔지만 그는 세 번째 지폐를 반듯하게 펴서 테이블 위에 올려놓고 마지막 질문을 던졌다.

"죽이려는 이유는?"

이번에는 에비도 전혀 망설이지 않았다. 돌이키기엔 너무 멀리까지 와버린 것이다. 그녀는 포커판에서 딴 돈을 그러모으듯 마지막 지폐를 집어 들며 말했다.

"복수를 위해서."

이때 과거로부터 두 단어가 커너의 머릿속으로 튀어나왔다.

'처절한 복수.'

갑자기 등골이 오싹해졌다.

"누구한테? 왜?"

에비는 벌써 코트를 입고 스카프를 두르고 있었다.

"미안하지만 그렇게 하면 질문이 두 개나 더 추가되는데, 아저씨는 더 이상 줄 돈이 없잖아요."

에비가 자리에서 일어서면서 말했다.

자기 꾀에 자기가 넘어간 꼴이 된 커너는 식당 문을 나서는 소녀를 무기력하게 바라볼 수밖에 없었다.

"잠깐!"

커너가 크게 소리치며 서둘러 소녀를 뒤따랐다. 눈이 계속 내리고 있어 도시는 마치 육중한 덮개에 깔려 있는 듯했다.

"지금 그대로 가면 날도 춥고 위험해서 안 돼. 내가 하룻밤 지낼 수 있는 거처를 찾아봐줄게."

에비는 대답도 하지 않고 등을 돌렸다.

체념한 커너는 연락처가 적힌 명함 한 장을 소녀의 호주머니에 쑤셔 넣었다.

"혹시라도 생각이 바뀌면 연락해라."

하지만 그는 그런 일은 일어나지 않으리란 걸 알고 있었다.

도로를 건너가던 에비가 갑자기 횡단보도 한가운데에서 멈춰 서더니 그에게 물었다.

"나를 보면 생각난다는 사람이 도대체 누구죠?"

커너는 식당 앞에 선 채 담배를 피워 물었다. 추위에 얼어붙은 푸른 연기가 소용돌이를 그리며 머리 위로 피어올랐다.

"바로 나."

에비가 놀랍고 당황스럽다는 듯 그를 뚫어지게 쳐다보았다. 두 사람의 시선이 마지막으로 교차했다.

에비는 다시 총총걸음을 옮겼다.

커너는 신경질적으로 담배를 빨며 어둠 속으로 멀어져 가는 소녀를 쳐다보았다. 이내 시야에서 사라졌지만 그는 눈 속에 남아 있는 소녀의 발자국들을 멍하니 쳐다보며 한참 동안 자리를 뜨지 못했다.

물론 그라고 해서 세상 모든 이를 구원할 수는 없었다.

하지만 땡전 한 푼 없이 한겨울 밤의 맨해튼 거리를 헤매는 열다섯 살짜리 소녀는 과연 얼마나 더 살 수 있을까?

4. 캄캄한 길

거울을 들여다보는 동안 부숴버리고 싶은 생각이 든다면 거울을 부술 게 아니라 당신 자신을 바꿔야 한다.

_익명

브룸 거리에 차를 세운 커너는 두 블록을 걸어 집으로 향했다. 소호 거리도 예외 없이 균일한 눈 속에 파묻히는 바람에 화랑과 레스토랑, 패션 부티크의 간판들이 모두 자취를 감추고 말았다.

커너는 한 주철 빌딩 앞에 멈춰 섰다. 최근 리노베이션을 마친 건물 전면에는 수백 개의 전구가 달려 있었고, 앞쪽 인도에는 만들다 만 눈사람이 기약도 없이 모자와 당근, 파이프를 기다리며 서 있었다.

"이거라도 감고 있어, 친구."

커너가 매고 있던 스카프를 풀어 눈사람의 목에 감아주었다.

건물의 홀 안으로 들어선 그는 우편물부터 챙기고 나서 승강기 버튼을 눌렀다. 마침내 승강기가 그의 아파트가 있는 꼭대기 층에 멈춰 섰다.

널찍한 로프트 아파트였지만 인테리어는 지극히 단순했다. 이 집에서는 몇 시간씩 오븐에 쿠키나 칠면조를 구운 냄새 같은 건 도저히 맡을

수 없었다. 크리스마스트리도, 아이 방도 없었다. 따뜻한 온기도 삶의
활기도 느껴지지 않았다.

커너는 5년 전 지금 살고 있는 이 아파트를 구입했다. 뉴욕에서 이 아
파트에 산다는 건 사회적 성공의 상징이었지만 그는 새 가구를 들이거
나 인테리어 공사를 전혀 하지 않았다. 늘 일에 치이다시피 살다보니 시
간도 없거니와 함께 집 안을 꾸미며 단란한 행복을 나눌 사람이 없었기
때문일 것이다.

커너는 환자들의 영혼을 돌보는 일에 모든 시간과 노력을 바쳐왔다.
그러나 정작 그 자신의 영혼은 베일에 가려진 비밀투성이 존재였다. 여
자를 좋아하고 가끔 사귀어보기도 했지만 아직 한 번도 미래에 대한 전
망을 가지고 연애에 성공해본 적은 없었다. 여자를 만날 때마다 순조롭
게 이야기가 진행되는 듯싶다가도 결론은 언제나 파국이었다. 커너와
사귄 여자들은 그가 도무지 손에 잡히지 않는 남자라며 관계를 정리하
기 일쑤였다. 환자들에게는 심할 정도로 애착을 갖는 그였지만 연애 상
대에게는 시간이 갈수록 거리감을 느꼈다. 그렇다고 감히 어느 여자에
게 거리감이 느껴진다는 말을 털어놓을 수 있단 말인가?

커너는 하품을 눌러 참으며 냉장고 문을 열었다. 그는 이미 제법 비
어있는 샤르도네 포도주 병을 꺼내 한 잔 따라 들고는 거실로 향했다.
집 안이 냉랭한 탓에 한기를 느낀 그는 단숨에 잔을 비운 다음 거푸 한
잔 더 따랐다.

오늘 밤은 해묵은 자기파괴 충동이 다시 고개를 들었다. 그는 평생 자

기파괴 충동과 싸우며 살아왔다. 방심은 단 한 순간도 허용되지 않았다.

넥타이를 풀고 창가로 걸어간 그는 소파에 털썩 주저앉았다. 머릿속에서는 가방을 훔치려던 에비의 생각이 떠나질 않았다. 에비의 눈에 깊게 드리워져 있던 고통의 그림자가 떠올랐다. 아무런 도움도 주지 못한 채 소녀를 보낸 게 다시 한번 후회스러웠다. 불현듯 소녀가 내뱉은 위태로운 말이 떠올라 머리가 지끈거렸다.

'죽이고 싶은 사람이 있어요. 복수하기 위해서.'

"복수만큼 어리석은 짓은 없어. 그자가 너한테 무슨 짓을 했는지 모르지만 절대 죽여선 안 돼."

그는 마치 에비가 가까이서 듣고 있는 것처럼 중얼거렸다.

바로 그때, 휴대폰이 울렸다. 그는 눈썹을 찡그렸다. 틀림없이 니콜일 것이다. 경황이 없어 깜빡 잊고 전화를 해주지 못했던 게 그제야 기억났다.

수화기를 들었다.

니콜이 아니었다.

두려움에 떠는 젊은 여자 목소리였다. 그녀가 사람을 죽였다고 고백했다.

5. 빛

밤을 통과하지 않고는 새벽에 이를 수 없다.

_칼릴 지브란

세 달 뒤, 겨울의 끝자락, 봄의 초입

이스트사이드 위로 비치는 불그스레한 여명이 화창한 날씨를 예고하는 듯했다. 이스트리버 둑에서 멀지 않은 곳에 노트르담 교회가 있었다. 물류보관소와 무미건조한 빌딩 사이에 낀 작은 히스패닉계 교구였다.

교회 건물에 노숙자들을 위한 임시 쉼터가 마련돼 있었다. 이가 빠진 바닥 타일, 건들거리는 칸막이벽, 노후화된 배관……. 시설은 보잘것없었지만 노숙자들 사이에서는 최고로 사랑받는 장소였다. 시 당국의 지정 쉼터들과는 달리 그곳에서는 꼬치꼬치 따져 묻지 않으면서도 따스한 음식과 깨끗한 옷을 나눠주었기 때문이다.

지하에 마련된 공동 침실에서는 십여 명의 노숙자들이 야전침대에 누워 아침을 맞이하고 있었다. 먼저 일어난 사람들은 일 층의 홀에서 아침 식사를 하는 중이었다. 영락없는 21세기판 꾸르 데 미라끌*이었다.

아직 젊어 보였지만 이가 몽땅 빠진 여자가 테이블에 앉아 커피잔을 핥아댔다. 바로 옆에서는 우람한 체구의 러시아 출신 외팔이 남자가 비스킷을 조금이라도 더 오래 두고 먹으려고 잘게 쪼개고 있었다. 창문 바로 옆에서는 뼈가 앙상한 흑인이 음식에는 눈길 한 번 주지 않고 침낭 속에 웅크리고 앉아 뜻 모를 말을 주절주절 읊조려댔다.

갑자기 출입문이 열리며 검은 코트 차림에 턱수염이 덥수룩하게 자란 사내 한 명이 나타났다. 지난밤, 여기서 자지는 않았지만 자주 드나드는 사람이었다. 그는 얼마 전부터 쉼터의 홀에 들러 휴대폰을 충전해가곤 했다.

그 노숙자는 다름 아닌 마크 해서웨이였다. 그는 무심하게 한쪽 구석으로 가더니 휴대폰을 충전기에 꽂았다. 크리스마스 이후로 니콜을 만나지 않았다. 엉망으로 흐트러진 머리에 흐리멍덩한 눈, 꾀죄죄한 얼굴은 그를 영락없는 노숙자로 보이게 했다.

이미 오래전 산 자들의 세상을 떠난 그는 자욱한 안개 속에서 추락을 목전에 두고 있었다.

새로운 음성 메시지가 도착했습니다.

전화기에서 흘러나오는 금속성 목소리는 그에게 전혀 감흥을 불러일으키지 못했다. 그런데…….

"마크? 나야."

*과거 프랑스 파리에서 거지나 부랑배들이 모여 살던 곳

니콜의 목소리였다. 멍한 상태에서도 아내가 흐느끼며 말하고 있다는 사실을 알 수 있었다.

"전화해줘, 아주 급한 일이야."

잠깐 동안 침묵이 흐른 다음 니콜의 말이 또다시 이어졌다.

"당신한테 꼭 전할 말이 있어."

마크는 그 순간 니콜이 라일라의 시체를 찾았다는 이야기를 할 거라 믿었다. 갑자기 끔찍한 장면이 떠올랐다. 식인귀, 짐승, 어둠 속에서 울부짖는 어린 소녀. 그런데…….

"당신이…….."

그는 너무나 긴장돼 숨을 쉴 수 없었다. 양쪽 관자놀이에 팔딱팔딱 뛰는 심장박동이 전해졌다.

"…… 당신이 옳았어."

또다시 침묵. 도대체 영문을 알 수 없는 말이었다. 그리고…….

"라일라를 찾았어."

그 순간 그는 두 눈을 감고 알 수 없는 대상을 향해 간절한 감사기도를 올렸다.

"라일라가 살아 있어, 마크."

후끈한 피의 흐름이 그의 온몸을 휘감았다. 잠시 넋이 나간 듯 멍해 있던 그의 눈에서 눈물이 흘러내렸다.

"라일라가 살아 있어."

6. 생존자

사랑한다는 것은 정체를 알 수도 없고, 결코 채워줄 수도 없는 상대의 고독을 어루만지는 것이다.

_크리스티앙 보뱅

메시지를 다시 들을 필요도 없었다. 라일라가 살아 있다. 조금 전만
해도 죽음의 문턱에 서 있던 마크는 딸의 생존 소식에 눈이 뜨이고 귀가
열리며 다시 태어났다.

쉼터를 나온 마크는 숨이 턱에 찰 정도로 스탠튼 거리를 달려 리틀 이
탈리아로 향했다. 도중에 여러 번 택시를 잡으려고 했지만 그를 태워주
는 택시는 단 한 대도 없었다. 하기야 지금 수중에 땡전 한 푼 남아 있
지도 않았다.

할 수 없지. 지하철에 무임 승차해 브루클린까지 가는 수밖에.

지하철을 타자마자 그는 의자에 주저앉아 숨을 고르기 시작했다. 갑
자기 숨이 멎고 시야가 흐려지는 것 같았지만 이토록 중요한 순간에 쓰
러질 수는 없다는 각오와 함께 이를 악물었다.

머리는 폭발 일보 직전이고 심장은 터질 듯 뛰었지만 그는 천천히 정

신을 가다듬어나갔다.

정신 차려. 자, 이제는 예전 모습으로 돌아가야 해. 라일라가 살아 있어. 줄곧 그렇게 믿고 있었지. 더 이상 희망을 가질만한 이유가 없는데도 항상 라일라가 살아 있을 거라 믿었어.

마크는 두 눈을 감고 차분하게 생각을 가다듬었다.

모든 걸 포기해버리고 싶은 유혹을 견딜 수 있었던 건 순전히 아이 때문이었어. 살아서 아이를 꼭 다시 만나고 싶었지. 앞으로는 절대로 아이를 잃어버려선 안 돼. 아이를 위해 강해져야 할 때야.

마크는 꼼짝하지 않고 생각에 잠겨 있었다. 그는 열차가 도착하는 역의 이름을 확인하기 위해서만 간간이 눈을 떴다. 머리가 온통 혼란스럽고 뒤죽박죽인 가운데 문득 떠오르는 생각이 있었다. 진정한 추론이라기보다는 직감에 가까웠다.

날짜! 날짜를 확인해봐!

맞은편 의자에 굴러다니는 오늘 자 《뉴욕포스트》가 보였다. 급히 신문을 집어 들고 열에 들뜬 마음으로 날짜를 확인했다. 2007년 3월 24일, 토요일. 니콜의 전화 메시지는 어제저녁에 남긴 것이었다.

어제 라일라를 찾았다는 얘긴데. 2007년 3월 23일!

그에게는 남다른 의미로 다가오는 날짜였다. 그의 심장과 머리에 낙인처럼 새겨져 도저히 잊을 수 없는 바로 그 날짜.

라일라가 실종된 날이 바로 2002년 3월 23일이었다.

5년 전, 5년 전 바로 오늘.

마크는 브루클린에 위치한 조용하고 아담한 거리에 도착했다. 그가 살던 집이 보였다. 집 앞 보도의 주차금지 구역에 경찰차 한 대가 세워져 있었다.

성큼성큼 계단을 뛰어오른 그는 초인종을 누르는 대신 문을 두드렸다. 니콜의 얼굴이 문틈 사이로 비쳤다. 라일라의 실종과 남편의 부재로 인한 시름 탓인지 눈빛이 파리했다.

FBI 요원의 등장으로 부부의 포옹은 금세 끝이 났다.

"안녕하십니까, 마크 해서웨이 박사님. FBI 캘리포니아 지부의 프랭크 마셜입니다. 몇 년 전에 뵌 적이 있는데 절 기억하시죠?"

그가 배지를 보여주며 말했다.

마크가 그를 향해 돌아섰다. 노숙자 행색을 보고도 그리 놀라지 않는 걸 보면 니콜에게서 그간의 정황을 전해 들은 모양이었다.

프랭크 마셜은 에디 해리스 타입의 다부진 체격의 소유자였다. 작달막하고 딱 벌어진 어깨, 스포츠머리에 선의를 담은 표정⋯⋯. 라일라 실종사건의 수사를 지휘했던 바로 그 사람이었다.

"아이는 어디 있지? 라일라는 어디 있는 거야?"

마크가 니콜을 향해 물었다.

"닥터 해서웨이, 우선 신중할 필요가 있습니다."

프랭크 마셜이 거실 탁자 위에 놓인 노트북을 향해 걸어가면서 마크에게 주의를 주었다.

"현재로서는 우리가 발견한 아이가 정말 박사님의 따님인지 아닌지도 확실치 않습니다. DNA 검사를 진행 중이니까 곧 확실한 결과가 나오게 될 겁니다."

마셜이 컴퓨터 자판을 두드리자 어린 소녀의 얼굴이 화면 위에 나타났다.

"어제저녁, 아이를 발견하고 나서 찍은 사진입니다."

마크가 고개를 숙여 화면을 들여다보았다.

"라일라, 우리 딸이 분명 맞습니다!"

마크가 단정적으로 말했다.

"우리도 그러길 바랍니다."

마셜이 대답했다.

"당장 라일라를 찾아가 봐야겠어요!"

"유감이지만 아이는 지금 뉴욕에 없습니다, 닥터 해서웨이."

마크가 마셜에게 다가서며 물었다.

"그럼 어디에 있다는 겁니까?"

"로스앤젤레스에 있는 세인트 메모리얼 병원의 치료센터에 있습니다."

"상태는…… 라일라의 현재 상태는 어떤가요?"

"아직 단정적으로 말씀드리기 곤란합니다. 병원에서 제반 검사를 진행 중이니 곧 확실한 결과를 알게 될 겁니다."

"아이가 구타를 당하진 않았나요? 성폭행이라도 당한 건 아니겠죠?"

"솔직히 말씀드리자면 현재 저희도 아는 게 전혀 없습니다."

마크가 분통을 터뜨렸다.

"대체 그게 말이나 됩니까? 아무것도 모르다니요?"

마크가 밀어붙일 기세로 경찰에게 바싹 다가서더니 위협적인 눈빛으로 아래위를 훑었다.

"진정하십시오, 닥터 해서웨이. 부인께도 이미 다 말씀드렸지만, 순서대로 차근차근 다시 정황을 설명해드리겠습니다."

마셜이 뒤로 한 걸음 물러서며 말했다.

니콜이 두 사람을 부엌으로 데려가 커피를 끓여주었다. 두 남자는 나란히 자리를 잡고 앉았다. 마셜이 내용을 빠뜨리지 않기 위해 호주머니에서 수첩을 꺼내 들었다.

"어제 오후 5시경, 로스앤젤레스 오렌지카운티에 위치한 선샤인 플라자 쇼핑몰 통로를 헤매고 있는 열 살가량의 여자아이가 순찰 중이던 경찰에 발견되었습니다."

마크가 두 손으로 머리를 감쌌다. 마셜이 이야기를 이어나갔다.

"나이와 생김새, 점, 턱에 나 있는 상처로 미루어 짐작해볼 때 박사님의 따님이라는 결론을 내리게 됐습니다."

"선샤인 플라자 쇼핑몰이라면?"

마크가 힘없이 말했다.

"맞습니다. 정확히 5년 전, 따님이 실종되었던 바로 그 장소입니다."

마셜이 덧붙였다.

마크의 얼굴에 순간 의구심이 짙게 드리워졌다.

"5년 차이로 같은 시각, 같은 장소에서라니……. 단순한 우연의 일치일까요?"

"우연의 일치라고 보기에는 석연치 않은 구석이 있습니다. 저도 박사님과 똑같은 생각입니다."

"라일라는 무슨 말을 했죠?"

"그게 바로 문제입니다. 따님은 현재 말을 하고 있지 않습니다."

마크가 눈살을 찌푸렸다.

"발견 당시부터 현재까지 단 한 번도 입을 열지 않았습니다. 경찰에게도, 아이를 치료하는 의료진한테도 말이죠."

완전한 무언증이란 말인가?

벌써부터 마크는 의사의 관점에서 생각하기 시작했다. 의사로 일하는 동안 그는 심리적으로 큰 충격을 받아 무언증을 앓게 된 아이들을 여러 번 치료해본 경험이 있었다.

"그만하면 이야기는 충분히 들었으니 제가 직접 로스앤젤레스에 가서 라일라를 데려와야겠습니다."

마크가 자리에서 벌떡 일어서며 말했다.

"그러잖아도 오늘이나 내일쯤 출발할 수 있게 좌석을 예약해두었습니다. 떠날 준비가 되면 저한테 연락을 주십시오. 공항까지 모셔다드리겠습니다."

마셜이 자리에서 일어나며 말했다.

"별달리 준비할 건 없습니다. 지금 당장이라도 라일라를 만나러 갈 수 있습니다. 더 이상 기다릴 이유도 없으니까요."

마크가 잘라 말했다.

순식간에 어색한 침묵이 주방을 맴돌았다.

니콜이 말했다.

"안 돼요!"

마크가 영문을 모르겠다는 듯 니콜을 돌아보았다.

니콜은 대답 대신 손가락을 들어 통유리창을 가리켰다. 유리에 마크의 모습이 비쳤다. 수척한 얼굴, 제멋대로 자란 머리카락, 지저분한 턱수염, 군데군데 보이는 타박상, 핏발 선 눈⋯⋯.

"당신도 그런 모습을 라일라에게 보여주고 싶진 않겠지?"

수치심을 느낀 마크가 동의의 뜻으로 고개를 숙였다.

*

"우리 집을 찾는 손님들이 다 박사님 같지 않아서 정말 다행입니다."

브루클린에서 몇 안 되는 구식 이발소를 운영하는 조 칼라한이 혀를 차며 말했다.

"2년 만에 머리를 자르시다니, 제 입장에서 보자면 그리 좋은 생각이 아니죠. 턱수염이야 더 말할 것도 없고요."

베테랑 이용사인 칼라한이 족히 한 시간은 더 가위질을 하고 나서야 이발은 모두 끝났다. 완벽을 추구하는 칼라한이 목덜미에 타원형 거울을 가져다 대고 마크에게 새 헤어스타일을 보여주었다.

"제가 한 가지 약속하죠. 앞으로 2년 만에 한 번씩 들르는 일은 없을 겁니다."

마크가 웃으며 말했다.

머리를 10센티나 자르고 시원하게 면도까지 하고 나자 이제는 알아보기 힘들 만큼 다른 사람으로 변모해 있었다.

이발소를 나온 마크는 파크 슬로프의 고급 부티크들을 재빨리 돌며 쇼핑을 했다. 전도유망한 젊은 의사 시절에 자주 들르던 가게들이었다. 마직 바지, 재단이 잘된 재킷, 은색 악어 그림이 있는 최신 스타일의 폴로셔츠…….

역시 옷이 날개였다. 조금 신경 썼더니 몇 시간 전까지만 해도 꾀죄죄한 부랑자 몰골이었던 그의 모습은 이제 주변 시선을 한 몸에 잡아끌 만큼 매력적인 모습으로 탈바꿈해 있었다.

*

마크는 걸어서 집으로 돌아갔다. 집 앞에 서 있던 경찰차는 사라지고 없었다.

이제야 속이 시원하군.

마크는 초인종을 누르려다가 니콜에게서 받은 열쇠가 있다는 사실을 떠올렸다. 현관문을 연 그는 복도를 가로질러 걸어갔다. 창문은 모두 열려 있었다. 봄 햇살이 가득 들어찬 거실에는 베르가모트꽃과 오렌지

꽃향기가 은은하게 퍼져 있었다. 하이파이 스테레오에서는 키스 자렛의 빗방울처럼 톡톡 튀는 피아노 선율이 흘러나오는 중이었다. 키스 자렛 음악의 백미로 인정받는 '쾰른 콘서트' 판은 재즈 팬이 아닌 사람들까지도 사로잡은 불후의 명반이었다.

마크는 깊은 감회에 젖어들었다. 연애를 시작한 지 얼마 안 되었을 때 니콜에게서 선물 받은 음반이었다. 그래서인지 그에게는 더욱 각별한 가치가 있었다.

"니콜?"

마크가 아내를 불렀다. 대답이 없었다.

2층에 있나?

그는 성큼성큼 계단을 올라갔다.

"니콜?"

그가 욕실 문을 열었다.

텅 비어 있었다.

마크는 침실 문 앞에서 우뚝 멈춰 섰다. 문에 압정으로 꽂아놓은 엽서 한 장이 눈에 띄었다. 서로 부둥켜안은 두 사람이 하늘하늘한 시트를 감고 둥둥 떠 있는 그림 엽서였다. 카미유 클로델의 조각 작품 〈왈츠〉라는 걸 한눈에 알 수 있었다. 니콜과 함께 파리의 로댕 박물관을 방문했을 때 둘 다 깊이 매료되었던 작품이었다.

키스 자렛의 음악, 카미유 클로델의 조각품.

니콜이 남긴 두 개의 '마들렌'이 그를 아득한 과거의 시간 속으로 데려갔다.

니콜은 어디에 갔을까?

그는 당혹스러운 마음으로 엽서를 뗐다. 엽서 뒷면에 황급히 적은 메모가 몇 줄 있었다.

마크, 내 사랑

내 걱정은 마. 난 괜찮으니까. 하지만 당신과 함께 로스앤젤레스로 날아갈 수는 없는 입장이야.

내가 예전처럼 당신과 라일라와 함께 살아가기를 얼마나 간절히 소망하는지 잘 알 거야. 다만 이번에는 당신과 동행할 수 없는 형편이야. 당신 혼자 무사히 다녀오길 빌게. 더 이상 얘기해줄 수 없어 미안해.

당신도 알고 나면 이해하게 될 거야.

무슨 일이 있더라도 난 언제나 당신을 사랑하고, 앞으로도 영원히 사랑할 거라는 사실만은 알아주길⋯⋯.

니콜로부터

7. 하늘의 뜻

내가 두려움에 떨고 있을 때 그가 왔다. 그가 오면서, 내 두려움은 작아졌다.

_에밀리 디킨슨

열두 시간 후, 로스앤젤레스, 세인트 메모리얼 병원

승강기는 끝도 없이 위로 올라갔다. 꼼짝없이 승강기에 동승하게 된 마크와 마셜은 마치 서로를 잡아먹을 듯이 노려보며 서 있었다.

입이 근질근질하던 프랭크 마셜이 더 이상 참지 못하고 말문을 열었다.

"부인이 동행하지 않은 게 이상하다고 생각하지 않습니까?"

마크는 아무 대답도 하지 않았다. 프랭크 마셜은 벽에 대고 말을 거는 것 같은 불쾌감을 느꼈다.

"부인께서는 이미 숨졌다고 생각하고 있던 따님이 다시 나타났고, 또……."

"대체 무슨 말을 하고 싶은 겁니까?"

화가 치밀어 오른 마크가 말을 잘랐다.

주저주저하던 프랭크 마셜이 결국 다시 말을 꺼냈다.

"부인에 대해서 혹시라도 우리가 모르는 사실을 알고 계시거나 의심스러운 점이 발견되면 즉시 말씀해주셔야 합니다. 이 얘길 하고 싶었습니다."

마크는 여전히 그의 말을 무시하면서 노골적으로 그에게서 등을 돌리고 섰다. 도무지 해석이 안 되는 니콜의 야릇한 메모에 대한 생각은 우선 한쪽으로 밀쳐두어야 했다. 지금은 오로지 라일라에 대한 생각만 할 작정이었다. 나머지 문제는 잠시 잊기로 했다.

"또 한 가지 말씀드리겠습니다. 수사상 필요 때문에 FBI에서는 따님의 출현을 언론에 공개하지 않을 생각입니다. 우리는 내부 방침에 따라 언론사에 보도자료를 배포하지도 않았죠. 당분간이라도 기자들이 이 일에 끼어들지 않게 협조해주시기 바랍니다."

"왜죠?"

"분명 이유가 있지만 유감스럽게도 밝혀드릴 수는 없습니다."

프랭크 마셜이 조심스럽게 대답했다.

마크가 이내 반격에 나섰다.

"아이의 아빠인 나에게까지 이유를 설명해주지 않겠다는 건 지나친 처사 아닙니까? 언제나 쉬쉬하려는 당신들의 병적인 편집증이 도진 것이겠군요. 하지만 이제 그런 방법은 안 통합니다. 당신들은 더 이상 나한테 이래라저래라 명령할 수 없어요!"

마크의 대답에 불쾌감을 느낀 마셜이 비상 정지 버튼을 눌러 두 층 사이에 승강기를 세웠다. 상황을 분명히 짚고 넘어가겠다는 듯 그가 힘주어 말했다.

"한 가지만큼은 분명히 말해두겠습니다. 몇 가지 문제에 대해 약속해야만 우리도 당신이 아이를 뉴욕으로 데려갈 수 있게 협조할 수 있습니다."

"그따위 협박은 당장 집어치우고 어서 승강기나 움직여요."

"따님의 상태를 FBI 소속 정신과 의사가 매일 검진할 수 있게 허락해 줘야 합니다. 아이가 입을 열게 되면 FBI가 먼저 대화를 나눌 필요가 있습니다."

인내심의 한계를 느낀 마크가 순식간에 정부 요원의 멱살을 잡고 믿기지 않을 정도로 격렬하게 유리 벽 쪽으로 밀어붙였다. 그 바람에 승강기가 심하게 요동쳤다.

"내가 바로 정신과 의사입니다. 내 딸은 다른 사람의 진료 따윈 필요 없어요. 이 경우에 있어서는 내가 전문가란 말입니다. 내 분야에서는 최고란 말이지."

프랭크 마셜이 손을 떨쳐내려 몸부림도 치지 않고 가만히 선 채 한마디했다.

"과거라면 그랬을지도 모르죠. 하지만 지금 당신은 2년 동안 거리를 배회하며 산 부랑자에 불과할 따름입니다. 당신이 지난 2년간 보인 행적은 충격에 휩싸인 어린아이를 안정시키는 데 부적합하다는 뜻입니다. 물론 충분히 동의하시겠지만……."

마크의 손아귀에 한층 더 힘이 들어갔다.

"당신들은 라일라를 찾아내지도 못한 사람들입니다. 그 아이가 지금

이렇게 살아 있는 건 당신들 덕분이 아니란 말입니다. 그러니까 날 가만 내버려둬요. 이제부터는 내가 모든 걸 알아서 할 테니까. 이 사건은 이미 종료됐습니다."

마크가 손을 놓고 버튼을 누르자 승강기가 다시 운행을 시작했다.

마셜이 옷매무새를 가다듬으며 덤덤하게 한마디 덧붙였다.

"따님의 유괴범을 잡아 가둬야 사건은 비로소 종결되는 겁니다."

*

승강기 문이 열리자 통유리창이 나 있는 긴 복도가 나타났다. 거센 바람이 유리창을 때리며 지나갔다. 어둠이 내린 천사들의 도시에는 자동차 불빛 행렬이 꼬리를 물고 이어지고 있었다.

마크는 병원에서 안내해준 병실의 위치를 찾기 위해 신경을 곤두세웠다. 라일라의 병실은 복도 끝에 위치해 있었다. 드디어 병실 문이 보였다. 40여 미터 거리였다.

466호실. 40미터.

복도는 의사와 간호사들로 북적거렸지만 마크의 귀에는 아무런 소리도 들려오지 않았다. 그는 침묵 속에서 몸을 웅크린 채 무호흡 잠수를 하듯 천천히 앞쪽을 향해 걸어갔다. 조바심이 나고 불안했지만 무슨 일이 있어도 놀라지 말자고 마음속으로 몇 번이나 되뇌었다. 어쩌면 딸이 얼굴을 몰라볼 수도 있었고, 공격적인 태도를 보일지도 모르는 일이었다.

어쩌면 그가 차마 딸에게 말을 걸 수 없을지도 몰랐다.

30미터. 마치 억겁의 시간으로 느껴졌다.

왜 이렇게 두려운 걸까? 결국 내 판단은 옳지 않았는가? 5년 전부터 다른 사람들은 다 아니라고 해도 죽을힘을 다해 라일라의 사망 가능성 자체를 도외시한 내가 아닌가?'

사람은 본래 주먹이 아니라 머리로 투쟁하는 존재라는 게 그와 커너가 시카고의 빈민가에서 유년기를 보내는 동안 얻어낸 결론이었다. 그런 믿음이 있었기에 의사라는 직업을 선택할 수 있었다. 극심한 바람 때문에 더 이상 버틸 수 없다면 자세를 낮추고 폭풍이 지나가길 기다려야 한다. 기다리다보면 언젠가 긴 터널의 끝이 보이는 순간이 오기 마련이다.

20미터.

한 발 한 발 걸어나갈수록 지난 몇 년 동안 겪은 시련이 생생한 느낌으로 다가왔다. 고통의 나락에 떨어졌던 시간이었다. 고통받는 딸을 위해 아무것도 해줄 수 없다는 건 이내 절망과 자학으로 이어졌다. 그로서는 딸과 일체감을 이루기 위해 고통을 자초해온 시간이었다.

10미터.

앞으로 몇 발짝만 더 걸어가면 악몽은 모두 끝날 것이다. 한데 아직 실감이 나지 않았다. 아직 조금 거리가 남았을 때 문이 슬며시 열렸다. 가장 먼저 헐렁헐렁한 분홍색 파자마 위로 빠져나온 곱슬머리가 후광처럼 다가왔다. 마침내 간호사와 동행하고 있는 여자아이가 번쩍 고개를 들었다.

분명 라일라였다! 훌쩍 자라 있었지만 그의 눈에는 여전히 작고 연약해 보이기만 하는 딸이었다. 안전핀이 뽑혀나간 수류탄이 그의 심장에서 폭발을 일으킨 듯한 충격이 가해졌다.

마크는 단숨에 달려가 꽉 안아주고 싶었지만 혹시라도 아이가 놀랄까봐 충동을 억눌렀다. 그가 아이에게 조심스럽게 손짓을 보냈다. 그와중에도 사지가 벌벌 떨렸다.

아이는 제자리에 꼼짝 않고 서 있었다. 그제야 마크는 용기를 내어 아이와 시선을 맞췄다. 아이가 사라진 지 꼭 1,828일 만이었다. 처음에는 얼이 빠져 갈팡질팡할 거라 생각했었는데 아이에게서 공포나 고통의 흔적은 전혀 찾아볼 수 없었다. 아이는 생각보다 차분했고, 지나칠 만큼 표정이 안정돼 보였다.

희미한 미소를 띤 아이가 간호사의 손을 뿌리치더니 마크를 향해 달려왔다. 아이의 키에 맞게 몸을 숙인 그가 두 팔을 활짝 벌려 아이를 품에 안았다.

"이제는 걱정할 필요 없어, 우리 딸."

마크는 아이를 번쩍 들어 올렸다. 아이를 꼭 껴안은 그는 무한한 감사와 기쁨을 느꼈다. 아이가 태어났을 때보다 훨씬 강렬한 감정이었다.

"그래, 이제 끝났어. 이제는 안심해도 돼."

마크가 아이의 귀에 대고 속삭였다. 그가 가방을 뒤지더니 조그만 토끼 모양 플러시 인형을 꺼냈다. 아이에게 주려고 뉴욕에서 챙겨가지고 온 인형이었다.

"아빠가 토끼 인형을 가져왔어, 라일라. 기억나지? 토끼 아저씨가 없으면 넌 잠도 못 잤었잖아."

라일라가 인형을 받아들고 가슴에 꼭 안았다.

"이제 끝났어, 아가."

스스로 확신이 필요한 듯 마크가 되풀이해 말했다.

"이제 끝났어. 아빠랑 집에 가는 거야."

8. 터미널

불가능한 꿈을 꾸다. 출발의 우수를 떠메다. 가능의 열병에 시달리다. 아무도 떠나지 않는 곳으로 떠나다.

_자크 브렐

오늘, 2007년 3월 25일 오전 8시, 로스앤젤레스 공항

마크

택시가 2번 터미널 앞에 멈춰 섰지만 마크는 자리에서 일어나지 않았다. 그의 어깨에 기대 잠든 라일라를 급히 깨우지 않기 위해서였다.

어젯밤 라일라를 데리고 병원을 나온 마크는 로스앤젤레스 다운타운에 있는 한 호텔에서 하룻밤을 보냈다. 라일라는 여전히 말을 하지 않았지만 심리 상태는 생각보다 안정돼 보여 그를 안심시켰다.

"곧 다시 말하게 될 거야."

마크가 잠든 딸에게 다짐하듯 말했다. 그는 아이가 부모의 사랑 속에서 보호받는 느낌만 되찾는다면 조만간 다시 말하게 될 것이라 확신했다. 라일라가 한시바삐 안정을 찾을 수 있도록 세심하게 배려하는 게 그에게 부과된 임무였다.

마크는 선팅한 택시의 창 너머로 북적거리는 공항 주변을 쳐다보았다. 그는 폭력적이고 공해가 심각한 로스앤젤레스가 정말 싫었다. 속 빈 강정 같은 이 공룡 도시는 사람이든 자연이든 가리지 않고 삼켜버릴 듯한 인상을 주었다.

카 오디오에서 흘러나오는 바이올린 선율이 왠지 익숙했다.

"이 음악의 곡목이 뭐죠?"

"바흐의 샤콘느."

음악 애호가인 택시 운전사가 마크에게 CD 케이스를 내밀었다.

마크는 CD 재킷을 들여다보았다. 하늘하늘한 무대의상을 입은 바이올리니스트는 섹시하면서도 위협적인 쌍두 인간의 이미지를 풍겼다. 고급스러운 노란색 라벨 위에 연주자의 이름과 곡목이 인쇄돼 있었다.

니콜 해서웨이가 연주하는 바흐의 무반주 솔로 파르티타

마침내 잠에서 깨어난 라일라가 터져 나오는 하품을 억지로 참으며 그를 향해 빙긋 미소를 머금었다.

"점퍼를 입어라, 라일라. 비행기를 타러 갈 거야."

마크가 말했다.

마크는 라일라가 외투를 걸쳐 입기를 기다렸다가 택시 밖으로 나섰다. 그들은 손을 꼭 잡고 터미널 안으로 걸어 들어갔다.

출국장은 긴장이 고조되어 있었다. 일주일 전, 런던에서 또다시 테러 음모가 적발된 후 대서양 양안을 사이에 둔 두 나라는 급격히 긴장 상태로 빠져들었다. 며칠 새 테러범을 목격했다는 허위 제보가 줄을 이었다. 테러 경계 등급은 '주황색'에서 '적색'으로 상향 조정되었다. 매일 항공기 운항이 한두 편 이상 취소되었다.

마크는 예약한 비행기가 예정대로 운항한다는 것을 확인하고 나서 서둘러 지정된 수속 카운터로 향했다. 탑승객 보안 검색과 수하물 검색 강화로 탑승 수속 시간이 길어질 게 뻔했기에 가급적 모든 절차를 한시바삐 끝내고 싶었다. 그는 다시는 잃어버리지 않겠다는 듯 라일라의 손을 한시도 놓지 않았다.

"닥터 해서웨이! 닥터 해서웨이!"

마크는 자신을 부르는 소리에 깜짝 놀라 뒤를 돌아보았다.

생면부지의 남자가 몇 미터 뒤에서 그의 이름을 부르며 급히 뛰어오고 있었다.

"저는 미카엘 필립스, 헤럴드 기자입니다."

그가 급히 자기소개를 했다.

마크가 눈살을 찌푸렸다.

"따님과 간단하게 인터뷰를 했으면 합니다."

기자가 주머니에서 녹음기를 꺼내며 말했다.

"우린 당신한테 해줄 말이 없으니 더 이상 귀찮게 하지 말아요."

마크는 라일라를 옆으로 바짝 끌어당기며 걸음을 재촉했다. 필립스 기자가 두 사람을 뒤따라 걸으며 열을 올려 말하기 시작했다.

"저희와 계약하시죠. 인터뷰와 사진 촬영을 허락하는 조건으로 7만 5천 달러를 드리겠습니다."

"썩 꺼지시오!"

마크가 벼락같이 화를 냈다.

휴대폰을 꺼내든 기자가 아랑곳하지 않고 사진을 찍으려 하자 마크가 급히 라일라의 얼굴을 가리는 한편 기자의 목덜미를 움켜쥐었다. 그 바람에 기자는 휴대폰을 손에서 놓치고 말았다. 마크가 바닥에 떨어진 휴대폰을 구둣발로 짓이겼다.

"반드시 변상해야 할 겁니다, 닥터 해서웨이!"

화가 난 기자가 목을 문지르며 위협적으로 말했다.

마크는 갑자기 충동적으로 벌어진 일이어서 자기 자신조차도 깜짝 놀라 기자를 멍하니 바라보았다.

필립스 기자가 황급히 탑승 구역으로 향하는 마크의 뒤통수에 대고 경고하듯 말했다.

"아무것도 모르겠지만 지금 당신은 완전 고립된 신세란 말이오, 닥터 해서웨이. 내가 나름대로 조사해 모은 정보들이 있어서 하는 얘기요. 당신은 진실을 알 수 있는 좋은 기회를 놓쳐버린 줄이나 아시오. 어떻게 된 일인지 알려 주려 했는데 행패를 부리는 바람에 모두 수포로 돌아가고 말았소. 당신은 진실을 까맣게 모르고 있어요. 당신 부인이나 당신 딸에 대해."

에비

유니언 역과 공항을 오가는 셔틀버스가 2번 터미널 앞에 승객들을 쏟아놓았다. 승객들 중에는 고딕풍 외모의 열다섯 살 소녀 에비도 끼어 있었다. 맨 마지막으로 셔틀버스에서 내린 그녀는 아직 잠이 덜 깬 채로 출국장 안으로 들어섰다.

에비는 탑승 시간을 확인하기 위해 눈을 찡그린 채 전광판을 주시했다. 어젯밤에는 노상 벤치에서 잠을 잔 탓에 몸 여기저기가 쑤셨고, 아무것도 먹지 못해 배에서는 연신 꾸르륵거리는 소리가 났다. 관절은 걸을 때마다 삐걱거렸고, 뼈마디는 금방이라도 부서질 듯 욱신거렸다.

군침을 흘리며 커피와 쿠키를 파는 스타벅스 계산대를 쳐다보았지만 수중에는 땡전 한 푼 남아 있지 않았다. 극심한 허기를 느낀 그녀는 커피 판매점 쓰레기통에서 누군가 먹다 버린 오렌지주스와 머핀 조각을 슬쩍 집어 들었다.

몇 시간 후면 뉴욕에 도착할 것이다. 운수 사나운 일로 부득이 로스앤젤레스에 다녀가는 길이었다. 비로소 오랫동안 추적해왔던 남자의 주소를 입수했다. 그는 맨해튼 북쪽에 위치한 동네에 살고 있었다. 발견하는 즉시 그를 죽이리라.

그를 죽이리라.

그를 죽이리라.

앨리슨

위협적인 휠베이스와 날렵한 외양을 자랑하는 사륜구동차가 2번 터미널 지하 3층 주차장에 멈춰 섰다.

포르쉐 카이엔 안에서는 랩과 R&B가 뒤섞인 음악이 귀가 찢어지도록 울려 퍼지고 있었다. 운전석에 앉은 젊은 여자는 앨리슨 해리슨이었다. 스물여섯 살인 그녀는 백금빛 쇼트커트 머리에 노티파이 슬림진과 몸에 꼭 끼는 가죽 재킷 차림에 올가미 스타일의 벨트를 두르고 있었다.

포르쉐의 시동을 끈 앨리슨이 피곤한 듯 핸들 위로 엎드렸다. 온몸에 오한이 일었다. 비행기 탑승을 거부당하지 않으려면 우선 마음을 안정시켜야 하는데, 당장 취할 수 있는 대책이 마땅치 않았다. 그녀는 에르메스 가방을 뒤져 상아색 분갑을 꺼냈다. 달뜬 마음으로 콜라를 두 모금 마신 그녀는 하얀 가루를 잇몸에 약간 묻힌 다음 문지르기 시작했다.

그제야 몸이 나른해지면서 마음이 점차 안정을 찾아갔다. 코카인에 의지하지 않고는 현실을 대면할 용기를 잃은 지 오래였다. 그녀는 몇 년 전부터 코카인 복용을 통제하지 못하고 있었다. 하얀 가루의 효과는 언제나 확실했고, 유혹을 뿌리치기가 쉽지 않았다.

앨리슨은 순식간에 자신감을 되찾았다. 다시 강해진 것 같았고, 무슨 일이든 해낼 수 있을 것 같았다. 이런 편안한 기분은 간혹 극도로 예민한 감정과 거친 태도로 나타나곤 했다. 지금 당장은 기운을 차리고 나서 비행기에 몸을 싣고 뉴욕으로 돌아가는 게 급했다.

앨리슨은 근시용 콘택트렌즈를 빼는 대신 한쪽 눈에는 분홍색, 다른

쪽 눈에는 파란색 컬러 렌즈를 꼈다. 그녀는 백미러를 보며 흐트러진 앞머리를 가지런히 내린 다음 나비 모양의 머리핀으로 고정시켰다. 대충 치장을 마치고 나서야 그녀는 하이힐을 신고 사륜구동차에서 비틀거리며 걸어 나와 바퀴 달린 여행 가방을 끌며 걷기 시작했다.

앨리슨은 파파라치들의 카메라 플래시가 터지는 동안 승용차의 앞 유리창에 비치는 자신의 모습을 쳐다보았다.

유리창은 잔인하지만 그녀의 현재 모습을 그대로 보여주었다.

몸값 10억 달러짜리 코카인 중독 매춘부.

*

그들 세 사람은 서로 몇 미터의 거리를 두고 공항 로비라는 작은 무대 위에 서 있었다.

마크, 에비, 앨리슨.

안면도 없고 한 번도 얘기를 나눈 적이 없지만 그들에게는 몇 가지 공통점이 있었다. 먼저 세 사람 모두 존재의 전환점에 서 있다는 것이었다. 그들은 폭발 직전인 격변 상황을 목전에 두고 있었다.

그들에게 가장 큰 공통점이 있다면 고통스런 과거를 가지고 있다는 것이었다. 그들의 인생은 부재나 죽음으로 인해 송두리째 흔들렸다. 그들은 모두 자기 자신을 희생자이자 죄인이라 여기고 있었다.

몇 분 뒤 그들은 같은 비행기에 오르게 될 것이다.

그리고 그들의 인생이 달라질 것이다.

*

"자, 아빠가 먼저 지나갈 테니까 뒤따라와. 알았지, 라일라?"

마크가 재킷을 벗고 벨트를 풀어 검색대의 컨베이어에 올려놓은 뒤 보안 탐지기 앞을 통과했다.

경보음은 울리지 않았다.

"자, 이번에는 네 차례야."

마크가 소지품을 집어 들며 딸에게 말했다.

라일라가 차분하게 아빠를 뒤따랐지만 보안 탐지기가 여지없이 경보음을 냈다.

"주머니에 있는 물건들을 꺼내놓고 신발을 벗어요!"

젠장, 조금 상냥하게 굴면 어디가 덧나나?

마크가 보안요원을 쨰려보며 불만스런 표정을 지었다.

요즘 공항에는 극도로 긴장된 기운이 감돌았다. 오늘 아침에는 상당 수의 군 병력이 차출되어 보안검사와 수색 작업을 벌인 탓에 긴장감은 한층 더 고조되었다.

마크가 라일라 앞에 무릎 꿇고 앉아 신발을 벗을 수 있게 도와주었다. 그런 다음 아이의 호주머니 속을 살펴보았지만 금속성 물질이라고는 아무것도 찾아내지 못했다.

"자, 이제 아무 문제 없을 거야."

라일라가 양말만 신은 채 아치형 보안 탐지기 밑을 지나가는데 또다시 경보음이 울렸다. 아이는 청바지와 티셔츠, 점퍼만 걸친 상태였다.

마크가 눈썹을 찡그렸다.

"보안 탐지기가 고장 난 것 아닙니까? 당신들 기계가!"

보안요원이 마크의 말에 일언반구 대꾸도 하지 않은 채 아이 곁으로 다가왔다.

"한 바퀴 빙 돌아봐요, 꼬마 아가씨. 양팔을 위로 올리고."

보안요원이 탐지기로 라일라의 몸 전체를 훑어 내렸다. 탐지기가 아이의 목덜미에 이르는 순간 갑자기 요란한 경보음을 발했다.

"대체 이 기계가 왜 이러는 겁니까?"

마크가 짜증을 냈다.

보안요원도 이런 경우는 처음이어서 꼭 집어 답변해줄 수 있는 상황이 아니었다. 다시 한번 탐지기를 대보았지만 똑같은 결과가 나왔다. 그는 동료 요원을 불러 탐지기를 바꿔달라고 요청했다. 새 탐지기를 대보았지만 결과는 역시 마찬가지였다. 그렇다면 라일라의 몸속에 금속성 물체가 들어 있다는 뜻이었다.

보안요원이 이어폰을 손가락으로 꾹 누르며 감시카메라 쪽을 올려다 보았다. 검색대 상황을 면밀하게 지켜보고 있는 상급자와 이야기를 나누기 위해서였다.

"한 가지 난감한 문제가 발생했습니다."

보안요원은 취조실처럼 생긴 썰렁한 사무실로 마크와 라일라를 데려갔다.

바지 정장을 입은 근엄한 분위기의 라틴계 여자가 그들 앞에 서 있었다. 마치 자신이 콘돌리자 라이스쯤 되는 것으로 착각하는 듯한 여자가 두 사람의 여권을 찬찬히 뜯어보았다.

"우선 설명 좀 해주시겠습니까, 마크 해서웨이 씨. 따님이 최근에 외과수술을 받은 적 있습니까?"

"나는…… 나는 모릅니다."

마크가 솔직히 말했다.

"아이의 목덜미에 뭔가 삽입된 게 있지 않나요? 가령 칩이나 임플란트 같은 종류 말입니다."

"난 모르겠습니다."

공항의 보안 책임자는 한심하다는 듯 그를 쳐다보았다.

"모르다니요? 그게 말이 됩니까? 당신 딸 아닌가요?"

"설명하자면 깁니다."

마크의 목소리에 피로한 기색이 역력하게 묻어났다.

여자가 라일라 쪽을 돌아보았다.

"머리 뒤쪽이 아프지 않니?"

라일라는 입을 꾹 다문 채 눈도 꿈쩍하지 않고 상대방을 빤히 쳐다보았다.

"말을 못하니?"

화가 난 마크가 의자를 박차고 일어섰다.

"우린 이만 가봐야겠어요. 비행기를 탈 수 없다면 자동차를 렌트해서라도 갈 거요."

마크가 라일라의 손을 잡으며 말했다.

"당신은 이 자리에서 꼼짝도 할 수 없습니다."

보안 책임자가 사무실 앞에서 경비를 서고 있는 군인을 가리키며 말했다.

"꼼짝하는지 못하는지는 두고 보면 알겠지. 우선 내 여권부터 돌려줘요. 난 잘못한 게 아무것도 없으니까."

마크가 버럭 소리를 질렀다.

팽팽한 긴장감이 감돌고 있을 때 사무실의 전화벨이 울렸다.

"네?"

여자가 스피커폰 버튼을 눌렀다.

"FBI입니다. 프랭크 마셜 요원이라고 하는데요."

비서가 알려주었다.

"나중에 다시 걸라고 해요."

"급한 일이랍니다."

"알았어요, 바꿔줘요."

그녀가 스피커폰 기능을 끄며 말했다.

의자에 앉았던 마크는 프랭크 마셜이 개입하는 것을 알고 깜짝 놀랐다. 일이 어떻게 마무리될지 무척이나 궁금했다.

두 번의 '예'와 한 번의 '알겠습니다'가 들어가는 짧은 대화를 마친 그녀가 수화기를 내려놓았다.

그녀가 난처한 얼굴로 마크를 올려다보았다. 뉘우치는 표정이 역력했다.

"모든 게 다 정상입니다, 닥터 해서웨이."

그녀가 마크에게 여권을 건넸다.

"불편을 끼쳐드려 죄송합니다. 따님과 함께 즐거운 여행되시길 빌겠습니다."

*

보안 검색 때문에 기진맥진해진 마크는 아침을 푸짐하게 먹어야겠다고 생각했다. 커피 체인점인 봉 카페*로 들어선 그는 두 개의 쟁반에 음식을 가득 담고 화분 옆 작은 테이블에 라일라와 함께 앉았다.

라일라는 마치 걸신들린 사람처럼 파리식 크루아상과 오렌지주스를 마셔가며 맛있게 먹었다. 마크는 딸의 먹는 모습을 흐뭇한 미소와 함께 지켜보았다. 그는 커피를 한 잔 마시며 손님들에게 한 부씩 나눠주는 《USA투데이》를 건성건성 읽어나갔다.

*

*좋은 카페라는 불어 명칭

터미널 내부는 은은한 빛에 잠겨 있었다. 마크와 라일라가 일어난 자리에 소녀 하나가 와서 앉더니, 아무도 몰래 남은 오렌지주스와 손도 대지 않은 요구르트를 먹어 치웠다.

에비는 앉은 김에 신문 기사의 제목들을 한번 죽 훑어보았다. 대문짝만 한 사진이 실린 기사 하나가 첫 페이지의 절반을 차지하고 있었다.

억만장자 리처드 해리슨 자살

세계적인 대형 유통업체 〈그린크로스〉 그룹의 창업주인 리처드 해리슨이 어제 뉴욕에서 72세의 나이로 세상을 떠났다. 리처드 해리슨은 스스로 머리에 엽총을 쏜 뒤 피를 흘리며 쓰러진 채 발견되었다. 그는 자살 이유를 밝힌 편지를 측근에게 남긴 것으로 알려졌다.

2년 전, 알츠하이머 투병 사실을 공개한 그는 점점 더 나약해져가는 자신의 모습을 더 이상 견디지 못하고 자살을 결행한 것으로 추정되고 있다. 장례식은 내일 오후 맨해튼에서 있을 예정이다.

리처드 해리슨은 1966년 네브래스카주의 작은 시골 마을에서 조그만 디스카운트 식료품점을 개업하면서 유통 사업에 처음으로 뛰어들었다. 그의 점포는 짧은 시간에 큰 성공을 거두며 순식간에 네브래스카뿐만 아니라 미국 전역으로 체인점을 넓혀갔다. 미국 내 〈그린크로스〉 매장은 끊임없이 늘어나 현재는 600개가 넘는 점포를 확보하고 있다.

차분한 성격의 소유자였던 리처드 해리슨은 30년 동안 한 번도 이사를 가지 않고 같은 집에서 살았던 것에서 알 수 있듯 억만장자치고는 대단히 검소한 생활 습관을 유지한 것으로 유명하다. 돈은 이 기업 총수의 검소한 일상에 조금도 변화를 주지 못했다. 그는 절대로 부를 과시하지 않았고, 언제나 친근한 옆집 아저씨 같은 이미지를 유지했다.

리처드 해리슨의 조용한 성격과 금욕주의적인 철학은 돌출행동으로 연예지에 주기적으로 기삿거리를 제공하는 외동딸 앨리슨 해리슨의 행태와 자주 비견되기도 했다.

에비는 자동 출입문 쪽에서 들리는 아우성 소리에 정신이 산란해져 읽고 있던 신문에서 눈을 뗐다. 사진기자들의 플래시 세례를 받으며 쫓기듯 터미널 안으로 들어서고 있는 앨리슨 해리슨의 모습이 그녀의 시야에도 포착됐다. 파리한 몸매에 큼지막한 잠자리 안경으로 얼굴을 반쯤 가린 앨리슨이 주변에 몰려든 기자들의 질문 공세에 어쩔 줄 몰라 하고 있었다.

아버지와의 사이는 어땠습니까? 두 분 관계가 소원했던 건 아닌가요? 요즘 마약은 끊었습니까? 10억 달러나 되는 유산을 상속받는 기분이 어떻습니까? 현재 만나는 사람은 있습니까? 곧장 병원으로 갈 건가요? 마약에 대해 아직 대답하지 않았잖아요. 정말 끊었습니까?

마치 무참하게 따귀를 때리듯 여러 종류의 질문들이 앨리슨에게 쏟아졌다.

앨리슨은 처음 언론의 관심을 끌기 시작했을 당시만 해도 내심 우쭐했었다. 한때는 이편에서 유리하게 언론을 통제하고 이용할 수 있으리라 믿은 적도 있었다. 그러나 점차 유명세를 타면서 언론은 그녀의 숨통을 바짝 조여 왔다.

이제는 파파라치는 물론이려니와 일반인들까지 가세해 어떻게든 그녀의 사생활을 한 가지라도 더 훔쳐보려고 난리를 피웠다.

다시 플래시 세례가 터졌고, 앨리슨은 카메라를 피하기 위해 손으로 얼굴을 가렸다. 그 순간 그녀의 뇌리에 과거의 기억들이 부메랑처럼 되살아났다.

플래시…….

백…….

9. 앨리슨, 첫 번째 플래시백

8년 전, 〈그린크로스〉 제국의 상속녀 타임스퀘어에서 스캔들

-AP, 1999년 10월 18일

어제저녁, 타임스퀘어에 소재한 한 유명 레스토랑에서 열아홉 번째 생일파티를 마치고 나오던 앨리슨 해리슨이 행인들에게 또 하나의 구경거리를 제공했다. 술에 취한 그녀는 길 한가운데서 수많은 '관객'들의 비웃음과 욕설을 들으며 과감한 스트립쇼를 벌였다.

억만장자 리처드 해리슨의 딸인 그녀는 각종 사교 모임과 쇼핑에 전념하기 위해 학업을 중단하고 갖가지 기행과 철부지 같은 행동을 일삼아 꾸준히 사람들의 입방아에 오르내리고 있다.

앨리슨의 변덕

-AFP, 1999년 12월 23일

파리 여행 중인 억만장자 리처드 해리슨의 상속녀가 조르주 생크 호텔 직원들을 깜짝 놀라게 만들었다. 고급 스위트룸에 묵으며 샹젤리제의 고급 부티크들을 휩쓸고 다닌 그녀가 쇼핑을 통해 사들인 물건을 보관하기 위해 방을 하나 더 예약했기 때문이다. 유명 브랜드 구두만도 최소 30켤레가 넘을 것이라고 호텔 룸메이드는 전했다.

앨리슨 해리슨, 뺑소니 혐의로 기소되다!

-더 텔레그래프, 2001년 1월 3일

아무리 억만장자라도 법을 무시할 권리는 없다. OMZ.com에 따르면 앨리슨 해리슨이 접촉 사고를 일으킨 후 도주했으나 다행히 인명 피해는 없었던 것으로 밝혀졌다.

사고 현장을 지나가던 행인이 휴대폰을 꺼내 현장을 촬영하지 않았더라면 그녀의 위법행위는 밝혀지지 않았을 것으로 추정된다. 꼼짝할 수 없는 증거 때문에 사실을 인정할 수밖에 없게 된 앨리슨은 피해 차량의 소유주와 합의를 보기 위해 제프리 웩슬러 변호사를 중재인으로 내세웠다.

앨리슨 해리슨, 애견 록시를 위한 과소비

-AP, 2001년 3월 6일

억만장자의 상속녀 앨리슨 해리슨이 애견 록시를 우아하게 치장하기 위해 과소비를 일삼고 있는 것으로 알려졌다. 다이아몬드로 세팅한 목걸이, 최고의 디자이너들이 직접 만든 의상, 애견 전문 정신과 의사의 진료비 등 그녀는 애견을 위해 천문학적인 액수를 지출하고 있다. 그녀를 그림자처럼 뒤따르는 차이니즈 크레스티드 강아지 록시에게는 아까운 게 없다는 태도. 그녀는 "남자들과는 달리 록시는 내 곁을 절대로 떠나지 않으리라는 것을 안다"면서 자신의 소비를 정당화시켰다.

앨리슨의 낮 뜨거운 비디오 인터넷 유포!

-Onl!ne, 2001년 7월 20일

앨리슨 해리슨이 마이애미의 한 디스코텍에서 도난당한 휴대폰이 결국 문제를 불러일으켰다. 그녀는 휴대폰에 저장된 데이터의 악용 가능성을 염려해왔다는 후문이다.

휴대폰에는 다양한 상류층 사람들의 연락처 이외에도 지극히 개인적인 사진과 동영상이 잔뜩 들어 있는 것으로 알려졌다. 휴대폰에 저장된 내용 중 앨리슨과 남자 친구의 뜨거운 섹스 장면을 담은 2분짜리 동영상이 인터넷에 유포돼 물의를 빚고 있다.

그녀는 "내 사생활이 이렇게 노출된 걸 보고 깜짝 놀랐어요. 내 친구들과 가족들에게 미안하다는 말을 전하고 싶어요"라고 밝혔다.

처음에는 무척이나 당혹스러운 반응을 보였던 그녀는 시간이 지나면서 점차 안정을 되찾아가고 있다.

"섹스를 하는 건 자연스러운 일이죠. 따라서 내가 죄책감을 가질 이유
는 조금도 없다고 생각해요."

앨리슨, 카발라교의 신봉자가 되다

-로이터, 2001년 9월 9일

천방지축 말썽쟁이 앨리슨 해리슨이 최근 유명인들 사이에 유행처럼
번지고 있는 카발라교를 신봉하고 있다고 밝혔다.

"나는 절대로 손목에서 빨간 팔찌를 풀어놓는 법이 없어요. 팔찌는 액
운을 쫓아주고, 항상 영적인 힘을 느끼게 해주거든요."

앨리슨의 이름을 딴 향수

-AP, 2001년 9월 29일

앨리슨 해리슨이 자기 자신의 이름을 딴 향수 제품을 출시했다. 그녀는
아버지 소유인 고급 향수 브랜드와 제휴해 자신의 이름을 딴 향수를 개
발했으며 크리스마스 시즌에 맞추어 내놓을 계획이다.

스포츠맨들과의 염문……

-Onl!ne, 2001년 12월 5일

앨리슨 해리슨이 스포츠 스타에게 높은 관심을 갖고 있다는 건 분명한 사실로 보인다. 축구선수인 데이브 들라루나와 사귄 적 있는 그녀가 이번에는 올림픽 수영 챔피언인 존 앨드린과 교제하고 있다.

앨리슨 해리슨, 음주운전 혐의로 체포

-로이터, 2002년 1월 12일

상류사회의 떠오르는 별 앨리슨 해리슨이 일요일 새벽 로스앤젤레스에서 음주운전 혐의로 체포되었다고 경찰 관계자가 밝혔다.

위험하게 도로를 지그재그로 운전하던 그녀의 차를 발견한 오토바이 순찰대가 새벽 2시 15분경 베벌리힐스에서 그녀를 체포했다.

경찰은 그녀의 차 좌석에서 비어 있는 빈 데킬라 병을 찾아냈다. 음주 측정 결과, 혈중 알코올 농도가 허용치를 훨씬 초과한 것으로 드러났다.

앨리슨, 형을 선고받다!

-로이터, 2002년 2월 24일

지난 1월 12일 음주운전을 하다 적발된 앨리슨 해리슨에게 법원은 1천 달러의 벌금과 6개월간 면허정지를 선고하는 동시에 추가로 음주운전 교육을 받을 것을 지시했다.

10. 비행기 안

시련에 직면한 인간이 선택할 수 있는 방법은 세 가지뿐이다.
맞서 싸우거나, 아무것도 하지 않거나, 달아나거나.

_앙리 라보리

오늘, 2007년 3월 25일 오전 10시, 로스앤젤레스 공항

"에어버스 A380기의 맥카시 기장과 승무원 일동은 뉴욕을 경유하여
런던까지 여행하시는 승객 여러분을 모시게 되어 대단히 기쁘게 생각합
니다. 승객 여러분께서는 좌석으로 돌아가셔서 이륙 준비를 갖춰주시
길 바랍니다. 저희 샹그릴라 에어라인은 승객 여러분의 즐거운 여행을
위해 최선을 다하겠습니다."

마크는 항공기의 어마어마한 규모에 놀라지 않을 수 없었다. 2층 구
조로 이루어진 에어버스는 500명이 넘는 승객을 한꺼번에 태울 수 있
는 대형 항공기였다. 승객들이 한꺼번에 몰려 복잡해지는 것을 막기 위
해 두 개의 트랩이 1층과 2층으로 각각 따로 연결되어 있어 분산 탑승
이 가능했다.

비행기가 너무 커 라일라의 팔을 꼭 잡은 마크가 좌석을 찾아 착석하

기까지는 제법 많은 시간이 소요되었다. 몇 차례나 여객기 인도를 지연시킨 에어버스사로부터 제일 먼저 A380기를 인도받은 회사가 바로 〈샹그릴라 에어라인〉이었다. 이 싱가포르 항공사는 여객기를 인도받은 뒤 어마어마한 비용을 들여 기내를 호화롭게 단장했다. 큼직한 현창과 널찍한 좌석 간 간격 때문에 이코노미 클래스인데도 빛이 잘 들고 편안한 게 이 비행기의 장점이었다.

마크와 라일라는 일 층 뒤쪽 좌석에 나란히 앉았다. 열다섯 살 정도 돼 보이는 소녀 하나가 벌써 창가 쪽 좌석에 앉아 꾸벅꾸벅 졸고 있었다. 지저분하게 탈색된 염색 머리를 한 소녀였다. 무릎에 올려놓은 너덜너덜한 배낭에 붙어 있는 소녀의 이름표가 보였다.

에비 하퍼.

＊

라일라는 아빠와 에비 하퍼의 중간 자리에 앉았다. 라일라는 마크가 면세점에서 사준 이상한 나라의 앨리스 분위기가 나는 분홍색 티셔츠를 입고 있었다.

'하얀 토끼를 따라가. Follow the white rabbit…….'

허리를 졸라맨 프록코트를 입고 커다란 회중시계를 손에 든 채 우왕좌왕하는 토끼 그림 아래 그런 문구가 새겨져 있었다.

"기분 괜찮니?"

마크가 딱히 대답을 기대하지 않고 물었다.

그를 쳐다보는 아이의 눈빛이 따스했다. 감격으로 가슴이 메어왔지만 그는 마음을 진정시키기 위해 애썼다. 그는 서점 로고가 찍힌 쇼핑 봉투에서 스케치북 한 권과 사인펜 한 통 그리고 책 두 권을 꺼냈다. 한 권은 유아용 그림책이었고, 다른 한 권은 《해리포터 시리즈》였다.

"아빠가 책 두 권을 샀어. 네가 글자를 읽을 수 있는지 없는지 잘 몰라서."

마크가 테이블 위에 쇼핑한 물건들을 펼쳐놓았다.

"5년 전, 네가 잠들기 전 아빠가 매일 책을 읽어줬지. 기억나니?"

마크는 앞에 놓인 작은 탄산수 병을 따서 한 모금 마신 뒤 말을 이어갔다.

"아빠는 너한테 무슨 일이 벌어졌는지 전혀 몰라. 그동안 누가 널 보살펴주었는지도 모르지. 다만 네가 고통스럽고 두려운 시간을 보냈을 거라 짐작할 수 있을 뿐이야. 아마도 끔찍하게 무서웠을 거야. 네가 얼마나 외롭고 당황스러웠을지 아빠는 알아. 틀림없이 엄마와 아빠가 널 버렸다고 생각했겠지. 하지만 그건 절대로 사실이 아니란다. 우린 한순간도 너를 포기한 적이 없어. 널 찾을 수만 있다면 무엇이든 할 각오가 돼 있었지."

입을 살짝 벌린 아이가 초롱초롱한 눈으로 그의 이야기에 귀를 기울였다.

"우리 천사, 아빠 직업이 뭔지 기억하니? 예전에 넌 아빠가 무얼 하는 사람인지 물은 적이 있었지. 그때 아빠가 의사라고 얘기해줬던 거 기억나니? 아빠는 좀 특별한 분야의 의사야. 마음의 상처를 치료하는 의사지. 설명하기 쉽지 않지만, 뭐랄까, 사람들은 마음이 괴로울 때 아빠를 찾아온단다. 사람들이 괴로워하는 건 상처가 남는 일을 겪었기 때문이야. 치료하기 어려운 고통 말이야……."

마크는 쉽고 적당한 표현을 찾으려 애썼다.

"상처받은 사람들은 대부분 자기 자신에게 뭔가 잘못이 있다고 생각하는 경우가 많아. 사실은 아무런 죄도 없는데 말이지. 아빠의 직업은 상처받은 사람들이 고통을 벗어던지고 새롭게 출발할 수 있도록 힘과 용기를 북돋아주는 일이란다. 돌이킬 수 없는 상처란 없어. 아빠는 아무리 아픈 상처라도 곧 긍정적인 힘으로 치유할 수 있다고 굳게 믿는단다. 물론 쉽게 상처를 치유할 수는 없겠지. 많은 시간이 걸리기 마련이야. 간혹 완전히 치유되지 않는 경우도 있어. 고통은 결코 쉽게 사라지는 게 아니거든. 고통은 우리 내부에 웅크린 채 남아 있지만 우리는 원래의 삶으로 되돌아와 아무 일도 없었다는 듯이 꿋꿋하게 우리의 길을 갈 수 있어. 물론 이해하기 쉽지 않겠지만 넌 똑똑한 아이이니까 잘 알아들을 수 있을 거야."

마크가 잠시 말을 끊었다가 다시 이야기를 이끌어갔다.

"아빠가 왜 이런 이야기를 하는지 알겠니? 아빠가 언제나 네 곁에서 최선을 다해 널 보호해줄 거라는 말을 전해주기 위해서야. 천사 같은 우리 딸은 아빠가 잘 도울 수 있게 해줘야 해. 준비가 되거든 아빠한테 말해줘. 무슨 일을 겪었는지 아빠한테 솔직하게 이야기해줘야만 해. 아빠는 무슨 얘기든 들을 준비가 되어 있어. 의사여서가 아니라 아빠이기 때문이야. 무슨 말인지 알겠지?"

라일라가 대답 대신 입가에 엷은 미소를 머금었다. 그런 다음 책 두 권을 진지하게 비교해보더니 《해리포터》를 먼저 집어 들었다.

마크는 몇 분 동안 딸의 모습을 주의 깊게 지켜보았다. 아이가 글을 읽어나가고 있었다.

라일라가 글을 배웠어. 누군가 아이에게 글을 가르쳐 준 거야. 대체 누굴까?

라일라가 진지하게 책장을 넘기는 동안 마크는 불안감을 감추기 위해 무던히도 애를 태웠다. 그의 머릿속에서 오만 가지 해답 없는 질문들이 서로 뒤엉키고 있었다.

누가 라일라를 유괴했을까? 왜 5년이 지난 지금에야 풀어주었을까? 라일라는 왜 무언증을 벗어던지지 못하는 걸까? 보안 탐지기의 경보음이 울린 건 어떻게 해석해야 할까? 라일라의 몸속에 정말 이물질이 삽입되어있는 걸까? 그렇다면 대체 어떤 물체일까? 아이의 위치를 찾기 위한 칩이라면? 도대체 무슨 이유에서? 아이의 이동 경로를 추적하기 위해? 니콜은 왜 어디론가 급히 사라져버린 것일까? FBI에서 공개하지도 않았는데 라일라의 출현 사실을 알고 있던 그 신문기자는 또 뭐란 말인가? 그는 왜 "당신은 진실을 까맣게 모르고 있어요. 당신 부인이나 당신 딸에 대해서"라고 경고했을까?

내가 진실을 모른다고?

＊

같은 시각, 2층의 남녀 승무원들 사이에서 동요가 일기 시작했다. 그들은 이제 막 탑승한 앨리슨 해리슨에게서 시선을 떼지 못했다. 2층의 일등석은 원격조종이 가능한 육십여 개의 좌석으로 이루어진 편안한 공간이었다.

우아하고 싹싹한 승무원이 앨리슨을 좌석까지 안내했다.

"샹그릴라 에어라인 항공기에 탑승하신 것을 진심으로 환영합니다. 여행하시는 동안 불편한 점이 없도록 모든 승무원이 성심성의껏 모시겠습니다. 즐거운 여행 되십시오."

앨리슨이 코끝에 선글라스를 걸친 채 지정 좌석에 털썩 주저앉았다. 사람이 많이 모이는 장소는 보안이 되지 않아 여러모로 불편했다. 수많은 아마추어 파파라치들이 그녀의 사진을 찍어 가십 사이트에 팔아넘기기 위해 언제라도 휴대폰을 꺼내들 태세를 갖추고 있었다.

이제는 그 어디에서도 안전하다는 느낌을 받지 못했다. 몇 년 전부터 그녀의 인생은 끝없는 방황과 무절제의 연속이었다. 그녀의 삶은 날이 갈수록 속수무책으로 무너져 내렸다. 유산으로 물려받은 수십억 달러도 그녀의 인생을 전혀 바꾸지는 못할 것이다.

사람의 인생에서 가장 가치 있는 건 값이 없는 것이다.

그것을 이해하기까지 너무나 오랜 시간이 걸렸다.

너무나 오랜 시간이.

*

거대한 에어버스가 활주로 입구에 들어선 후 비상에 앞서 잠시 숨을 골랐다.

"일 분 후 이륙하겠습니다."

기장이 안내방송을 했다.

동체의 무게가 560톤에 이르는 이 2층 비행기는 여객기라기보다는 차라리 하늘을 나는 여객선에 가까웠다.

이처럼 거대한 물체가 어떻게 공중으로 날아오를 수 있을까?

에비는 의아함을 감추지 못하며 창밖을 내다보았다. 비행기를 타는 건 이번이 딱 두 번째였다. 끔찍하게 싫은 일이었다.

조종사가 속력을 높이는 순간 4발 제트기는 활주로 위를 빠르게 달려갔다.

에비가 손톱을 물어뜯었다.

자, 이제 어서 날란 말이야.

그녀가 안절부절못하며 주위를 둘러보았지만 이륙에 많은 시간이 걸려 불안감을 느끼는 사람은 아무도 없는 듯했다.

그토록 고대한 복수를 목전에 두고 죽는다는 건 정말 말도 안 되는 일이었다.

*

비행기는 달리고 또 달렸다. 2층 기내에서 내려다보이는 활주로의 풍경은 그야말로 장관이었다.

'분명 무슨 문제가 있는 거야. 이 빌어먹을 비행기는 한참 전에 하늘로 떠올랐어야 해.'

앨리슨은 그렇게 생각했지만 결코 사고에 대한 두려움 따위는 없었다. 죽음은 그녀에게 또 다른 해결책일 수도 있었기 때문이다. 고통과 수치심, 죄의식에서 벗어날 수 있는……. 마침내 모든 것을 끝내고 자유로워질 수 있는…….

앨리슨은 벌써 몇 번이나 세상과 결별하려 시도했지만 그때마다 번번이 실패하고 말았다. 약의 용량을 잘못 계산했거나, 정맥을 엉뚱한 방향으로 절단했거나, 응급구조대에 너무 빨리 연락이 갔거나…….

여태까지는 목적을 달성하지 못했다.

여태까지는…….

*

마크는 랜딩기어의 바퀴 스무 개 밑에서 진동하고 있는 활주로가 불안하기만 했다.

쓸데없는 걱정일까? 비행기가 이륙하기까지 원래 엄청난 시간이 소요되는 것일까?

좌석의 포켓에 꽂혀 있는 안내서에는 이 여객기를 움직이는 터보엔진의 힘이 자동차 6천 대에 맞먹는다고 자랑스럽게 적혀 있었다.

그렇게 힘이 좋다면서 대체 날아오르지 않고 왜 이리 꾸물거리는 거야?

마크의 불안한 시선이 창가에 앉은 소녀의 시선과 맞부딪쳤다. 소녀도 불안하긴 마찬가지인 듯했다. 두 사람 사이에 앉아 있는 라일라만 책에 푹 빠진 채 전혀 주변 상황을 의식하지 않았다.

날아! 어서 날라니까!

여객기가 활주로 끝에 이르러 잠시 주춤주춤하더니 560톤에 달하는 동체를 바닥에서 쑥 떼어냈다. 승객들의 입에서 '휴우!'하는 안도의 숨소리가 터져 나왔다. 고요한 정적 속에서 기체는 채 6분도 걸리지 않아 1만 5천 피트 높이까지 상승했다.

좌석에 등을 기대고 앉은 마크는 안절부절못하며 몸을 뒤틀었다. 양손이 덜덜 떨리고, 땀방울이 이마와 등줄기를 타고 흘러내렸다. 편두통 때문에 머리가 바늘로 찌르는 것처럼 지끈거렸다. 마치 뇌에서 물기가 쫙 빠져 달아나버린 듯했다.

마크는 이 끔찍한 고통의 원인이 무엇인지 알았다. 알코올 금단현상이었다. 벌써 서른여섯 시간째 술을 한 모금도 입에 대지 않았다. 어제 저녁, 호텔 미니바에 있는 술을 모두 비워버리고 싶은 충동이 일었지만 라일라를 찾은 기쁨 때문에 간신히 자제할 수 있었다.

오랜 노숙자 생활이 그를 알코올중독자로 만들었다. 이제 라일라를 다시 찾은 만큼 예전의 생활로 돌아가리라 결심했지만 아직은 좀 더 시간이 필요했다. 그는 알코올중독자들을 여러 번 치료한 경험이 있어 금단현상에 대해 그 누구보다도 잘 알았다. 술을 마시지 못하면 현실감각을 상실하고, 헛소리와 발작, 환각과 환청에 시달리게 된다.

그가 안절부절못하며 불안해하자 옆에서 책을 읽던 라일라가 눈을 들어 그를 의아한 눈빛으로 쳐다보았다. 그는 짐짓 아무렇지 않은 듯 라일라에게 윙크를 보내며 넉넉한 미소를 지어 보였다.

"괜찮으세요?"

창가 쪽 자리에 앉은 소녀가 걱정스럽다는 듯이 물었다.

"난 아무렇지도 않단다."

그가 미소를 드러내 보이며 말했다.

마크는 그제야 소녀의 얼굴을 찬찬히 뜯어보았다. 아직 어린 티를 벗지 못한 얼굴에 염색한 머리는 심하게 탈색되어 지저분해 보였다. 눈빛에서는 어린 나이임에도 다양한 인생 경험을 한 사람한테서만 볼 수 있는 우수가 묻어났다.

"이름이 뭐지?"

소녀는 대답을 망설였다. 자기도 모르게 표출되는 낯선 사람에 대한 불신감 때문이었다.

사실 에비는 마크의 얼굴을 처음 보았을 때 신뢰감을 느꼈다. 그의 따스한 눈빛은 세 달 전 크리스마스에 만났던 의사 아저씨를 연상시켰다.

잠시 잠깐 스쳐간 인연일 뿐이었지만 그를 만났을 때의 푸근한 느낌은 쉬 잊히지 않았다. 살아오는 동안 처음으로 느껴본 따스한 감정이었다. 가끔 회의감과 외로움이 엄습해올 때면 놀랍게도 그의 얼굴이 떠오르곤 했다. 그를 생각하면 격렬하게 밀려들던 두려움이 잦아들었고, 막연하게나마 앞으로 전개될 생이 지금보다는 훨씬 낫지 않을까 하는 희망을 품게 되었다.

"에비예요."

그녀가 대답했다.

"난 마크 해서웨이란다. 그리고 이쪽은 내 딸 라일라."

"안녕, 라일라."

에비가 아이 쪽으로 몸을 기울이며 인사를 건넸다.

"라일라는 말을 하지 않아."

마크가 주저하며 말했다.

에비가 마크의 떨리는 두 손을 쳐다보았다.

"혹시 금단현상 아닌가요?"

"금단현상?"

"술을 마시지 못하면 손이 떨리는 증세……."

"아니, 난 알코올중독자가 아니야. 한데 무슨 근거로 그런 말을 하지?"

별안간 부끄러워진 마크의 입에서 거짓말이 흘러나왔다.

"엄마 때문이죠. 엄마가 꼭 아저씨처럼 손을 떨었어요."

"내게도 이야기하자면 복잡한 사연이 있단다."

마크가 잠자코 있다가 에비에게 물었다.

"엄마는 그 후 어떻게 되셨니?"

"돌아가셨어요."

"이런! 미안하구나."

좌석 벨트의 사인이 꺼졌다. 이제 자리에서 일어나 자유롭게 이동해도 된다는 신호였다.

"혹시 술 한잔 하시려면 제가 따님을 봐드릴 수도 있어요."

"고맙지만 괜찮아."

이번에는 마크가 소녀를 믿지 못했다.

"빨리 한 잔 드시지 않으면 아주 힘들어질 것 같아 보여요."

마크는 에비의 제안에 대해 생각했다. 몸이 점점 힘들어지는 건 사실이었다. 비행기에 오르기 전까지만 해도 그는 금단 후유증을 과소평가했었다.

마크가 라일라를 쳐다보았다.

에비에게 잠깐 동안 라일라를 맡겨도 될까? 라일라는 어떤 반응을 보일까? 차라리 한두 잔 마시고 어서 냉정을 되찾는 게 라일라에게 실질적인 도움이 되지 않을까?

"아빠가 잠깐 어디 좀 다녀올 테니까 언니하고 잠시만 있어. 괜찮겠지?"

마크가 다시 에비 쪽을 쳐다보며 말했다.

"2층 바에 가 있을 테니까 라일라에게 혹시 무슨 일이 생기면 즉시 와 줘야 한다, 알았지?"

에비가 고개를 끄덕였다.

자리에서 일어난 마크는 먼저 화장실로 향했다. 목이 바짝바짝 타고, 얼굴이 화끈거리고, 극심한 갈증이 나면서 땀이 줄줄 흘러내렸다.

마크는 스테인리스와 세라믹, 유리 재료만을 쓴 좁은 화장실 안으로 들어섰다.

화장실에까지 하늘을 내다볼 수 있는 커다란 유리창을 만들어놓은 이유가 뭘까?

화장실은 고급스럽고 깨끗했다. 다만 누군가 공들여 그려놓은 낙서가 있다는 게 옥에 티였다. 스프레이 스텐실로 작업한 낙서는 화장실 벽면을 제법 넓게 차지하고 있었다. 세미나 참석차 일본에 갔을 때 절에서 본 적이 있는 그림이었다. '지혜의 원숭이 세 마리'를 그린 그림……

세 마리의 원숭이 중에서 한 마리는 손으로 눈을 가리고, 다른 한 마리는 귀를 가리고, 또 다른 한 마리는 입을 가리고 있었다. '아무것도 보지 않고, 듣지 않고, 말하지 않는다'는 뜻을 내포한 그림이었다. 세 가지 금언을 잘 실천하는 사람에게는 좋은 일이 따른다고 했다.

마크는 동양의 금언을 생각하면서 시계를 풀고 손을 씻은 다음 얼굴에 시원한 물을 끼얹었다. 변기 위쪽에 붙은 거울은 일부러 보지 않았다.

자동 건조기에 손을 말리고 화장실을 나섰던 그는 깜박 잊고 세면대 선 반 위에 시계를 놓아두었다는 걸 깨달았다. 다시 화장실로 들어가 시계를 챙겨 밖으로 나서려던 그는 소스라치게 놀라며 그 자리에 멈춰 섰다.

'말도 안 돼.'

원숭이 세 마리가 감쪽같이 사라진 자리에 흉측하고 음산한 느낌을 주는 띠 그림이 그려져 있었다. 심리학을 공부하던 시절에 본 적 있는 온갖 상징을 그린 그림이었다.

가장 먼저 모래시계, 낫, 해골이 눈에 띄었다. 무의미하게 흘려보내는 시간, 피할 수 없이 급작스럽게 밀어닥치는 죽음, 언젠가는 먼지로 돌아갈 인간 존재를 상징적으로 나타내는 그림이었다. 길고 아슬아슬해 보이는 다리도 보였다. 저승으로 가기까지의 힘든 과정을 상징적으로 표현한 심판의 다리였다. 영혼의 승천을 상징하는 구원의 사다리도 보였다. 사다리 옆에는 늑대 머리를 한 사자(死者)의 신 아누비스가 죽은 자의 저승길에 동행하기 위해 서 있었다.

그 그림 위에는 마치 만트라 같은 문장이 적혀 있었다.

하나도 두려울 게 없다.
다 이해하게 될 것이다.

갑자기 온몸이 뻣뻣하게 굳어왔다. 분명 꿈을 꾼 건 아니었다. 그는 그림을 보는 순간 갑자기 정신이 혼미해져 화장실 밖으로 나설 엄두가 나지 않았다. 가까스로 밖으로 나온 그는 금세 다시 화장실 문을 열어 보고 싶은 충동에 휩싸였다. 그는 용기를 내 다시 문을 열어젖혔다. 한

데 이게 웬일인가. 방금 전 낙서는 오간 데 없고 전혀 새로운 그림이 보이는 게 아닌가.

벽 전면에 거대한 날개를 찬란하게 펼친 새 한 마리가 그려져 있었다. 타고 남은 잿더미 속에서 부활한다는 전설의 새 피닉스였다. 부활을 상징하는 피닉스 그림 위에는 또 다른 문장이 적혀있었다.

인간은 파괴할 수는 있어도
무릎을 꿇릴 수는 없다.

마크는 금단현상이 이리도 심각한 상황을 초래할 수도 있다는 걸 깨닫고는 새삼 깜짝 놀랐다.

내가 제대로 미친 거야!

금단현상으로 환각을 보게 되지 않을까 염려했는데, 결국 현실이 되고 말았다. 온몸이 불덩이처럼 끓었고, 손가락은 제멋대로 덜덜 떨리고, 심장은 금방이라도 폭발할 듯 가쁘게 뛰었다.

수분을 보충해주고 안정제와 비타민을 먹어야 하는데 당장 아무것도 없었다. 남아 있는 건 이겨내야 한다는 의지뿐이었다.

방금 전에 본 낙서는 모두 가짜야. 머릿속에서 조합해낸 환상인 거지. 원래 그림 같은 건 없었어. 죽음과 부활의 이미지들이 보이는 건 내 불안감과 두려움을 반영한 것일 뿐이야. 2년 동안이나 거리를 떠돌며 산 것에 대한 후유증이지. 걱정할 필요 없어. 라일라를 찾았고, 조금 있으면 니콜도 다시 만나게 될 테니까. 곧 예전처럼 행복해질 수 있어.

마크가 눈을 떴을 때 그림의 흔적은 다시 감쪽같이 사라지고 없었다.

"어이, 여보시오. 누는 거요, 마는 거요?"

바깥에서 안절부절못하는 남자 목소리가 들려왔다.

그는 자기 자신과의 싸움에서 작은 승리를 거둔 것에 고무되어 급히 화장실을 빠져나왔다. 비행 내내 다시는 화장실에 발을 들여놓지 않을 결심이었다.

*

에비는 언니 역할을 톡톡히 하고 있었다. 그녀는 조금도 한눈을 팔지 않고 라일라를 지켜보았다. 아이는 입을 꾹 다문 채 스케치북에다가 계속 그림만 그렸다. 에비는 아이의 무언증이 놀랍기도 하고, 마음이 아프기도 해 연민 어린 눈으로 아이를 바라보았다.

마크가 자리를 뜬 지 10분쯤 지났을 때 비로소 라일라가 그림에서 눈을 떼었다.

그 순간 기적 같은 일이 벌어졌다.

"말해줘, 어떻게 죽었어? 언니 엄마 말이야."

라일라가 에비를 향해 물었다.

11. 에비, 첫 번째 플래시백

라스베이거스, 네바다, 2년 전 10월의 초저녁

라스베이거스 근교에 위치한 그 지역은 스트립의 휘황찬란한 네온사인과는 아주 멀찍이 떨어진 곳이었다.

잡초와 온갖 쓰레기로 뒤덮인 공터에 카라반 트레일러 사십여 대가 서 있었다. 대부분 유리창이 깨지고 차체가 찌그러지고 지붕이 내려앉아 폐차 일보 직전인 차들이었다.

그곳은 가난한 노동자들, 잃은 금액만 건지면 그만두겠다고 포커나 룰렛 게임에 나섰다가 영영 도박이라는 지옥에 빠져 파산한 사람들, 갈 곳 없는 각양각색의 인간 군상들이 길거리로 나앉기 직전 마지막으로 거쳐가는 동네였다.

그중 골함석으로 처마를 만들고, 울타리를 치고, 상대적으로 손질을 잘해놓아 마치 아담한 주택을 연상시키는 카라반 트레일러 한 대가 있었다. 처마 밑에는 책들이 쌓여 있는 포마이카 테이블, 컨트리음악 채널에 고정된 낡은 라디오 한 대, 비실비실한 물고기 한 마리가 쉬지 않고 제자리를 맴도는 작은 수족관 하나가 놓여 있었다.

테이블 앞에 앉은 열세 살의 에비는 연필을 잘근잘근 깨물다가 독후감의 마지막 문단을 단숨에 써내려갔다. 내일 학교에 제출할 과제물이었다.

갑자기 옆 트레일러에서 그녀를 부르는 소리가 들려왔다.

"다떼 쁘리사, 에비, 바모스 아 예가르 따르데 알 뜨라바호!(서둘러, 에비, 이러다 회사에 늦겠다!)"

"야 보이, 까르미나, 다메 도스 미누또스(가요, 까르미나, 2분만요)."

후다닥 트레일러 안으로 뛰어 들어갔다가 다시 나온 에비의 입에는 칫솔이 물려 있었다. 그녀는 양치질을 하는 동안에도 재빨리 숙제를 훑어보며 눈에 띄는 오류를 수정했다.

빨리빨리 움직이자!

오아시스 호텔의 청소 담당 매니저인 미구엘은 그다지 대하기 편한 사람이 아니었다. 에비는 그에게 통사정을 한 끝에 겨우 호텔에서 아르바이트 자리를 얻었다. 불법 노동으로 시간당 5달러를 받는 신통치 않은 일자리였지만 그나마도 감지덕지였다.

에비는 테이블 위에 굴러다니는 마시다 만 캔을 집어 들었다. 다이어트 콜라와 치약을 섞어 입 안을 헹군 그녀는 화분에 내용물을 뱉었다. 이제 준비물을 가방에 챙겨 넣은 그녀는 트레일러 안으로 들어가 엄마한테 인사했다.

"엄마, 다녀올게."

테레사 하퍼는 이층 침대의 아래쪽에 누워 있었다. 몇 년 동안 앓아온 만성간염이 간경화, 간암으로 진행된 탓에 서른네 살이라는 실제 나이보다 스무 살쯤 더 들어 보이는 얼굴이었다. 몇 달 전, 그녀는 종양이 갉아먹은 간의 사분의 삼을 절제하는 수술을 했다. 그 후 고열, 구토, 극도의 피로감, 근육통 같은 후유증은 갈수록 심해졌다.

테레사가 딸의 손을 잡았다.

"조심해서 다녀와, 우리 딸."

테레사는 일을 그만둔 지 일 년이 다 되어가고 있었다. 그때부터 두 모녀는 에비가 아르바이트를 해 벌어오는 얼마 안 되는 수입과 보잘것없는 정부 보조금을 받아 근근이 생활해오고 있었다.

"걱정하지 마."

에비가 일어서며 말했다.

살짝 트레일러 문을 닫은 그녀는 오아시스 호텔의 룸메이드 팀에서 일하고 있는 이웃집 까르미나에게로 뛰어갔다.

*

에비는 까르미나가 운전하는 차의 조수석에 앉았다. 좌석은 푹 꺼지듯 내려앉았고, 배기구에서는 시커먼 연기가 연속적으로 뿜어져 나왔다.

까르미나는 덩치 큰 멕시코 여성으로 입이 무겁고 엄격한 편이었다. 그녀에게는 자식 셋과 아무짝에도 쓸모없는 실직자 남편이 있었다. 수다 떠는 걸 질색으로 여기는 까르미나는 이동하는 내내 입을 꾹 다문 채 운전에만 열중했다.

에비는 등받이에 기대 눈을 지그시 감았다. 그녀도 트레일러가 서 있는 공터의 주인이 놀이공원을 세울 계획인 부동산 업자에게 땅을 팔기로 결정했다는 소문을 들었다. 엄마에게는 걱정할까봐 아무 얘기도 하지 않았다.

공터에서마저 쫓겨나면 어디로 가야 할지 막막했다. 엄마의 암 투병과 생활고 때문에 힘겹고 불안했지만 그나마 지난 3년간은 그녀가 살아온 날들 중에서 가장 평화로운 시기였다.

1990년대는 그들 모녀에게 출구가 보이지 않는 긴 터널 속이나 다름없었다. 알코올중독, 마약, 매춘으로 점철된 시기……

테레사가 간염에 걸리게 된 건 주사기나 솜, 코로 마약을 흡입할 때 필요한 스트로를 여러 사람이 나눠 쓴 게 원인이었다. 그 당시 테레사는 에비를 빼앗아 위탁가정에 보내려는 사회복지사들과 숨바꼭질을 벌여야 했다.

에비는 엄마와 떨어지지 않기 위해 어린 나이부터 자립 능력을 키워왔다. 두 모녀 중 어른 역할은 에비가 도맡았다. 테레사는 코카인 구입에 돈을 탕진하지 않기 위해 늘 월급의 일부를 에비에게 맡기곤 했다. 에비는 그 돈으로 생필품을 사고, 세금 문제도 해결했다. 테레사를 마약의 지옥으로부터 구해낸 사람도 바로 에비였다.

에비는 마치 자기 엄마의 엄마나 다름없었다.

*

"다 왔다. 가방 챙겨라."

까르미나가 에비를 흔들어 깨웠다.

눈을 뜬 에비는 뒷좌석에 놓아둔 배낭을 집어 들었다.

까르미나의 차는 라스베이거스 거리를 달리는 중이었다. 어느새 깜깜한 밤이 되었고, 거리는 네온사인 불빛에 휩싸여 있었다. 거리를 채운 호텔들은 휘황찬란한 불빛을 쏟아내며 누가 더 화려한지 대결을 펼치는 듯했다.

웅장한 오아시스 호텔의 주차장 출구가 고물 폰티악 자동차를 집어삼킬 듯 다가섰다. 차는 곧장 직원 전용 지하 주차장으로 진입했다. 4천여 개에 이르는 객실, 네 개의 수영장, 쇼핑가를 두루 갖춘 호텔은 거대한 위용을 자랑하고 있었다. 호텔의 부대시설 중에서 규모가 작은 건 없었다. 천여 그루의 종려나무 숲과 그 사이에 작은 강이 흐르게 설계한 실내 정원, 빛깔 고운 모래사장, 사자와 호랑이가 뛰어노는 동물원, 투실투실한 펭귄들이 죽지 못해 살고 있는 인공 빙산, 돌고래를 풀어놓을 수 있는 수십만 리터 규모의 수족관까지, 호텔은 그야말로 화려함의 극치를 보여주고 있었다.

천장부터 바닥까지 온통 대리석으로 꾸민 객실 내부는 동양의 풍수지리 개념에 입각해 설계했고, 욕실 안까지 플라스마 스크린을 설치해 놓았다.

이 거대한 시스템을 제대로 작동시키려면 룸메이드에서부터 바닥 타일 청소부, 관리 담당 직원에 이르는 수천 명의 투명 인간들이 필요했다.

에비도 그 투명 인간들 중 하나였다. 매일 밤 그녀는 일을 할당받았다. 오늘 밤에는 비상계단 청소를 맡은 까르미나 팀에 배치되었다. 몇 시간 동안 등을 구부린 자세로 서른 개나 되는 계단을 반질반질하게 닦아야 하는 게 오늘 밤 부과된 임무였다. 허리가 결리고, 걸레를 잡은 손이 부르틀 만큼 진이 빠지는 일이었다.

*

새벽 2시, 에비는 지상으로부터 백여 미터 높이에 있는 호텔 옥상에 올라가 잠시 휴식을 취했다. 저 멀리 라스베이거스의 스트립을 따라 흐르는 빛의 물결이 내려다보였다.

에비는 나고 자란 이 도시를 혐오했다. 결혼식을 올리거나 카지노에서 재산을 탕진하기 위해 찾아오는 관광객들도 혐오스럽긴 마찬가지였다. 온갖 가식과 허위가 판치는 이 거대한 놀이공원에 사람들은 대체 무얼 바라고 오는지 이해할 수 없었다.

라스베이거스에서는 발길에 차일 만큼 널린 게 슬롯머신이었다. 주유소, 슈퍼마켓, 레스토랑, 바, 빨래방에 이르기까지 슬롯머신은 어디서든 볼 수 있었다. 반면 서점을 찾기란 하늘의 별 따기만큼 어려웠다.

에비는 책 읽기를 좋아했다. 학교 선생님의 지도를 받고 문학에 눈을 뜨게 되었다. 소설과 시의 세계로 빠져드는 재미는 언제나 각별했다. 문학은 아무도 몰래 혼자 들어가 놀 수 있는 그녀만의 비밀화원이었다. 문학은 이 지긋지긋한 도시를 떠나 다른 세계로 데려다주는 여권이었고, 잠시나마 시름을 벗어던질 수 있게 해주는 신비의 묘약이기도 했다.

에비는 책을 빌려주는 도서 대여점에서 2달러를 내고 여러 권의 중고 소설을 구입했다. 《백 년 동안의 고독》, 《음향과 분노》, 《죄와 벌》, 《생쥐와 인간》, 《호밀밭의 파수꾼》, 《폭풍의 언덕》, 《허영의 불꽃》이 바로 헐값에 구입한 소설들이었다.

마르케스, 포크너, 도스토예프스키, 스타인벡, 샐린저, 브론테, 톰 울프를 감자 칩 한 봉지 가격에 살 수 있었던 건 정말이지 놀라운 행운이었다.

*

새벽 4시, 에비는 계단을 박박 문지르고, 또 문질렀다. 이제 옷에서 퀴퀴한 땀 냄새가 스멀스멀 피어올랐다. 등은 굽어서 펴지지 않고, 눈꺼풀이 천근만근 내려 덮였지만 그녀는 미래와 엄마를 생각하며 힘을 냈다.

엄마는 간이식수술 대기자 명단에 올라 있었다. 장기를 구하기란 하늘의 별 따기였다. 에비는 혹시 엄마가 장기를 구할 때까지 살 수 없을까봐 두려웠다.

엄마 조금만 더 버텨야 해. 앞으로 몇 달만 더.

에비는 엄마가 이식수술을 받지 못하게 될까봐 매일매일 가슴이 조마조마하게 타들어 갔다. 하지만 장기 기증자의 죽음을 기다리고 있다고 생각하면 죄의식이 느껴지기도 했다.

*

새벽 6시, 작업반장에게서 일당을 받아 챙긴 에비는 오아시스 호텔을 나섰다.

노변의 작은 커피숍에는 벌써부터 새벽 손님들이 드문드문 눈에 띄었다. 에비는 바깥이 내다보이는 창가 쪽 자리를 좋아했다. 학교까지 가는 버스가 오려면 아직 한 시간은 족히 기다려야 했다. 지금이야말로 하루 중 유일하게 원하는 걸 하면서 보낼 수 있는 시간이었다. 좋아하는 독서를 하거나 글을 쓰기에 적당한 시간……

에비는 핫초코 한 잔을 주문하고 배낭에서 소프트커버로 된 책 한 권을 꺼냈다. 지난밤 객실의 나이트테이블 위에 놓여 있던 책인데, 투숙했던 손님이 두고 간 게 틀림없었다. 뉴욕의 신경정신과 의사가 쓴 에

세이였다. 처음에는 별 기대 없이 펼쳐 들었는데 몇 장 읽어나가다보니 내용이 자못 흥미로웠다.

저자의 이름은 커너 맥코이로 되어 있었고, 제목은 《살아남기》였다. 꼭 그녀를 위해 쓴 책 같았다. 그녀 자신의 경험담처럼 느껴지기도 했다.

저자는 최악의 상황일 때 의연하게 대처하는 방법, 강한 정신력을 소유할 수 있는 마인드 단련법, 어떤 어려움 속에서도 끝내 나락으로 떨어지지 않고 살아남을 수 있는 방법에 대해 얘기하고 있었다. 저자는 지나치게 자기 보호막을 치고 살아간다면 더 이상 기쁨을 느낄 수 없고, 가슴이 얼음처럼 차가워져 삶이 무미해질 것이라는 경고를 잊지 않았다.

에비는 절망적인 상황에 의연하게 대처하기 위해 자신만의 비밀화원을 가꿔왔다. 그녀는 때가 되어 싹을 틔울 때까지 희망을 심은 모판을 마음 깊이 묻어둘 생각이었다.

에비는 가끔 미래를 그려보곤 했다. 작가나 정신과 의사가 되어 고통받는 사람들을 돕는 꿈을 꾸어보기도 했다. 한데 작가나 의사가 되려면 학업을 계속해야 할 텐데 현실적으로는 불가능에 가까웠다. 날마다 생활비를 벌기 위해 아등바등 일해야 하는 마약중독자의 딸에게 대학은 너무 멀어 보였다.

에비는 핫초코를 한 모금 더 마시고 나서 스프링 노트에 글을 몇 자 적어나갔다.

외롭다고 느낄 때가 많았다. 지독히 외롭다고.

정말이지 마음을 이해해주는 누군가와 진지한 대화를 나눠보고 싶었다. 마땅한 대화 상대가 없어 언제나 일기장이 그 역할을 대신했다. 그녀의 일기장에는 말 못할 고민이 매일이다시피 더해졌다. 그녀는 일기장 맨 뒤쪽에 사는 동안 반드시 이루고 싶은 소원 열 가지를 적어놓았다. 소원을 이룰 가능성이 매우 희박하다는 걸 모르지 않았다. 그러나 꿈을 꾸지 못한다면 살아갈 힘을 당장 잃어버릴 것 같았다. 꿈이야말로 암울한 오늘을 견디게 해주는 유일한 위안이었기 때문이다.

1. 엄마가 간을 이식받아 병이 낫기를
2. 너무 비싸지 않은 새집을 구할 수 있기를
3. 엄마가 다시는 마약이나 술에 손대지 않기를
4. 살면서 절대 마약이나 술의 유혹에 넘어가지 않기를
5. 단 며칠이라도 엄마와 함께 라스베이거스에서 아주 멀리 떨어진 곳으로 휴가를 떠날 수 있기를
6. 뉴욕에 가서 공부할 수 있기를
7. 언젠가 내 친부가 누군지 알게 되기를
8. 늘 인생은 아름답다고 생각하며 살 수 있기를
9. 언젠가 날 이해해주는 사람을 만나기를

열 번째 소망은 써놓았다가 부끄러워 지우고 말았다.

10. 언젠가 사랑하는 누군가를 만나기를

12. 마크 / 앨리슨

무엇에서든 유년기가 보인다. 우리가 말을 하는 게 아니다. 말이 우리에게 얘기를 건다.
_비톨트 곰브로비치

오늘, 비행기 안, 11시 45분

에어버스 A380기는 일정한 속도로 구름 덮인 로키산맥 상공을 날고 있었다.

마크는 2층으로 향하는 계단을 올라갔다. 2층에 당도한 그는 라운지 바 '플로리디타'를 향해 걸어갔다. 편안한 음악, 세련된 조명, 안락의자와 투투 가죽 소파가 조화롭게 배치된 플로리디타는 조용하면서도 은은한 분위기를 풍겼다. 고급스러운 취향으로 꾸며진 바에 앉아 있다보니 잠시 비행기 안이라는 사실을 망각했다.

마크는 바 주위에 빙 둘러 놓여 있는 스툴 중 하나에 올라앉았다. 카운터 뒤에 선 콧수염을 기른 흑인은 잭슨 파이브 같은 아프로 헤어스타일을 하고 있었다. 흡사 영화 〈러브 보트〉에 나오는 바텐더 아이삭을 연상시켰다.

"얼음을 넣지 않은 더블 위스키 한 잔."

마크는 술을 주문했다.

곧 술을 마실 수 있다는 생각만으로도 기분이 훨씬 나아졌다. 아이삭이 주문한 술을 내려놓았다. 그는 시음을 하기 전에 짐짓 기다리는 여유를 부렸다. 주위를 둘러보니 제법 많은 승객들이 바로 몰려와 있었다. 바로 그때 다소 도발적인 외모의 여자가 그의 옆자리에 앉았다.

*

앨리슨은 술을 주문하기에 앞서 엘렉트로와 보사 음악이 어우러진 리듬에 몸을 맡긴 채 머리를 흔들었다.

"뭘 드릴까요?"

바텐더가 물었다.

"다이퀴리로 한 잔 주세요. 설탕은 넣지 말고 자몽 주스만 한 방울 떨어뜨려 줘요."

앨리슨은 바로 그때 옆자리의 마크와 시선이 마주쳤다.

"일명 헤밍웨이 스페셜이죠."

마크가 빙긋 웃으며 말했다.

"네?"

"아가씨가 주문한 다이퀴리 말이에요. 어니스트 헤밍웨이가 만든 칵테일 아닌가요?"

앨리슨이 아무런 반응을 보이지 않자 마크가 부연해 말했다.

"어니스트 헤밍웨이 몰라요? 작가 말이에요."

"저도 헤밍웨이가 누군지는 알거든요!"

"미안합니다. 기분 나쁘게 할 생각은 없었어요."

마크가 즉시 사과했다.

"아니, 괜찮아요. 사과를 하시니 제가 오히려 미안하네요."

앨리슨은 갑자기 아빠 생각이 나는 바람에 눈물이 핑 돌았다. 리처드 해리슨은 헤밍웨이를 무척이나 좋아했다.

마크는 호기심이 발동해 여자를 자세히 살펴보았다. 금발 염색 머리, 야리야리한 몸매, 어딘가 모르게 콜걸 같은 분위기…….

앨리슨이 가방을 집으려고 몸을 숙였을 때, 꼬리뼈 위쪽에 새긴 문신이 보였다. 불교에서 법의 바퀴를 나타내는 상징이었다.

"괜찮아요?"

마크가 물었다.

"괜찮아요. 갑자기 헤밍웨이를 말씀하셔서……. 아빠가 제일 좋아하셨던 작가죠."

앨리슨은 마크의 눈을 응시했다. 초면인데도 편안한 느낌이 드는 사람이었다. 그에게서는 마치 따스한 온기와 인간애를 풍기는 자기장이 퍼져 나오는 듯했다.

그에게 호감을 느낀 그녀는 얘기를 계속해나갔다.

"아빠는 며칠 전에 돌아가셨어요. 자살하셨죠."

앨리슨이 말했다.

"유감입니다."

"엽총을 쏴서, 마치……."

"헤밍웨이처럼?"

앨리슨이 조용히 고개를 끄덕였다.

"나는 마크 해서웨이라고 해요."

"저는 앨리슨 해리슨이에요."

한참을 머뭇거리던 마크가 결국 입 안에서 맴돌던 질문을 꺼냈다.

"승객들 중 절반쯤이 당신을 뚫어져라 쳐다보던데, 그 이유가 뭐죠?"

앨리슨이 당혹스러워하며 이유를 털어놓았다.

"최근 몇 년간 언론에 단골로 등장했으니까요. 언론의 위력이란 참 대단한 셈이죠."

"아?"

"선생님도 아마 신문에서 제 사진을 본 적이 있을 거예요. 만약 저를 보지 못했다면 선생님도 참 특이한 분이시죠."

"신문을 펼치지 않은 지 5년이나 되었어요."

마크가 말했다.

"진짜?"

"진짜."

앨리슨이 호기심 어린 눈으로 마크를 쳐다보았다.

이번엔 마크가 그녀를 쳐다보았다. 그녀가 뭔가 속내를 털어놓고 싶어 한다는 느낌이 왔다.

"앨리슨 양, 지난 5년 동안 내가 미처 모르고 살았던 당신 얘기나 들어볼까요?"

13. 앨리슨, 두 번째 플래시백

5년 전

앨리슨 해리슨, 두바이에서 마약 소지 혐의로 체포되다

-AP 2002년 9월 11일

유명한 억만장자 상속녀 앨리슨 해리슨이 며칠 동안 휴가를 보낸 두바이를 떠나던 중 공항에서 체포되어 다음 주로 예정된 재판을 기다리고 있는 것으로 알려졌다. 그녀는 개인적인 용도로 사용하기 위해 마약을 소지하고 있었던 혐의를 인정했지만, 아랍에미리트 연합 영토 내에서 마약을 복용한 적은 없다고 밝혔다.

뇌쇄적 외모의 상속녀가 대중들의 입방아 대상이 된 건 이번이 처음은 아니다. 지금까지 그녀가 돌출행동을 벌일 때마다 부친인 리처드 해리슨이 몇천 달러의 합의금을 지불하고 해결해왔다. 그러나 이번 사건은 미국 영토 밖에서 벌어진 까닭에 이전과 같은 방식으로는 해결할 수 없다는 게 중론이다. 한창 떠오르는 비즈니스 중심지이자 관광지인 두바이가 마약에 문제에 대해 세계에서 가장 엄격한 법률을 적용하는 아랍에미리트 연합의 수도라는 점을 주목할 필요가 있다.

앨리슨 해리슨, 코카인 2그램 때문에 두바이에서 징역 3년을 선고받다
-AP, 2002년 9월 18일

기업가 리처드 해리슨의 딸인 앨리슨 해리슨이 오늘 아침 두바이 법원에서 징역 3년 형을 선고받았다. 두바이 법원은 그녀가 아랍에미리트 연합 영토 내에서 코카인을 소지한 사실이 유죄로 인정된다고 밝혔다. 〈그린크로스〉 마켓의 창업자인 리처드 해리슨 회장이 오늘 아침 직접 두바이행 비행기에 올랐다. 그는 그곳에서······.

앨리슨 해리슨, 두바이에서 마지막 순간에 사면되다
-AP, 2002년 9월 19일

앨리슨 해리슨 사건이 새로운 국면을 맞게 되었다. 두바이 국왕은 오늘 아침 불과 몇 시간 전에 중형을 선고받은 앨리슨 해리슨에게 특별사면 조치를 내렸다.

사면이 발표된 직후 금발의 상속녀는 미국으로 돌아가기 위해 부친이 임대한 전세기를 타고 두바이를 떠난 것으로 알려졌다.

"앨리슨, 내 말 듣고 있니?"

리처드 해리슨은 제트기 안에서 앨리슨과 마주 앉았다.

근시용 안경을 착용한 보통 체구의 그는 터틀넥스웨터와 벨벳 바지 차림에 두툼한 신발을 신고 있었다. 그는 예전부터 평범한 옷차림을 선호했지만 사업에 있어서 만큼은 무소불위의 존재였다.

"대체 뭐가 문제니, 앨리슨?"

턱을 무릎에 괸 채 웅크리고 앉아 있던 앨리슨이 목소리에 날을 세웠다.

"몰라서 물어요? 아빠가 저지른 짓이 뭔지 정말 모르겠어요?"

"다 널 위해서 그랬다. 아빠로서는 선택의 여지가 없었어."

리처드 해리슨의 목소리에는 피로한 기색이 역력했다.

"내가 직접 해결하게 내버려두었어야 했어요."

잠시 침묵이 흐른 뒤 리처드 해리슨이 말했다.

"지나간 시간을 되돌릴 수는 없단다. 이제 중심을 잡고 다시 제자리를 찾아야 해. 언제까지 아빠가 해결사 노릇을 해줄 수는 없어."

"관두세요. 결국 제가 아빠 돈을 다 갖게 될 텐데 문제될 건 없어요."

리처드 해리슨은 마음이 아팠지만 당황스러운 내색을 하지 않았다.

"마약을 끊고 뭔가 집중해서 할 일을 찾아보거라. 너한테 진정 의미

있는 일을 하며 살아야 할 때야. 네 엄마가 설립한 재단 운영을 맡아서 할 수도 있을…….”

“엄마는 왜 들먹거려요?”

“난 다만 널 도우려는 것뿐이야.”

“그럼, 저를 이대로 내버려두세요.”

리처드 해리슨은 꼼짝없이 당하고 있었다.

“앨리슨, 아빠는 다른 사람에게 상처를 입히거나 괴롭게 하는 게 네 본심이 아니라는 걸 잘 안다. 네가 얼마나 똑똑하고 감수성이 예민한지도 잘 알지. 다만 넌 지금 어려운 시련을 겪고 있을 뿐이야. 아빠가 네 마음을 아프게 했다면 용서를 구하마. 하지만 제발 부탁이다. 더 이상 추락해서는 안 돼. 추락이 깊어지면 절대 헤어나지 못할 수도 있어.”

앨리슨은 아무 대답도 하지 않았다.

내 고통은 나 자신에 대한 복수이다.

_알베르 코헨

마약 재활 중인 앨리슨

-Onl!ne, 2003년 1월 4일

〈그린크로스〉 그룹의 후계자 앨리슨 해리슨이 마약과 알코올중독 치료를 위해 자발적으로 말리부에 있는 쿨리지 병원을 찾았다. 앨리슨의 변호인인 제프리 웩슬러는 그녀가 가족과 자기 자신을 위해 특단의 방법을 강구하기로 결정했다는 성명을 발표했다.

앨리슨, 재활 실패!

-Onl!ne, 2003년 8월 14일

유나이티드 항공이 만취 상태인 앨리슨 해리슨의 탑승을 거부했다. 마이애미 공항에서 로스앤젤레스행 비행기를 기다리던 그녀는 공항에 있는 바에서 칵테일을 마신 뒤 비틀거리며 밖으로 걸어 나왔으며, 항공사 직원들은 그녀를 비행기에 탑승시키기 않기로 결정했다.

"앨리슨 해리슨 양이 우리 관계자에게 욕설을 퍼붓거나 행패를 부리지는 않았습니다. 본인도 인정했다시피 그저 만취 상태였을 뿐이죠."

유나이티드 항공사 직원은 그렇게 코멘트를 달았다.

리처드 해리슨, 재산의 4분의 3을 자선단체들에 기부하다

-로이터, 2003년 10월 28일

억만장자 리처드 해리슨이 100억 달러 상당의 재산을 자선단체와 인도주의 단체들에 기부하겠다는 의사를 밝혔다. 리처드 해리슨이 보유한 전 재산의 약 4분의 3에 해당하는 돈이다. 이 막대한 기부금은 지난 20년 전 첫 번째 부인(1994년 타계)과 공동 창립해 현재의 부인인 스테파니 해리슨이 운영을 맡고 있는 샤니아 재단을 비롯해 여러 자선단체들에 분배될 예정이다.

2004년 2월

파스텔 색조의 병원 입원실 창밖으로는 몬태나주의 눈 덮인 산이 펼쳐져 있었다. 앨리슨은 가방을 꾸리는 중이었다.

리처드 해리슨이 문을 열고 들어와 슬픈 표정으로 딸을 쳐다보았다.

"원장과 얘기를 나누고 오는 길이다. 네가 퇴원해주었으면 하더구나. 다른 환자들까지 위험에 빠뜨릴 수 있다면서……."

"그건 다 원장이 지어낸 헛소리일 뿐이에요. 제가 위험에 빠뜨리는 유일한 사람은 바로 저 자신일 뿐이니까."

리처드 해리슨이 스웨터를 개는 딸을 도와주려 했지만 그녀는 야멸치게 아버지의 손길을 뿌리쳤다. 그는 조금도 당황스러워하지 않고 낡은 가죽 가방에서 코팅된 브로슈어 한 장과 비행기 티켓을 꺼냈다.

"스위스에 좋은 기관이 있다는 이야기를 들었다. 엄밀하게 말해 병원은 아니고 요양소 비슷하지만……."

"그런 곳이라면 이제 정말 지긋지긋해요, 아빠."

"그럼 집으로 돌아오너라."

앨리슨이 대답도 하지 않고 욕실로 들어가 헤어드라이어를 켰다.

리처드 해리슨이 헤어드라이어 소음을 의식하고 목소리를 높였다.

"내 말을 잘 들어봐, 앨리슨……."

그가 헤어드라이어의 플러그를 뺐다.

"네가 뉴욕에 가서 한번 만나봤으면 하는 의사가 있단다. 커너 맥코이라는 사람인데 신경정신과 분야에서는 이단자로 통하지. 혁신적인 치료법을 많이 개발한 사람이니까 너에게도 분명 큰 도움이 될 거야."

"아빠, 저는 택시를 타고 혼자 갈게요."

앨리슨이 듣는 둥 마는 둥 말했다.

"정 만나보기 싫으면 커너가 쓴 책이라도 한번 읽어봐라."

그가 딸에게 신경정신과 의사의 저서를 건넸다.

앨리슨이 아무런 반응을 보이지 않자 리처드 해리슨은 딸의 여행 가방 안에 책을 집어넣었다.

《살아남기》, 커너 맥코이 지음.

리처드 해리슨은 의사의 연락처가 적힌 명함을 책 속에 끼워 넣고 방을 나서려다가 마지막으로 앨리슨을 바라보았다.

"사실은 내가 너에게 전할 말이 하나 더 있었다. 언론에서 발표하기 전에 네가 먼저 알았으면 한다."

갑자기 불안해진 앨리슨이 욕실 밖으로 나왔다.

중요한 이야기라는 직감이 왔다.

"뭔데요?"

"내가 곧 죽는다는구나."

리처드 해리슨, 알츠하이머병으로 투병 생활

-CNN.com, 2004년 3월 15일

올해 71세인 기업가 리처드 해리슨이 알츠하이머를 앓고 있다고 어제 아침 그의 대변인인 제프리 웩슬러가 발표했다.

"회장님이 알츠하이머를 앓고 계신 건 사실입니다. 2년 전 첫 증상이 나타났지만 회장님은 여전히 활동적으로 생활하고 계시죠. 더러 기억이 가물가물할 때도 있지만 본인에게 벌어지는 일은 정확하게 인지하고 계십니다. 여전히 전처럼 매일 아침 자리에서 일어나 출근을 하시죠."

알츠하이머라는 퇴행성 질환은 치료 약이 존재하지 않는 것으로 유명하다. 지금까지 관련 질환에 대한 눈에 띄는 연구 성과가 없는 실정이다. 현재 450만 명인 알츠하이머 환자는 40년 후 1천5백만 명으로 늘어날 것으로 관측되고 있다.

2005년

오아시스 호텔의 매니저 러셀 말론이 울근불근한 얼굴로 종종걸음을 치며 로비에 있는 승강기를 향해 걸어가고 있었다. 대리석과 유리로 된 넓은 홀을 가로질러 투명 캡슐처럼 생긴 승강기 안으로 들어선 그가 버튼을 눌렀다. 승강기 안에서는 거대한 중앙 홀이 수직으로 내려다보였다. 화려하고 사치스럽기로 유명한 오아시스 호텔은 로마 시대의 유명 건축물들인 트레비의 분수, 티투스의 아치, 심지어 콜로세움 일부까지 실제 크기로 재현해놓았을 만큼 다양한 볼거리가 있었다.

승강기가 고급 스위트룸들이 있는 꼭대기 층에 러셀을 내려놓았다. 그는 앨리슨 해리슨이 묵는 방 앞에 멈춰 섰다. 투숙객들이 프런트 데스크에 그녀의 방에서 들리는 소음이 지나치게 크다는 불평을 토로했기 때문이다.

볼륨을 최고로 키운 음악 소리가 복도까지 쾅쾅 울릴 정도로 들려왔다. 커트 코베인의 목소리였다. 그룹 너바나가 전설적인 MTV 언플러그드 공연에서 다시 부른, 데이빗 보위의 〈세상을 팔아버린 남자〉였다.

러셀 말론은 순간적으로 대학 시절 그에게 이 음반을 선물해준 옛 여자 친구 생각에 잠겼다. 그때는 아무 걱정 없이 행복한 시절이었다. 하지만 지금은 과거의 회상 따위에 잠겨 있을 때가 아니었다. 매니저로서의 직분과 책임감이 어느새 그를 현실로 데려다놓았다.

"괜찮습니까, 마드모아젤?"

그가 문을 두드리며 물었다.

잠시 전 프런트에서 여러 차례 통화를 시도했으나 그녀는 전화를 받지 않았다. 아무런 응답이 없자 그는 마스터키를 사용해 객실 문을 열고 안으로 들어갔다.

러셀이 객실 방마다 둘러본 뒤 마지막으로 욕실 문을 열었다. 김이 뿌옇게 서려 있었다. 불안한 마음으로 샤워커튼을 걷었던 그의 입에서 외마디 비명이 터져 나왔다.

앨리슨의 몸이 욕조 안에서 부들부들 떨고 있었다. 손목과 발목에 깊게 자해한 흔적이 보였다. 방 안의 나이트 테이블 위에는 그녀가 미처

읽지도 않은 책이 한 권 놓여 있었다.

《살아남기》, 커너 맥코이 지음.

2006년 6월

노틸러스는 카리브해의 해저 15미터 깊이에 잠겨 있는 일급 호텔이었다. 특수계층인 신흥 부자들, 최고 갑부들, 할리우드 스타들, 쇼 비즈니스와 패션계 거물들 사이에서 새로운 명소로 각광받는 곳이었다. 투명한 선체가 돋보이는 이 해저 호텔은 폐소공포증만 없다면 멋진 해저세계를 맘껏 감상할 수 있는 곳이었다.

33호 객실에서 나온 만취한 두 남자가 아직 객실 침대에 누워 있는 젊은 여자를 두고 음담패설을 지껄여댔다.

앨리슨은 그로부터 몇 시간 후 잠에서 깨어났다. 그녀는 머리가 깨질듯이 아파 화장실로 급히 달려가 변기를 붙잡고 구토를 했다. 비틀거리며 침대로 돌아온 그녀는 다시 매트리스 위에 쓰러졌다. 객실 바닥에는빈 데킬라 병과 콘돔 두 개, 코카인의 흔적이 그대로 나뒹굴고 있었다.

앨리슨은 발작적으로 울음을 터뜨렸다. 무슨 일이 있었는지 도무지기억나지 않았다. 벌써 여러 번 바닥을 쳤고, 더는 추락할 곳이 없다고믿어왔다. 그러나 번번이 생각이 빗나갔다. 그녀가 상상하는 것보다 바닥은 훨씬 깊었다.

2006년 11월

로스앤젤레스 고속도로 위를 지나가는 다리 위, 복잡하게 뒤엉켜 있는 프리웨이들이 아래로 내려다보였다. 고속도로 인터체인지에서 몇 킬로미터 떨어진 지점이었다.

앨리슨은 차를 갓길에 세웠다. 안전 방벽을 성큼 뛰어넘은 그녀는 20미터 아래의 자동차들의 물결을 절망적으로 내려다보았다. 그녀의 두 손은 철책을 잡고 있었고, 하이힐을 신은 발은 한 발짝만 내디디면 바로 허공인 콘크리트 가드레일 위에서 부들부들 떨고 있었다.

이렇게 죽음 가까이 다가가본 적은 없었다. 너무 오랫동안 과거의 포로가 돼 살아왔다. 너무 오랫동안 불안과 자기 자신에 대한 혐오 속에서 살아왔다. 지옥이 희망이 없는 곳을 지칭한다면 이미 지옥에 발을 들여놓은 셈이었다. 그녀는 오늘 밤 끝내 화해하지 못한 생과 결별할 결심이었다. 이제 모두 끝이다. 게임 오버.

경찰 사이렌 소리가 어둠을 뚫고 울려 퍼졌다. 경찰차 한 대와 오토바이 두 대가 멈춰 섰다. 순식간에 네 명의 남자가 그녀와 5미터쯤 떨어진 장소에서 반원을 그리며 섰다. 그들이 가까이 다가오자 그녀는 소리를 질렀고, 네 명 모두 그 자리에서 움직이지 않았다.

그들은 현장에 도착했지만 아무런 조치도 취할 수 없었다. 여자는 원한다면 당장이라도 뛰어내릴 수 있는 위치에 있었다.

"안 돼요, 아가씨!"

가장 나이 어린 경찰이 소리쳤다. 겨우 스무 살 정도 되어 보이는 가냘픈 체구의 흑인이었다. 오티스 레딩 같은 분위기가 느껴졌다. 멜랑콜리한 음색에 소년 같은 콧수염까지 오티스 레딩을 빼닮았다.

"자살이 유일한 해결책이라고 생각될 때도 있지만, 사실은 그렇지 않아요."

그의 목소리에서는 진실이 묻어났다. 이 젊은 남자가 영 모르는 소리를 하는 것 같지는 않았다. 사실, 그는 5년 전 자신의 쌍둥이 여자 형제를 잃은 경험이 있었다. 여동생이 차 안에서 배기가스 배출구에 연결한 고무호스를 입에 문 채 숨겨 있는 것을 발견한 것이다. 가족 중 어느 누구도 예상치 못한 자살이었다.

"목숨은 한 개밖에 없어요, 아가씨!"

그가 앨리슨에게 바짝 접근하며 말했다.

"목숨이, 한 개 더 남아 있지 않다는 뜻이에요."

그가 그녀의 팔을 잡았다. 그녀는 더 이상 저항하지 않았다.

오늘, 비행기 안, 오후 1시

이야기를 마친 앨리슨은 처음 만난 사람에게 자기 자신에 대한 얘기를 모두 털어놓았다는 사실이 믿기지 않았다. 그런 한편 쑥스럽고 당황스러워 시선을 내리깔았다. 그는 초면인데도 그녀의 이야기를 집중해서 들어주었다. 말을 하면서 그녀는 마치 어떤 보호막 속에 들어 있는 것처럼 안온한 느낌을 받았다.

마크는 그녀의 이야기를 듣는 동안 정신과 의사로서의 감각을 되찾았다. 그는 머릿속에서 그녀가 한 이야기를 꼼꼼하게 되새겨보면서 예전에 치료한 적 있는 환자들과 비교해보려고 애썼다. 그러다보니 그 자신도 점차 마음이 안정되어갔다.

마크는 의사 시절 환자와 깊이 소통하면서 감정의 흐름을 바꾸어놓는 치료를 선호했다. 환자들이 나락으로 떨어지지 않고 점진적으로 삶을 향해 헤엄쳐 나올 수 있게 만드는 치료법이었다.

마크는 앨리슨을 뚫어져라 쳐다보았다. 그 단계에서 그의 입에서 나올 수 있는 질문은 단 한 가지밖에 없었다.

"도대체 무슨 이유로 그토록 자신을 벌주려 하죠?"

앨리슨은 시선을 돌렸다. 그녀의 얼굴이 순간적으로 경련을 일으켰다. 마크가 정곡을 찔렀다는 증거였다. 모든 자기파괴 충동은 어딘가에 뿌리를 두고 있기 마련이다.

마침내 그녀가 입술을 움직였다. 그녀는 그에게 모든 비밀을 털어놓고 지난 몇 년간 혹독하게 자신을 옥죄어온 고통에서 벗어나고 싶었다. 그런데 말이 가시처럼 목에 걸리며 눈물이 핑 돌았다.

마크가 다시 대화를 시작하려는데 갑자기 비행기가 흔들리기 시작했다. 아이삭이 손님한테 내놓았던 칵테일이 쏟아졌다. 누군가 비명을 질렀고, 비상등이 깜박이기 시작했다.

"승객 여러분, 지금 항공기는 난기류 지역을 통과하고 있습니다. 좌석으로 돌아가서서 안전벨트를 착용해주시기 바랍니다."

바에 앉아 있던 손님 몇몇이 투덜거리며 항의하다가 결국 자기 자리로 돌아갔다.

"저도 아래층에 있는 딸아이한테 가봐야겠어요."

마크가 의자에서 일어나며 말했다.

"물론 그렇게 하셔야죠."

앨리슨이 대답했다.

두 사람은 아무 말 없이 자리에서 일어섰다. 헤어지는 순간 두 사람은 상대의 눈빛에서 곧 다시 만나자는 약속을 읽어냈다.

14. 인생의 바퀴

인생의 바퀴는 너무 빨리 돌기 때문에 아무도 오랫동안 서 있을 수 없다.
그리고 결국 출발점으로 돌아오기 마련이다.

_스티븐 킹

오늘, 비행기 안, 오후 1시 15분

714편 항공기가 구름바다 위에서 격렬하게 요동쳤다. 마크는 몹시
불안한 마음으로 좌석으로 향했다.

어떻게 라일라를 30분도 넘게 혼자 내버려두었을까?

마크는 순간적으로 깊은 공포에 사로잡혔다.

혹시라도 라일라가 사라지고 빈 좌석만 남아 있는 건 아닐까?

그는 사람들을 밀치며 발걸음을 재촉했다.

라일라가 또다시 사라지기라도 한다면?

자기 자리로 되돌아가는 그의 발밑에서 바닥이 흔들거렸다.

혹시라도…….

그가 좌석 몇 미터 앞에서 멈춰 섰다. 라일라는 제자리에 꼼짝도 하지
않고 앉아 있었다. 손에 사인펜을 든 라일라가 에비에게 자랑스럽게 그

림을 보여주고 있었다.

"아무 문제 없었지?"

마크가 자리에 앉으며 물었다.

"네."

에비가 고개를 끄덕이며 말했다.

마크는 딸이 어떤 그림을 그렸는지 보기 위해 몸을 숙였다.

"아빠가 그림을 봐도 되겠니?"

그가 딸의 머리를 쓰다듬으며 물었다.

라일라는 여전히 아무 말도 하지 않고, 그가 그림을 볼 수 있도록 테이블에 올려놓았던 팔을 치웠다.

라일라가 스케치북에 그린 그림은 여러 장이었다.

마크는 정신과 의사 시절, 어린이 환자들의 심리를 알아보기 위해 그림을 적극적으로 활용했다. 그는 아이들의 그림을 이해하고 분석하는 데 탁월한 재능이 있었다.

마크는 딸이 그린 그림들을 모두 관찰하고 나서야 비로소 안도감을 느꼈다. 아이는 원색을 사용해 나비와 별, 꽃을 그렸다. 의사 시절 경험에 비춰볼 때 그는 딸의 그림들이 극심한 상처를 겪은 아이의 특징적인 면을 답습하고 있지는 않다고 판단했다.

"정말 잘 그렸네, 우리 딸."

그가 딸에게 칭찬의 말을 해주었다.

테이블 위에 그림들을 다시 올려놓으려던 그는 문득 특이한 점을 발견했다. 처음에는 단순히 꽃이나 별을 그렸을 뿐이라고 생각했는데 이제 보니 그림마다 야릇한 기하학적 무늬가 빠짐없이 등장하고 있었다.

자세히 보니 그림에 나타난 기하학적 무늬는 법의 바퀴를 상징하고 있었다. 어떠한 힘으로도 절대 흐름을 바꿀 수 없는 인간 운명의 법칙⋯⋯. 출생, 죽음, 환생이 이어지면서 모든 업보가 영원히 되풀이된다는 법칙⋯⋯.

공교롭게도 조금 전 앨리슨의 꼬리뼈 부분에서 본 문신과 똑같은 무늬였다. 그녀는 인간이 고통에서 벗어날 수 있는 방법을 가르쳐준다는 이 여덟 개의 바큇살이 붙은 원형 무늬에 크게 매료되어왔었다.

"라일라, 왜 이런 그림을 그릴 생각을 했니?"

마크가 라일라의 눈을 똑바로 쳐다보면서 걱정스럽게 물었다.

"나도 몰라."

딸아이가 차분하게 대답했다.

마크는 깜짝 놀랐다. 라일라가 대답한 것이다.

라일라가 말을 했어! 과연 제대로 들은 게 맞을까? 아니면 내 머리가 아직도 장난을 치는 건가?

"괜찮니, 우리 딸?"

그가 대답을 듣지 못하면 어떨지 걱정이 앞서면서도 또다시 물었다.

"조금 졸리지만 괜찮아."

마크는 비로소 무거운 짐을 내려놓은 것처럼 마음이 후련했지만, 한편으로는 앞으로 어떻게 대화를 풀어가야 할지 갈피를 잡을 수 없었다. 라일라에게 묻고 싶은 이야기가 한두 가지가 아니었지만 혹시라도 충격을 주는 질문은 삼가야 했다.

"이 비행기 정말 크다, 그치?"

라일라가 미소 지으며 물었다.

"세상에서 가장 큰 비행기란다."

마크가 미소로 화답했다.

"빨라?"

"그럼, 아주 빠르지."

"하지만 잘 모르겠어."

아이가 속도를 느껴볼 요량으로 에비 쪽으로 몸을 기울였다.

"비행기가 구름 위에 멈춰 서 있는 것 같지만 사실은 굉장히 빠른 속도로 이동하고 있는 중이란다. 한 시간에 대략 일천 킬로미터를 날아가지. 마치 그대로 멈춰 서 있는 듯한 느낌을 갖게 되는 건 일종의 착시현상이야."

"착시현상?"

"눈에 보이는 게 사실과 다를 수도 있다는 뜻이지."

"진짜?"

아이가 잠시 그의 설명을 생각해보는 듯하더니 화제를 바꾸었다.

"나, 아이스크림 먹고 싶어."

"난기류에서 벗어나면 승무원들이 아이스크림을 나눠줄 거야."

"난 아몬드 초콜릿바를 먹을 거야."

아이가 너무도 진지하게 의사표시를 했다.

"그래, 좋은 선택이구나."

"하겐다즈 아이스크림이야."

"그래?"

"틀림없어. 유리 안에 들어 있는 걸 봤으니까. 정말이야, 그건 착시현상이 아닐 거야."

그는 딸이 조금 전에 배운 걸 활용해 멋지게 받아친 것이 대견하다는 듯 뿌듯한 미소를 지었다.

마크는 다시 태어난 것 같았다. 예전처럼 총기 넘치고 발랄한 딸을 되찾았기 때문이다. 그는 예전으로 돌아갈 수 있다는 희망에 사로잡혔다. 하지만 우선 왜 갑자기 니콜이 자취를 감추었는지, 라일라가 어떤 상태로 감금되어 있었는지를 밝혀내야 했다. 라일라가 다시 말하기 시작했으니 이제 차분하게 의문을 해결해나가야 할 것이다.

"그동안 무슨 일이 있었는지 아빠한테 얘기해줄 수 있겠니?"

마크가 딸 쪽으로 다정하게 몸을 기울이며 물었다.

"내가 어렸을 때 일어났던 일 말이야?"

마크가 고개를 끄덕였다.

"이제 아무것도 두려워할 게 없단다. 엄마도, 집도, 네 방과 네 학교도 그대로란다. 모든 게 제자리를 찾게 될 거야. 그런데 먼저 그동안 네가 어디에 있었는지, 특히 누구와 함께 있었는지 아빠한테 자세하게 얘길 해주었으면 좋겠구나."

한 방 멋지게 되받아칠 태세이던 아이가 생각이 바뀌었는지 잠시 말이 없었다. 드디어 결심을 굳힌 듯 아이가 말문을 열었다.

"엄마한테 물어보면 다 알 거야."

마크는 마치 피가 송두리째 얼어붙는 것 같았다.

"그럼 너한테 무슨 일이 있었는지 네 엄마는 알고 있다는 거니?"

라일라가 그렇다는 표시로 고개를 끄덕였다.

"아니겠지. 네가 잘못 생각했을 거야."

마크가 말했다.

"진짜라니까."

아빠가 말을 믿지 않는 게 불만이라는 듯 라일라가 샐쭉하게 말했다.

"정말 확실해?"

"물론이지."

아이가 조금도 주저하지 않고 단호하게 대답했다.

"지난 5년 동안 엄마를 본 적 있었니?"

"물론이야, 자주 봤어."

"어떻게, 어떻게 자주 봤어?"

라일라가 부드러운 시선으로 아빠를 쳐다보았다. 아이의 두 눈에 눈물이 고였다.

"이제 그만 잘래, 아빠."

이 한마디로 대화는 중단되었다.

그는 여전히 깊은 충격에서 벗어나지 못했지만 결국 대화를 포기하고 말았다.

"알았다. 이제 그만 쉬려무나."

그가 의자 등받이를 뒤로 젖히는 버튼을 누르며 말했다.

라일라는 두 눈을 감은 채 웅웅거리는 엔진 소리를 듣고 있었다.

마크는 당혹감을 떨치지 못했다.

도대체 딸의 말을 어디까지 믿어야 하는 걸까?

겉으로는 아무 이상 없어 보였지만 라일라는 납치로 인해 외상을 입은 게 분명했다. 한편으로는 아이의 이야기가 일정 부분 사실일 수도 있었다. 하지만 니콜이 어떤 형태로든 아이의 납치사건에 관련되었을 수도 있다는 생각은 하기도 싫었다.

라일라는 두 주먹을 꼭 쥔 채 잠이 들었다. 마크는 사랑이 가득 담긴 눈으로 아이를 쳐다보다가 아이의 새근거리는 숨소리에 호흡을 맞추었다. 그는 아이의 머리를 쓰다듬으며 쏟아진 머리카락을 귀 뒤로 쓸어 넘겨주었다. 사람들은 라일라가 전체적으로 니콜을 닮았지만 눈만큼은 그를 닮았다고 했었다.

'웃는 모습이 대체로 엄마를 닮았는데 눈은 아빠와 똑같아요.'

하지만 그건 사실이 아니라는 간단하면서도 명쾌한 이유가 있었다. 라일라는 그의 친자식이 아니었으니까.

*

10년 전, 마크가 니콜을 처음 만났을 때 그녀는 임신 중이었다. 그녀가 프랑스 출신의 오케스트라 감독인 다니엘 그르벵과 헤어진 직후였다. 당시 예순 살이었던 그르벵은 명석하고 교양 있는 사람으로, 세계적으로 실력을 인정받는 음악가였다. 그는 자신의 오케스트라 소속 여자 단원들과 끊임없이 염문을 뿌렸다.

그르벵과 니콜의 애정행각은 단 몇 주 만에 끝났다. 먼저 관계를 정리하자고 요구한 사람은 니콜이었다. 그와 헤어지고 나서야 그녀는 임신 사실을 알게 되었다. 그녀는 그르벵에게 알리지 않고 아이를 낳으리라 결심했다.

마크와의 만남은 그녀의 인생을 송두리째 바꾸어놓았다. 마크는 라일라를 친딸 이상으로 끔찍이 사랑했다. 니콜의 배에 손을 올려놓고 태동을 느낀 사람도 그였고, 출산할 때 옆에서 손을 잡아준 사람도 그였다.

라일라가 세상에 나와 걸음마를 시작할 때, 말을 시작할 때 가장 가까이에서 지켜보며 독려해준 사람도 바로 그였다. 아이를 키우는 행복감 때문에 라일라가 친자식인지 아닌지는 그다지 중요하지 않았다. 라일라가 친딸이 아니라는 사실은 그와 니콜 두 사람만 영원히 간직하기로 한 비밀이었다.

라일라는 그들 부부의 가장 소중한 딸이었다. 마크는 단 한 번도 라일라가 친딸이 아니라는 사실을 입 밖에 꺼낸 적이 없었다. 커너에게조차 말하지 않았고, 라일라가 유괴되었을 당시 부부의 삶을 낱낱이 파헤치고자 했던 수사관들에게조차 말하지 않았다.

다니엘 그르벵은 1990년대 말에 심장발작으로 세상을 떠났다. 세월이 가면서 비밀은 희석되어 완전히 자취를 감추고 말았다. 가족이라는 끈은 혈연관계가 아니라 사랑으로 이어지는 것이니까.

에비는 부득이하게 마크와 라일라의 대화를 고스란히 들었다. 듣지 않으려 했지만 자꾸만 마크 쪽으로 시선이 가는 걸 어쩔 수 없었다.

그의 인생에 대해서는 아는 게 없었지만 그가 직면해 있는 당혹감이나 딸과의 사이에 어떤 문제가 가로놓여 있는지에 대해서는 충분히 짐작할 수 있었다. 그가 지금은 시련을 맞아 좌표를 잃고 있지만 몇 년 전에는 전혀 다른 사람이었으리라는 것도 느껴 알 수 있었다.

"라일라를 보살펴줘서 고마워."

마크가 말했다.

"그저 옆에 있어 주었을 뿐인걸요."

"이렇게 된 이상 너에게 우리 이야기를 해주마."

호기심이 발동한 에비는 마크 쪽으로 몸을 틀어 앉았다.

마크가 그녀에게 라일라가 유괴된 때부터 5년이 지난 지금 의문투성이 상태로 돌아오기까지의 사연을 간략하게 말해주었다.

"혹시 내가 자리를 비운 동안 라일라가 너에게 뭔가 말한 게 있는지 궁금하구나."

"조금……."

"무슨 말을 했니?"

"딱 한 가지를 물었어요."

"뭘?"

"우리 엄마가 어떻게 됐는지 알고 싶어 했어요."

궁금해진 마크가 계속 대화를 유도했다.

"대답해줬니?"

15. 에비, 두 번째 플래시백

라스베이거스, 네바다, 몇 달 후

자정에 가까운 시간이었다.

카라반 트레일러가 머물렀던 공터는 이제 공사장으로 변해 어둠 속에 잠겨 있었다. 단지 카라반 트레일러 십여 대만이 여전히 공터를 떠나지 못하고 있었다.

하퍼 가족의 트레일러에는 촛불이 밝혀져 있었다. 오늘 밤, 에비는 일하러 가지 않았다. 그녀는 소파에 드러누운 채 오래된 잡지를 뒤적이며 소리 죽여 라디오를 들었다. 엄마는 그녀 곁에 잠들어 있었다. 합판을 대어 만든 나이트 테이블 위에는 약들이 수북이 쌓여 있었다.

에비가 쏟아지는 하품을 억지로 참으며 잠자리에 들려는 순간, 전화벨 소리가 크게 울려 퍼졌다. 그녀가 아껴 쓰고 있는 선불카드 요금제 휴대폰 소리였다.

"여보세요?"

병원에서 걸려온 전화였다. 간이식 관련 업무를 맡고 있는 의사 크레이그 데이비스가 희소식을 전했다. 그는 장기가 곧 준비될 것 같다는 말과 함께 엄마를 데리고 즉시 병원으로 오라고 했다.

에비는 부리나케 엄마를 깨웠다.

"엄마! 일어나, 어서!"

에비는 힘겹게 몸을 일으킨 테레사에게 간략하게 상황을 설명한 뒤 외출 준비를 서둘렀다. 몇 분 후 두 모녀는 옆집 카라반 트레일러 앞에 서 있었다.

"까르미나, 에비예요. 아줌마 차가 좀 필요해서요. 아주 다급한 일이라서."

한참 시간이 흐른 뒤에야 문이 열리더니 까르미나 대신 그녀의 남편 로드리고가 한껏 욕설을 퍼부으며 두 사람 앞에 나타났다.

"뻬로 께 꼬뇨 빠싸? 에스따 헨떼 씨엠쁘레 호디엔도메(빌어먹을. 이 사람들은 항상 나를 엿 먹인단 말이지)."

에비는 전혀 주눅 들지 않고 꼿꼿한 자세로 그를 바라보았다.

"스페인어 욕이라면 저 역시 아저씨 못잖게 많이 알거든요."

그다음, 화기애애한 인사가 오가고 나자 이웃끼리 얼굴을 구기지 않고 일을 마무리하고 싶었던 로드리고가 결국 두 사람을 병원까지 태워다주겠다고 약속했다.

로드리고 부부와 에비 모녀는 배기가스에 대한 환경오염 기준이 적용

되기도 전에 만들어진 1969년산 고물 폰티악 파이어버드를 타고 병원을 향해 출발했다.

자동차는 지그재그로 도로를 달리다 열 번이나 넘게 인도와 방호벽을 들이받을 뻔했다. 로드리고가 핸들을 잡기 전에 비운 코로나 맥주병만 해도 열 개가 넘었다.

그들은 다행스럽게 병원 주차장에 무사히 도착했다. 행운의 여신이 만면 가득 미소를 담아 보내는 날도 있으니까.

오늘 밤처럼 행운이 영원히 지속된다면 얼마나 좋을까.

*

크레이그 데이비스가 병원 로비로 들어선 에비와 테레사를 직접 맞이했다.

"서둘러야 해요."

그가 모녀와 함께 승강기에 오르며 말했다.

장기 분배를 맡고 있는 생체의학센터에서 오늘 저녁 늦게 병원으로 연락이 왔다고 했다.

오늘 오후, 애플밸리 도로에서 오토바이를 타고 가던 커플이 사고를 당했다. 두 사람 모두 헬멧을 착용하고 있었고, 주행 속도도 그다지 빠르지 않았다. 남자는 몸에 찰과상 하나 입지 않았지만 뇌 손상을 입은 그의 아내는 소생하지 못했다.

구조대가 그녀를 산 베르나디노 병원의 소생실로 긴급 수송한 뒤 목숨을 구하기 위해 모든 노력을 기울였지만 허사였다. 즉시 뇌사 판정이 내려졌지만 가족들을 설득해 장기기증을 약속받기까지는 좀 더 시간이 필요했다. 가족이라면 누구나 실낱같은 기적이라도 믿고 싶은 것 아니겠는가.

담당 인턴이 환자 남편에게 뇌사상태란 일체의 신경세포 기능이 완전 상실된 것을 뜻한다고 힘들여 설명했다. 남편은 귓등으로 흘려들으며 아내의 손을 꼭 쥐었다. 인공적인 방법이긴 해도 그의 아내는 여전히 숨을 쉬고 있었기 때문이다. 아직 그녀의 피부는 따뜻했고, 미미하지만 심장 박동 소리도 들을 수 있었다. 하지만 그 정도라면 이미 생명이 빠져나간 것으로 봐야 했다. 그저 생명이 붙어 있다고 착각하는 것일 뿐이었다.

환자의 남편은 결국 밤 9시가 조금 못 된 시간에 병원 측 제안을 받아들였다. 그제야 아내의 생명을 연장할 수 있는 유일한 방법이 다른 사람의 몸을 빌려 다시 살게 하는 것일 수도 있다는 사실을 깨달았던 것이다.

즉시 의료팀이 꾸려졌고, 그들이 적출한 심장과 양쪽 폐, 췌장, 간 등은 급히 장기를 필요로 하는 병원으로 보내졌다. 로스앤젤레스, 샌디애고, 산타바버라 등지로…….

간을 담은 냉장 상자는 헬리콥터 편으로 라스베이거스까지 운반되었다. 테레사는 이식 대기자 명단에 영순위로 올라 있었다. 이식받을 장기가 부족한데다 혈액형이 특이해 24개월이라는 긴 시간을 기다려야만 했다. 한두 달 더 기다려야 한다면 이식수술을 받지 못하고 죽을 수도 있었다.

"수술실 한 곳이 비었습니다. 한 시간 이내에 수술을 시작할 수 있습니다. 그동안 간단한 사전검사부터 진행합시다."

크레이그 데이비스가 말했다.

"딸아이가 같이 갔으면 좋겠어요."

테레사가 그에게 부탁했다.

"수술실에 가기 전까지는 따님과 함께 있어도 무방합니다."

크레이그 데이비스가 테레사를 독방으로 데리고 가면서 말했다.

그다음부터 일은 일사천리로 진행되었다. 간호사가 와서 피를 뽑았고, '새로 태어나는 것 같을 거예요'라고 장담하는 마취 의사와 이야기를 나누었고, 베타딘으로 몸을 소독한 뒤 수술을 기다렸다.

에비는 마치 구름 위를 걷는 기분이었다. 이제야 몇 년 전부터 가슴 한구석을 옥죄던 불안감을 떨쳐버릴 수 있게 된 것이다. 엄마를 잃게 될지도 모른다는 불안감이 사라지면서 오늘 밤부터는 모든 일이 술술 풀려나가게 될 것 같았다.

에비에게 간이식수술은 마지막 희망이었다. 그녀는 몇 달 전부터 엄마가 앓고 있는 병증을 정확히 알기 위해 각종 의학 포럼과 웹사이트를 찾아다니며 공부했다. 그녀는 이식수술이야말로 엄마를 살릴 수 있는 마지막 방법이라는 걸 잘 알고 있었다. 물론 성공적으로 간이식을 받는다고 해도 간염이 일시에 사라지는 건 아니었다. 또한 이식받은 장기가 세균 감염에 노출될 위험도 있었다. 그러나 이식수술만 성공적으로 끝난다면 장기간 생존할 수 있는 확률이 매우 높았다.

에비는 최근 몇 주 동안 남몰래 리버사이드의 작은 성당에 들러 기도했다. 너무도 오랜만에 해보는 기도였다. 끝이 보이지 않는 터널 속에서 헤어나지 못하던 때였고, 그녀가 할 수 있는 일이라곤 기도가 전부였다. 어린 시절에는 수호천사가 늘 보살펴주고 있다고 믿으며 위안을 얻었지만 나이가 들면서부터는 아무것도 믿지 않게 되었다. 수호천사도, 신도, 카르마도.

에비는 때때로 자신에게는 거스르기 힘든 운명이 있다고 생각할 때가 많았다. 자신의 과거와 미래가 위대한 운명의 책 어딘가에 이미 적혀있는 것 같은 느낌이었다.

*

마취 의사가 다녀간 지 벌써 한 시간이 지났다.

그리고 다시 한 시간 15분이 지나갔다.

'곧 수술받을 것처럼 얘기해놓고 왜 이렇게 오래 걸리는 걸까?'

또다시 배가 뒤틀리는 느낌이 들었다. 휴지기는 너무도 짧았다. 드디어 크레이그 데이비스가 간호사 한 명을 대동하고 방으로 들어왔다.

에비는 뭔가 나쁜 소식이 있다는 것을 직감적으로 알아차렸다.

"분석 결과가 나왔습니다, 테레사."

그가 난처한 얼굴로 말했다.

에비는 엄마의 눈앞에 검사지 한 장을 흔들어대는 그의 모습을 보며 아연실색했다.

"근래에 당신은 술을 마신 적이 있죠? 약속을 깨는 것이라는 사실을 알면서도 말이죠."

데이비스가 신경질적으로 말했다. 너무나 비현실적으로 들리는 말이었다. 몇 초 동안 그가 내뱉은 말이 공기 중에 떠다니는 것 같았다.

에비가 기가 막힌다는 듯이 엄마를 돌아다보았다.

"전 술을 한 모금도 마시지 않았어요, 선생님."

테레사가 기겁하며 말했다.

"서로 다른 샘플 두 개를 테스트해봤습니다. 두 개 다 양성 반응이 나타났어요. 당신은 약속을 지키지 않았어요, 테레사. 간이식수술을 받으려면 적어도 6개월 동안 금주해야 한다고 말했죠. 분명 그렇게 하겠다고 약속하지 않았나요?"

"저는 결단코 술을 입에 댄 적이 없어요."

테레사가 다시 한번 스스로를 변호하고 나섰다. 하지만 크레이그 데이비스는 더 이상 그녀의 말을 들으려 하지 않았다.

"어서 다음 대기자한테 연락해요. 장기가 손상되면 수술이 불가능하니까."

크레이그 데이비스가 간호사에게 지시했다.

"난 거짓말쟁이가 아니란 말이야!"

테레사가 소리쳤다. 그녀는 이제 크레이그 데이비스가 아니라 간절한 눈길로 에비를 바라보았다. 이미 의사에게 진실을 전달하기란 불가능하다고 판단한 그녀는 딸만은 자신의 말을 믿어달라고 호소하고 있었다.

솔직히 그녀는 장기이식에 한 번도 희망을 걸어본 적이 없었다. 어차피 죽을 몸일지라도 딸에게만큼은 절대로 신뢰를 잃고 싶지 않았다.

"정말 맹세해, 에비. 난 절대로 술을 입에 대지 않았어."

테레사가 침대에서 벌떡 일어서며 말했다.

에비는 끝내 엄마에게 속은 게 분해 뒤로 한 발짝 물러섰다.

"엄마는 마지막까지 날 속였어. 그런 변명이라면 세 살 때부터 백 번도 넘게 들었단 말이야."

"그래, 네 말이 맞아. 하지만 이번만큼은……."

"엄마를 믿지 못하겠어."

"이번엔, 결코 속이지 않았어. 제발 날 믿어줘."

"엄마가 모두 망쳐놨어. 수술 날짜를 기다리느라 내가 얼마나 애태웠는지 잘 알면서 어떻게 그럴 수 있어?"

에비의 눈에서는 눈물이 쉴 새 없이 흘러내렸다.

"우리 딸……."

테레사가 안타까운 표정을 지으며 손을 내밀었지만 에비는 매몰차게 뿌리쳤다.

"난 엄마를 증오해!"

에비가 소리를 지르며 밖으로 뛰쳐나갔다.

오늘, 비행기 안, 오후 1시 45분

"'난 엄마를 증오해!' 내가 엄마에게 남긴 마지막 말이었어요."

에비가 눈물을 글썽이며 이야기를 마쳤다.

"그 이후로 엄마를 만나지 못했니?"

"네, 다시는 만나지 못했어요."

마크는 에비의 이야기에 마음이 아파 아무 말도 할 수 없었다. 한동안 잠잠한가 싶더니 비행기가 다시금 난기류를 만난 듯 동체가 흔들렸다. 보이지 않는 힘에 눌린 하늘의 거인이 감기에 걸려 딱딱 이빨을 맞부딪치고 있는 듯했다.

"엄마는 어떻게 되셨니?"

마크가 한참 만에 입을 열었다.

"돌아가셨어요."

16. 에비, 세 번째 플래시백

라스베이거스, 네바다

마운틴뷰 공동묘지에 비바람이 몰아쳤다. 이제 막 테레사 하퍼의 입관식이 끝났다. 장례식을 주재한 사제는 자리를 떴고, 썰렁한 묘지 주변은 바람 소리만 무성했다. 테레사의 무덤 앞에는 에비와 까르미나만 남아 깊은 상념에 잠겨 있었다.

하늘에서 번개가 번쩍이더니 이내 천둥소리가 요란하게 울려 퍼졌다.

"먼저 차에 가서 기다리마."

비가 세차게 퍼붓기 시작했고, 까르미나도 자리를 떴다.

혼자 남은 에비는 무덤 앞에 무릎을 꿇고 앉아 하염없이 흘러내리는 눈물을 닦았다. 에비의 수척해진 두 뺨 위로 빗방울이 떨어졌다. 두 달 전, 병원에서 엄마에게 한바탕 퍼부은 뒤로 한 번도 만나지 못했고, 결국 그날이 마지막이 되었다.

간이식수술을 받지 못한 엄마는 그 후 몇 주밖에 살지 못했다. 엄마가 젊은 나이에 숨진 근본적인 이유는 술, 마약 그리고 무절제한 생활이 불러들인 암 때문이었다. 그러나 엄마에게 회한만 안고 마지막 길을 떠나게 했다는 자책감이 가슴을 저미는 듯했다.

주차장으로 가기 위해 자리에서 일어섰을 때, 그녀의 옷은 이미 흠뻑 젖어 있었다. 한기가 느껴지면서 온몸이 덜덜 떨려왔다.

에비가 추적추적 내리는 비를 그대로 맞으며 걸어가는 동안 낯선 여자 하나가 우산을 받쳐 든 채 기다리고 있었다. 그녀는 감히 앞으로 나서지 못하고 멀리서 장례식을 지켜보았다. 회색 레인코트, 바지 정장, 막 커트한 머리가 병색이 완연한 그녀의 얼굴과 뒤섞여 독특한 분위기를 풍겼다.

에비가 가까이 다가오자 그녀가 진회색 세단의 트렁크를 열더니 수건을 꺼내 건넸다.

"닦아라. 그러다가 병나겠어."

그녀의 목소리에서는 가벼운 이탈리아 악센트가 묻어났다.

생각에 잠겨 걷다가 깜짝 놀란 에비는 수건을 받아들고 그녀가 씌워주는 널찍한 우산 속으로 들어섰다.

에비는 얼굴을 닦으며 친절을 베풀어준 상대방을 유심히 살폈다. 지적이고 기품 있어 뵈는 얼굴로 봐서 엄마 친구는 아닌 듯했다.

"나는 메러디스 디레온이라고 해."

그녀가 자신을 소개했다.

잠시 머뭇거리던 그녀가 긴 한숨과 함께 충격적인 말을 내뱉었다.

"내가…… 네 엄마를 죽였어."

*

두 여자는 공동묘지로 이어지는 도로변의 헤븐 카페에 마주 앉았다. 앞에 놓인 두 개의 머그잔에서는 뜨거운 김이 모락모락 피어올랐다.

그녀가 사연을 이야기했다.

"난 일 년 전 간암 판정을 받았단다. 암세포의 전이가 상당히 진행돼 더 살 수 있는 방법이라고는 간이식수술밖에 없었다. 문제는 내 혈액형이 O형이라 대기자가 너무 많았어."

"엄마도 O형이었어요."

메러디스가 살며시 고개를 끄덕이고는 이야기를 계속했다.

"두 달 전, 초저녁이었어. 크레이그 데이비스가 우리 집에 전화를 했단다. 병원에서 여러 번 만난 적이 있어 잘 아는 사람이었어. 어쩌면 곧 장기를 구할 수 있을 것 같은데 한 가지 문제가 있다고 하더구나."

"문제라면?"

"테레사 하퍼. 대기자 명단의 바로 내 앞 순번이 네 엄마였지."

에비의 몸에 갑자기 소름이 돋았다. 너무나 충격적인 상황을 제대로 직시하지 못하게 머릿속에서 무언가가 길을 막아서고 있는 듯한 느낌이 들었다.

"크레이그 데이비스는 '금전상의 성의 표시'를 할 의사가 있다면 대기자 명단에서 네 엄마 이름을 뺄 수 있는 방법을 찾아보겠다고 하더구나."

에비는 경악을 금치 못했지만 비로소 상황을 제대로 인식하게 되었다. 크레이그 데이비스는 엄마가 여전히 음주를 하고 있다는 결론을 만들어내기 위해 혈액검사 결과를 조작한 것이다.

엄마의 원망스런 목소리가 귓전에 선연했다.

"난 거짓말쟁이가 아니야. 정말 맹세해, 에비. 난 절대로 술을 입에 대지 않았어."

엄마는 분명 거짓말을 하지 않았지만 그 당시 에비는 그 말을 믿지 못했다.

메러디스가 창백한 안색으로 고해성사를 마무리하기 위해 다시 입을 열었다.

"처음에는, 단호하게 거절했어. 차마 사람이 할 짓이 아니라고 생각했지. 하지만 너무 오래 기다려온 수술이었고, 언제 다시 기회가 찾아올지 알 수 없었어. 게다가 당시 내 병세가 너무 심각해 침대에서 몸을 일으키지도 못할 지경이었어. 거의 산송장에 가까웠지. 남편 폴과 상의한 끝에 끊임없이 이의를 제기하는 양심의 소리를 외면하기로 결정했어. 검은 제안을 받아들이기로 한 거야. 남편은 경제적 능력이 되는 편이지. 남편이 데이비스를 만나 은밀한 거래를 성사시켰어. 20만 달러를 대가로 지불했지. 그 후 얼마나 괴로운 날들을 보냈는지 모를 거야. 앞으로 나 같은 선택을 하는 사람이 다시는 없었으면 좋겠어."

메러디스는 당시 일들이 생생하게 떠오르는 듯 몹시 괴로운 표정을 지었다.

"널 만나게 된다면 내 아이들을 위해 살고 싶었다고 말하고 용서를 구하고 싶었지. 하지만 그건 분명 진실이 아니야. 솔직히 죽는 게 두려웠어. 그게 내가 은밀한 거래를 수락한 이유야."

메러디스는 솔직하게 잘못을 시인했다. 간이식수술을 성공적으로 끝내고 나서 언젠가는 반드시 고백하리라 벼른 일이었다.

"살다보면 나 자신이 절대적으로 옹호하는 가치를 포기해야만 얻어낼 수 있는 것들이 있지. 난 나의 내면에서 들려오는 양심의 소리를 외면하는 대신 목숨을 구했어. 네 엄마가 나 대신 목숨을 잃었지."

에비는 스르르 눈을 감았다. 눈물이 뺨을 타고 흘러내렸지만 닦을 엄두가 나지 않았다.

메러디스가 다시 이야기를 계속했다.

"경찰에 알린다면 기꺼이 출두해 지금 네 앞에서 한 이야기를 반복해 줄 생각이야. 내가 너를 위해 해야 할 부분이 있다면 분명하게 감수할게. 선택은 네가 하는 거야."

에비는 말없이 일어섰다.

"글쎄요, 당신 양심에 모든 걸 맡겨두고 싶어요."

에비가 카페를 나오며 말했다.

*

까르미나의 고물 폰티악이 고속버스터미널 앞에 서 있었다. 에비가 조수석 문을 닫고 트렁크에 넣어둔 작은 여행 가방과 배낭을 꺼냈다. 잠시 후면 뉴욕행 그레이하운드 버스가 출발하게 될 것이다. 그녀는 보잘것없는 엄마의 유품을 팔아 생긴 단돈 2백 불로 맨해튼행 버스표를 샀다. 크레이그 데이비스는 라스베이거스를 떠나 맨해튼의 병원으로 옮겨 가 있었다. 엄마가 죽고 나서 얼마 후 그가 동부에 정착했다는 사실을 알게 되었다.

"진짜 떠날 생각이니?"

까르미나가 승차장까지 배웅하며 물었다.

"네."

우람한 체구의 이 멕시칸 여성은 평생 소모적인 감정 따위는 무시하면서 살아왔다. 아이들을 엄격하게 키웠고, 어떤 상황에서도 감정의 동요를 일으키지 않도록 단단한 껍질로 방어벽을 만들며 살아왔다.

"어딜 가든 몸조심해야 한다."

그녀가 에비의 뺨을 톡톡 두드리며 말했다. 그녀가 할 수 있는 최상의 애정 표시였다.

"고마워요, 까르미나."

에비가 버스에 오르며 까르미나에게 말했다.

두 여자는 앞으로 다시는 서로의 얼굴을 볼 수 없으리라는 걸 잘 알고 있었다.

까르미나가 에비에게 짐을 건네주고는 손을 흔들었다.

에비는 그녀가 배낭에 몰래 쑤셔 넣어둔 3백 달러를 한참 뒤에야 발견했다.

드디어 고속버스가 출발했다.

좌석에 앉은 에비는 머리를 창문에 기댔다. 난생처음 라스베이거스를 떠나는 길이었다.

얼마 후 그녀는 뉴욕에 도착할 것이다.

그때, 자신이 정당하다고 믿는 일을 하리라.

크레이그 데이비스를 죽이리라.

17. 신념을 잃은 채[*]

우리도 모르는 사이에 미래가 우리 안에 살고 있을 때가 있다. 우리가 거짓말이라 생각하고 내뱉는 말들이 사실은 가까운 미래에 벌어질 때도 있다.

_마르셀 프루스트

오늘, 비행기 안, 오후 2시

"그다음은 어떻게 되었지?"

비로소 난기류에서 벗어났다는 신호음이 울렸다.

지난날의 사연을 얘기하는 동안 트랜스 상태에 빠져들었던 에비는 비로소 정신이 번쩍 들었다.

"살인자는 찾았어?"

마크가 집요하게 물었다.

"아니요, 그게……."

에비는 잠시 머뭇거렸다. 처음 보는 사람에게 너무 많은 속내를 드러냈다는 사실이 스스로 생각하기에도 놀라울 따름이었다. 불과 몇 시간 전에 알게 된 사람 앞에서 지극히 사적인 비밀까지 고스란히 털어놓고

*얼터너티브 밴드 R.E.M의 최대 히트 앨범 《아웃 오브 타임(Out of Time)》에 수록된 곡의 제목

만 셈이었다.

살아오는 동안 사람을 믿지 않았다. 한데 그의 눈빛, 그의 말투, 그의 경청하는 태도를 대하면서 이야기를 매우 진지하게 들어주고 있다는 느낌을 받았다. 진실한 공감의 느낌도 받았다. 그럴수록 더욱 당혹스러웠고, 갈피를 잡을 수 없었다. 이야기를 계속해나가다간 은밀하게 계획해온 비밀까지 모두 털어놓을 위험이 컸다.

에비는 이쯤에서 대화를 회피할 수 있는 가장 손쉬운 방법을 선택했다. "화장실에 다녀와야겠어요."

마크는 갑작스럽게 에비가 심경 변화를 일으켰다는 걸 감지했다. 그는 몸을 일으켜 에비가 통로로 빠져나갈 수 있게 길을 터주었다. 그는 멀어지는 에비의 뒷모습을 안타까운 눈으로 바라보았다. 에비가 겪은 일들은 마크에게 어린 시절의 기억을 떠올리게 했다.

마크는 잠든 라일라를 쳐다보았다. 라일라는 웅웅거리는 엔진 소리를 자장가 삼아 빛이 새들어오는 창 쪽으로 고개를 꺾은 채 깊이 잠들어 있었다.

비행기는 서서히 안정을 되찾았다. 녹색등이 켜지며 승객들의 휴대폰 사용이 가능해졌다. 비행기에 자체적으로 GSM 기지국 설비가 되어 있어 승객들은 기내에서 자유롭게 통화할 수 있었다. 기다렸다는 듯 휴대폰을 꺼내 들고 음성사서함 번호를 눌러대는 사람들로 갑자기 주변이 소란스러웠다.

마크는 긴 한숨을 내쉬었다. 지난 3년간 정보통신 사회는 새로운 단계로 도약했다. 조만간 잠을 자면서도, 꿈을 꾸면서도, 섹스를 하면서도 통화가 가능한 이어폰을 귀에 붙이고 살게 될 날도 그리 멀지 않아 보였다. 지금처럼 커뮤니케이션이 고도로 발달한 시대도 없었지만 또 지금처럼 서로의 말을 깊이 경청하지 않는 시대도 없었다. 주변 사람들의 시선을 무시한 채 목청 높여 통화하는 사람들로 기내는 어수선했다.

마크는 문득 니콜이 챙겨준 휴대폰 생각이 떠올랐다. 사람은 역시 이율배반적인 존재였다. 조금 전만 해도 목청 높여 통화하는 사람들을 비난하고 싶었는데, 그 역시 재킷 주머니에서 전화기를 꺼내 똑같은 행동을 하고 있었다.

모르는 번호로 걸려온 부재중 전화가 여러 통 있었다. 로스앤젤레스로 떠나기 전 니콜과 몇 차례 통화를 시도했지만 번번이 실패했었다. 니콜은 아직 집에 돌아오지 않았다. 도무지 니콜이 가 있을 만한 곳이 생각나지 않았다.

어쨌든 부재중 전화가 찍혀 있는 번호로 전화를 걸어보았다.

신호음이 한두 번 울리더니 곧 자동응답기가 돌아가기 시작했다.

안녕하세요, 지금은 부재중이오니…….

마크는 갑자기 안내 메시지가 끊어지는 바람에 미처 상대가 누군지 확인하지 못했다.

"마크?"

니콜의 목소리라는 걸 금세 알 수 있었다.

"니콜? 나야."

"잘 지냈어?"

"당신 지금 어디야? 무슨 일 있어?"

"미안하지만 지금은 오래 이야기할 수 있는 상황이 아니야."

니콜의 목소리에서는 극심한 긴장감과 불안감이 묻어났다.

마크는 벌컥 화가 났지만 니콜을 안심시키려면 우선 라일라의 건강 상태에 대해 이야기해주는 게 순서라는 생각이 들었다.

"라일라가 내 옆에 있어. 대체로 건강한 편이야. 좀 전에는 말도 했어!"

라일라가 자기 이름이 나오자 눈을 번쩍 뜨더니 눈두덩을 비비며 하품을 했다.

"엄마하고 통화할래, 라일라?"

마크가 라일라에게 전화기를 건넸다.

"싫어."

라일라가 간단히 대답했다.

"우리 딸, 엄마한테 몇 마디만 하렴. 엄마가 정말 좋아할 텐데……."

"싫어!"

라일라가 단호하게 거부하며 휴대폰을 든 마크의 손을 밀어냈다.

마크가 의아한 표정으로 한참 동안 아이를 쳐다보는데 니콜이 서둘러 말했다.

"마크, 이제 끊어야겠어."

그러나 마크는 생각이 달랐다.

"잠깐! 라일라가 왜 당신과 말을 하지 않으려는 걸까?"

"이미 난 라일라한테 무슨 일이 일어났는지 알아."

니콜이 나지막이 털어놓았지만 마크에게는 청천벽력 같은 고백이었다.

"대체 무슨 소릴 하는 거야?"

마크는 목이 메었다. 그는 밀어닥치는 분노와 절망감에 주먹을 불끈 쥐었다.

"라일라가 어디 있는지 알고 있었다는 뜻이야?"

"미안해, 마크."

"빌어먹을! 대체 어떻게 된 일이야? 이제 제발 숨기지 말고 사실대로 말해줘."

"날 너무 원망하지 마, 마크."

"난 라일라를 잃고 죽기 직전까지 갔던 사람이야. 당신도 지난 몇 년 동안 내가 얼마나 끔찍한 나락으로 떨어졌는지 알잖아. 아이가 어디 있는지 알면서도 당신은 내가 그토록 방황하는 모습을 지켜보기만 했단 말이야?"

"당신이 생각하는 것과는 달라, 마크. 그게……."

"이제, 그만."

어떤 남자가 옆에서 니콜의 말을 제지하는 목소리가 들려왔다.

"옆에 다른 사람 있어? 누구야?"

"말하기 복잡해, 그게……."

"어서 전화 끊어, 니콜!"

다시 남자 목소리가 명령했다.

"대체 누구랑 같이 있는 거냐니까?"

마크가 버럭 소리를 질렀다.

"당신이 생각하는 것과는 달라."

그녀가 똑같은 말을 반복했다.

"전화 끊으라니까, 안 그러면 다 망치고 말아!"

"사랑해, 마크. 그것만 알아줘."

니콜은 그 말만 덧붙이고는 전화를 끊었다.

마크는 꼼짝도 못 하고 허공만 응시했다. 도무지 현실감을 다시 찾기 어려웠다. 니콜과 통화한 지 10분이 지나 있었다. 그는 재 발신 버튼을 눌렀다. 벨이 울리는 데도 이번에는 자동응답기조차 돌아가지 않았다.

니콜은 분명 거짓말을 했다. 부정을 저지른 것보다 더한 거짓말이었다. 그 무엇과도 견줄 수 없을 만큼 끔찍한 거짓말이었다. 난생처음 니콜에 대한 불신감이 그의 머릿속을 헤집어놓았다.

내가 니콜을 제대로 알고 있는 걸까?

머릿속에서 해답 없는 질문들이 꼬리를 물고 이어졌다.

공항에서 돌려보낸 기자도 니콜에 대해 뭔가 알고 있는 듯한 눈치였다. FBI의 마셜 요원도 니콜에 대해 의문을 제기했다. 라일라가 엄마를 대하는 태도에도 석연치 않은 점이 있었다. 지금까지 그는 애써 다른 사람들의 말을 새겨듣지 않았다.

이제는 어떻게 해야 할지 알 수 없었다. 모든 게 엉망진창이 되었다.

마흔여덟 시간 전만 해도 그는 거리를 헤매고 다녔다. 넋이 나간 얼굴로 도시의 지하를 정처 없이 떠돌아다니며 오로지 술기운 하나로 버텼다. 이제 라일라를 찾은 만큼 다시 예전 모습으로 돌아가리라 결심했었다.

비록 이틀간이지만 이를 악물고 금단증상을 참기도 했다. 곧 모든 문제를 극복해내리라 각오도 다졌다. 하지만 이제 또다시 그의 결심이 와르르 무너져 내리고 있었다. 새로운 의혹들이 밀려오면서 굳게 다졌던 각오는 일순간에 무력해졌다.

마크는 당혹한 눈으로 자신의 두 손을 내려다보았다. 손이 떨리고, 식은땀이 흐르고, 숨이 막혔다. 어떻게든 몸을 움직여야 했다. 벌떡 자리에서 일어선 그는 잠들어 있는 라일라를 바라보았다. 잠든 아이의 얼굴은 흰색 빛 속에 잠겨 있었고, 평화롭기만 했다. 라일라를 보는 것만으로도 조금이나마 마음이 진정되었다. 그는 결국 아이만이 자신을 구할 수 있다는 걸 깨달았다.

라일라가 그를 필요로 하듯 그에게도 아이가 절실하게 필요했다. 그가 아이를 보호해주고 있는 것 같지만 어떤 면에서는 아이도 똑같이 그를 보호해주고 있었다.

*

에비는 화장실 변기에 엎드려 몇 시간 전에 먹은 점심을 몽땅 토해냈다. 아침부터 구토 증세가 느껴지더니 여행하는 동안 점점 심해졌다.

최근 들어 자주 현기증, 두통, 이명에 시달렸다. 심리 상태는 극도로 예민하고 무기력했다.

에비는 입을 닦고 얼굴에 차가운 물을 끼얹었다. 거울 속에 드러난 몰골은 한마디로 끔찍했다. 두통 때문에 이마는 잔뜩 찡그린 채였고, 관자놀이 부근의 힘줄이 세차게 요동쳤다. 화장실의 꽉 막히고 답답한 분위기가 갑자기 폐소공포증을 불러일으켰다. 서둘러 밖으로 나가야 했다. 그대로 있다간 기절할 것 같았다. 머릿속에서 수십 가지 이미지들이 한꺼번에 떠올랐다가 사라져갔다. 추억, 공포, 짧았던 행복의 순간……. 그때 잠시 누군가 중얼거리는 소리가 들린 것 같았다.

환청인가?

에비는 화장실을 막 나서려다가 어깨 부위가 근질근질해 티셔츠 속으로 손을 집어넣고 마구 긁기 시작했다. 긁을수록 가려움이 심해지는가 싶더니 이제는 살갗이 따갑기까지 했다. 더욱 세차게 긁자 손톱에 피가 배어났다. 문득 뭔가 이상하다고 생각한 그녀는 셔츠를 걷어 올렸다. 왼쪽 어깨 쪽에 못 보던 보라색 무늬가 보였다. 몸을 뒤튼 그녀는 어깨에 그려져 있는 이상한 형태의 무늬를 거울에 비춰 자세히 살펴보았다.

18. 살아남기

추억들이 있다. 누군가 추억들에 전기를 통하게 만들어 내 눈썹에 연결해놓았다. 추억을 떠올리기 무섭게 두 눈에 불이 붙는다.

_마티아스 말지외

오늘, 비행기 안, 오후 2시 15분

714편 비행기는 고도 1만 2천 킬로미터 상공에서 마치 드넓은 평야를 가로지르는 한 마리 거대한 새처럼 뉴욕을 향해 날아가고 있었다.

에비는 공포에 떨며 화장실 문을 닫았다. 이마 위로 식은땀이 흘러내렸고, 가슴이 쿵쾅쿵쾅 뛰고, 온몸에 소름이 돋았다.

'누가 나도 모르게 옆자리에 앉은 아이가 그린 그림들과 똑같은 무늬를 내 어깨에 새겨놓은 걸까?'

에비는 기내식을 나눠주고 있는 승무원들과 신종 '이코노미 클래스 증후군'인 혈전정맥염과 폐혈전 색전증을 예방하기 위해 다리를 풀어주는 승객들 때문에 비좁아진 통로를 비척거리며 걸어갔다.

마침내 자신의 좌석이 있는 통로에 당도한 그녀는 라일라가 깨지 않게 조심하면서 자리로 들어가 앉았다. 그녀는 대신 기내식을 받아준 마크에게 고맙다는 인사를 했다.

"안색이 안 좋아 보여. 어디 몸이 안 좋은 거니?"

마크가 창백해진 에비의 얼굴을 살피며 물었다.

"그냥 좀 피곤할 뿐이에요."

그렇게 대답했지만 그가 곧이곧대로 믿어줄 것 같지는 않았다.

"내가 도와줄 일이 없을까?"

"제 배낭 좀 건네주시겠어요?"

마크가 의자 밑에 들어 있는 에비의 배낭을 꺼냈다. 배낭을 들어 올리는 순간 지퍼를 제대로 채우지 않아 책 한 권이 바닥으로 툭 떨어졌다.

마크는 몸을 숙여 책을 집어 들었다. 얼마나 열심히 보았는지 커버가 너덜너덜해진 데다 군데군데 접어놓은 페이지가 보였다. 문득 호기심이 발한 그는 슬쩍 제목을 곁눈질했다.

《살아남기》, 커너 맥코이 지음.

마크는 흠칫 놀랐다. 커너가 과거의 어두운 기억을 떨쳐버릴 생각으로 쓴 책으로 심리 에세이로 볼 수도 있고, 어린 시절의 회고담으로 분류할 수도 있는 책이었다. 커너는 개인적 경험과 신경정신과 의사가 되어 새롭게 시도했던 치료법을 바탕으로 책을 집필했다.

커너는 《살아남기》에서 뿌리 깊은 불안감의 근본적 원인을 파악해 삶에서 두려움과 고통을 극복해나가는 방안을 제시했다. 소규모 출판사에서 출간한 데다 정형화된 틀에서 벗어난 책이어서 출간 당시에는 그

다지 관심을 끌지 못했다. 언론에서도 이렇다 할 서평조차 써주지 않았
다. 그러다가 서서히 입소문을 타기 시작하면서 이제는 제법 폭넓은 독
자층을 확보하게 되었다.

마크는 책을 뒤집어보았다. 뒤표지 사진의 커너는 멜랑콜리한 미소
를 짓고 있었다. 한동안 잊고 지낸 친구의 얼굴을 마주하고 보니 문득
가슴 한구석이 저려왔다.

우린 얼마나 절친한 사이였나?

마크가 나락으로 떨어지기 직전까지만 해도 두 사람은 생사고락을
함께 해왔다고 해도 과언이 아니었다.

커너에게 왜 진작 라일라 소식을 알리지 않았을까?

"제가 가장 좋아하는 책이죠. 혹시 읽어보셨어요?"

에비가 말했다.

"물론 읽어보았지. 나와 가장 절친한 친구가 쓴 책이니까."

마크가 에비에게 책을 건네며 말했다.

"가장 절친한 친구라면? 책에서 그토록 자주 언급되는 마크가 바로
아저씨란 말씀이세요?"

"커너와 난 시카고의 한 동네에서 자랐어."

"알아요."

"이 책을 애독하게 된 특별한 이유라도 있니?"

마크가 궁금한 걸 물었다.

"처음에는 무심코 펼쳐들었는데, 많은 도움을 받았어요. 우습게 들

릴지는 모르겠지만 가끔 이 책이 저를 위해 집필된 건 아닐까 생각하죠."

"책에 대한 최고의 찬사구나."

"저는 항상 궁금했어요."

"뭐가?"

"저자가 책 속에서 한 이야기가 모두 사실일까요?"

"모두 틀림없는 사실이고말고."

마크가 힘주어 말하고는 사이를 두었다가 약간의 뉘앙스를 풍겼다.

"하지만 세상에서 절대적 사실이라는 게 어디 있겠니?"

에비가 눈살을 찌푸렸다.

"무슨 말씀이죠?"

"커녀가 미처 책에서 언급하지 못한 것들 중에 더욱 중요한 부분이 있다는 뜻이야."

"왜, 모두 언급하지 않았을까요?"

마크와 에비의 눈이 순간적으로 마주쳤다. 그는 가끔 상대가 어떤 사람인지 눈 깜짝할 사이에 알아맞힐 때가 있었다. 적어도 지금 대화를 나누고 있는 상대가 모든 걸 솔직하게 고백해도 되는 사람인지 아닌지 정도는 파악할 수 있었다.

이 아이는 우리와 같은 부류야.

내면의 소리가 그를 안심시켰다.

"왜 모두 솔직하게 털어놓지 않은 거죠?"

에비가 거듭 물었다.

"감옥에 가지 않으려고."

마크가 대답했다.

19. 마크 / 커너, 첫 번째 플래시백

1982년 11월, 시카고 교외, 마크와 커너의 나이 열 살

시카고 사우스사이드에 위치한 그린우드는 빈곤과 폭력으로 점철된 곳이었다. 몇 킬로미터 반경 이내에 시카고를 통틀어 가장 황폐한 동네가 자리 잡고 있었다. 푹 꺼져 내린 인도, 폐가가 되다시피 한 건물들, 전소되어 뼈대만 남은 자동차들, 쓰레기로 뒤덮인 공터…….

상점은 눈에 띄지 않았다. 그나마 몇 개 남아 있는 식료품 가게들은 철제 셔터 뒤로 몸을 숨기고 있었다. 그린우드에는 슈퍼도 하나, 은행도 하나였다. 병원은 그림자조차도 보이지 않았다. 단, 주류 판매점만이 예외적으로 성업 중이었다.

마치 미국 한가운데서 폭탄 맞은 바그다드를 보고 있는 듯했다. 그린우드에 사는 거주자들은 대부분 흑인이었다. 그나마 재주가 조금이라도 있는 사람이라면 고인 물처럼 썩어가는 이 희망 없는 동네에 남으려

하지 않았다.

마크 해서웨이는 이곳 게토의 공립학교에서 수위로 일하는 아버지와 함께 살고 있었다. 엄마는 그가 세 살 때 집을 나가 돌아오지 않았다. 마크가 '엄마는 왜 우리를 떠난 거야?'라고 물을 때마다 아버지는 '여기 사는 게 행복하지 않아서겠지'라고 대답하곤 했다.

엄마는 감옥 같은 학교 건물 안에서 사는 게 행복하지 않았던 것이다. 학교 건물은 마치 요새를 연상시켰다. 창문은 꽉 막혀 있었고, 출입문마다 방탄 장치가 되어 있었다. 총기를 감지한 금속탐지기들이 아침마다 경보음을 울려댔다.

갱단의 위협도 곳곳에 도사리고 있었다. 학부모와 퇴직 경찰들이 민간 방범대를 조직해 치안유지를 위해 애썼지만 헛수고에 가까웠다. 많은 아이들은 두려움에 떨며 등교했다. 상당수 아이들은 이미 총기 난사 사건이나 살인 장면을 직접 목격한 바 있어 외상후스트레스장애를 겪고 있었다.

겨울이었고, 학교는 텅 비었다. 저녁 7시쯤 되었을 때 꼭대기 층 교실에 불이 환하게 켜졌다. 마크는 교실 구석에 있는 작은 책장으로 걸어갔다. 사실 합판으로 얼기설기 만든 선반에 싸구려 소설을 몇십 권 꽂아놓고 책장이라 부르는 게 우스운 일인지도 몰랐다. 매일 저녁, 아버지가 맥주를 마시기 시작할 때면 마크는 조용히 이곳에 와 숙제를 했다.

마크의 아버지는 알코올중독자였지만 폭력을 휘두르지는 않았다. 버드와이저를 서너 병쯤 비우고 나면 아버지는 습관처럼 레이건 대통령과

의회, 시카고 시당국, 흑인, 아시아계, 남미계, 전처 그리고 평소 자신이 처한 빈곤과 불행의 원인이라고 생각하는 사회 전체를 싸잡아 비난했다. 매번 들어줄 사람이 없다는 게 문제였지만 아버지는 술만 취하면 똑같은 넋두리를 되풀이했다.

마크는 선반 위에 꽂힌 책들을 하나씩 더듬어가다가 찾고 있던 책 앞에서 손을 멈췄다. 하퍼 리가 쓴 《앵무새 죽이기》였다.

마크는 200쪽까지 읽었지만 마음에 꼭 드는 책이어서 하루 저녁에 한 챕터씩 아껴가며 읽고 있었다. 1930년대 대공황기에 앨라배마의 한 소도시에서 혼자 두 아이를 키우며 살았던 한 변호사 이야기를 다룬 소설이었다.

순탄했던 변호사의 인생은 백인 여성을 강간했다는 혐의가 씌워진 한 흑인 남자의 국선 변호인으로 선임된 직후부터 송두리째 흔들린다. 변호사는 사람들의 편견에 굴하지 않고 진실을 밝히기 위해 노력한다.

책상에 걸터앉은 마크는 종이봉투에 든 땅콩버터 샌드위치를 꺼내 먹으며 책 속으로 깊숙이 빠져들었다. 책은 그의 마음을 편안하게 해주었고, 명석한 두뇌와 공명심만 있다면 폭력쯤은 능히 이길 수 있다는 희망을 심어주었다.

마크는 두뇌라면 남에게 결코 뒤지지 않았다. 성적은 늘 중위권 정도에 머물렀지만 마음만 먹으면 언제든 상위권으로 도약할 자신이 있었다. 사실 그린우드 학교에서 공부를 잘하는 아이는 여러모로 위험했다. 모범생들은 툭하면 교내 불한당들에게 얻어터지기 일쑤였다. 마크는 성적을 잘 내 그 아이들에게 미움을 사기보다는 혼자 비밀리에 실력을 쌓아가기로 결심했다.

갑자기 조용하던 교실에서 둔탁한 소리가 울렸다. 소스라치게 놀란 마크는 번쩍 고개를 들었다.

배관 소린가? 아니면 쥐가 지나다니는 소리?

선생님이 미술 재료를 보관하는 벽장 쪽에서 들려온 소리였다. 마크는 더럭 공포가 밀려왔지만 호기심을 참지 못하고 기어이 소리가 들려온 벽장문을 열어젖혔다. 어두컴컴한 벽장 안에는 또래의 사내아이 하나가 몸을 잔뜩 웅송그린 채 앉아 있었다.

어둠 속에서 경계심을 드러냈던 아이가 벽장에서 뛰쳐나오며 출입문을 향해 냅다 뛰기 시작했다. 언제나 말보다 주먹이 앞서는 동네였다. 아이는 일단 피하는 게 상책이라는 걸 잘 알고 있는 듯했다.

문까지 달아났던 아이가 흘긋 뒤를 돌아다보았다. 그 순간 두 아이의 눈이 마주쳤다.

"너 거기서 뭐했어?"

마크가 물었다.

아이의 이름은 커너, 한 번도 이야기를 나눈 적은 없지만 같은 반이어서 얼굴은 익히 잘 알았다. 커너는 외계인 같은 외모에 늘 외톨이로 지내지만 뭔가 묘한 분위기를 풍기는 아이였다.

"자고 있었어."

아이가 쭈뼛거리며 대답했다.

허클베리 핀의 세기말 버전을 연상시키는 모습이었다. 아이의 비쩍 마른 몸을 감싸고 있는 옷은 너무 작은데다 때가 꼬질꼬질했고, 머리카락은 폭탄이라도 맞은 듯 헝클어진 채였다.

커너가 교실을 나서려 할 때 마크가 물었다.

"배고프니?"

어린 나이였지만 마크는 커너의 처지를 직감적으로 파악했다.

"조금."

커너가 잠시 망설이다가 대답했다. 사실 그는 아침부터 아무것도 먹지 못했다. 그는 위탁가정에 얹혀살고 있었다. 어린 나이로 감당하기에는 너무나 혹독한 나날들이었다. 위탁가정의 어른들은 툭하면 인생이 뭔지 가르쳐주겠다며 구타와 모욕을 가했고, 밥을 굶기는 건 예사였다.

커너는 어렸지만 제법 인생에 대해 알 만큼 알고 있었다. 태어나자마자 버려져 이 집 저 집 전전하며 살다보니 겪어보지 않은 일이 없었다. 일찍이 갖은 고생을 다 겪은 탓에 그는 아무리 모진 시련이라도 능히 견뎌낼 수 있을 만큼 강한 정신력을 갖게 되었다. 그에게는 아무도 짐작 못 하는 완강한 내면세계가 있었고, 힘들 때마다 그 속으로 깊이 들어가 숨어버리곤 했다.

"자, 먹어."

마크가 집에서 가져온 샌드위치를 반으로 잘라 커너에게 내밀었다.

커너는 잠시 망설였다. 지금껏 아무도 그에게 그런 친절을 베푼 적이 없었고, 그 역시 다른 사람에게 마음의 문을 열어 보인 적이 없었기 때문이다. 배려나 친절에 대해 전혀 모르다보니 낯선 사람을 만나게 되면 습관처럼 경계심부터 품게 되었다.

커너는 마크의 눈을 가만히 들여다보았다. 왠지 모르게 통하는 느낌이었다. 금세 서로 비슷한 처지라는 공감대가 형성되었다. 새로운 우정에 대한 약속으로 커너는 샌드위치 반쪽을 받아 들고 마크 옆으로 다가가 벽에 기대앉았다.

순식간에 그들은 다른 아이들처럼 순진무구한 모습으로 되돌아갔다.

1982, 1983, 1984……
살아서도, 죽어서도…….

그 후 마크와 커너는 매일이다시피 그 교실에서 함께 어울렸다. 교실 바깥은 마약 거래, 불타는 자동차들, 서로 죽이고 죽는 갱들, 온갖 종류의 총기들이 난무하는 혼돈의 세계였다.

바깥세상이야 어찌 돌아가든 말든 두 아이는 아무것도 두려울 게 없는 안식처를 갖게 되었다. 시간이 흐르면서 그들은 서로를 더욱 깊이 알아가고, 서로에 대한 굳건한 믿음을 쌓게 되었다.

마크는 남달리 감각이 예민하고, 다른 사람들 얘기에 쉽게 공감하는 대신 마음이 여린데다 귀가 얇은 편이었다. 반면 커너는 사려 깊고 차분한 성격이었다. 그 대신 비밀이 많았고, 어린 나이답지 않게 고민이 많았다.

두 아이는 시련을 헤쳐나가기 위해 힘을 모으기로 약속했다. 그들은 둘만의 아지트인 교실에서 함께 숙제를 하고, 책을 읽고, 음악을 들었다. 그들은 가끔 동시에 웃음보를 터뜨리는 친구를 마주 보며 깜짝 놀라곤 했다. 난생처음으로 그들은 고통과 외로움이 삶의 전부가 아니라는 사실을 알게 되었다. 약육강식의 법칙이 전부가 아니라는 사실도 깨달았다. 그들은 각자 서로를 통해 사랑받고 있다는 안도감을, 누군가와 함께한다는 연대감을 느끼며 서서히 인간에 대한 신뢰를 회복해갔다. 둘의 우정이 깊이를 더해가면서 그들은 어떤 어려운 일이 닥치더라도 서로 힘을 합한다면 충분히 해결해나갈 수 있으리라는 자신감을 갖게 되었다. 결코 가만히 앉아 무너지지는 않으리라는 확신을…….

1984년 2월, 시카고

새벽 6시였다. 하늘에는 푸르스름한 여명이 어리기 시작했다. 식당 바닥에서 시트도 없이 매트리스 하나만 달랑 깔고 잠을 자던 커너는 추위 때문에 잠에서 깨어났다. 주방 개수대에서 대충 세수를 마친 그는 다른 사람들이 깨기 전에 아파트를 나섰다.

도시는 수정처럼 차가웠다. 학교 갈 때 전철을 주로 이용했었는데, 범죄 예방 차원에서 전철역이 폐쇄되었다. 그린우드에서는 경찰이 동승하지 않는 한 버스조차 운행되지 않았다.

커너는 학교 가는 길에 나중에 몇 푼이라도 받고 팔 요량으로 빈 캔을 주워 모았다. 저녁에는 사우스사이드의 주유소 주변을 어슬렁거리다가 손님들에게 휘발유를 넣어주거나 차창을 닦아주거나 차에 반짝반짝 윤을 내주는 대가로 몇 달러씩 돈을 벌었다.

커너는 그린우드가 어떤 메커니즘으로 움직이는 동네인지 훤히 꿰뚫고 있었다. 깊이 빠져들지는 않아도 자연스럽게 알 수 있는 것들이 기 마련이다. 이 동네에서 빈번하게 벌어지는 폭력 사태의 원인도 알게 되었고, 뒷골목의 은밀한 규칙도 깨우치게 되었다.

61번가에 이르렀을 때, 아침 햇살이 하이드파크 위로 눈부신 햇살을 뿌렸다. 바로 지척에 명문가 자제들이 3만 달러라는 어마어마한 학비를 내고 다니는 시카고대학이 있었다. 게토 안의 그린우드와 게토 밖의 시카고대학, 최악의 슬럼가와 지식의 전당이 불과 몇백 미터를 사이에 두고 있는 셈이었다.

커너는 이 거리를 지날 때마다 시카고대학 캠퍼스가 있는 서쪽을 바라보곤 했다. 그때마다 그는 왜 벽 너머 저쪽과 이쪽의 삶이 이다지도 다른지 이해할 수 없었다.

무슨 까닭일까? 어떤 논리라도, 아니면 우리를 시험에 들게 하려는 신의 의도라도?

단 한 가지 커너가 확실하게 알고 있는 건 언젠가는 '저쪽 세계'로 건너가리라는 것이었다.

마크와 함께 이 동네를 떠나 반드시 벽 너머 저쪽 세계로 진입하리라.

어디로 갈 것인가? 무엇을 할 것인가?

아직은 불투명했지만 그의 머릿속에는 벌써 해답의 실마리가 들어 있었다. 그는 그린우드를 벗어난다고 해도 이 동네 사람들처럼 어려운 처지에 있는 이들을 도우며 살 결심이었다.

1986년 8월, 마크와 커너의 나이 열네 살

햇빛을 받아 후끈 달아오른 농구코트에서 웃통을 벗어젖힌 마크와 커너가 땀으로 뒤범벅된 채 한 치의 양보도 없는 대결을 펼치고 있었다. 점수는 똑같이 20점으로 팽팽했다.

코트 바닥에는 스피커 표면이 다 벗겨진 사운드 블래스터가 놓여 있었고, 제임스 브라운의 최신곡 〈미국에서 산다는 것〉이 치직거리는 잡음에 섞여 흘러나오고 있었다.

공을 따낸 커너가 어려운 위치에서 득점 기회를 노렸다. 커너의 손을 떠난 공이 철제 바스켓 위에서 텅텅거리며 튀다가 밖으로 떨어져 내렸다. 재빨리 리바운드 공을 따낸 마크가 서커스 묘기 같은 레이업 숏을 성공시키며 게임을 승리로 이끌었다. 그가 수족 인디언 같은 춤을 추며 약을 올렸다.

"내가 봐줘서 이긴 거야!"

커너가 가쁜 숨을 고르며 말했다.

"암, 어련하시겠어. 하지만 매직 존슨 같은 내 숏 자세 봤지?"

녹초가 된 둘은 햇살을 받아 미지근해진 콜라 한 병을 번갈아 나눠 마시며 철책에 기대앉았다.

잠시 숨을 고르던 그들은 게토에서 벗어날 수 있는 방법이 뭘지 대화를 시작했다. 그들이 대화를 나눌 때마다 등장하는 단골 주제였다. 평소 두 사람의 머릿속을 온통 지배하는 생각이기도 했다.

그린우드에서는 미래도, 전망도 없었다. 여기서 살아남거나 떠나거나 둘 중 한 가지를 선택해야 할 때가 다가오고 있었다.

마크와 커너는 장학금을 받아 다운타운에 있는 대학에 진학할 수 있기를 희망했다. 둘 다 실력은 좋은 편이었지만 출신 학교의 악명을 가리기에는 역부족이었다. 결국 제도권으로부터 아무것도 기대해서는 안 된다는 결론에 도달했다. 무엇이든 오직 자신들의 힘으로 개척해 나가야 했다. 대학 진학이든 이곳을 떠나든 당장 시급하게 필요한 건 역시 돈이었다.

그린우드에서 돈을 벌 수 있는 유일한 방법은 마약 거래뿐이었다. 마약은 그린우드를 지탱해가는 핵심 산업이었다. 그린우드의 정치, 비즈니스, 대인관계 중에서 마약과 관련되지 않은 건 아무것도 없었다. 마약의 법칙에서 예외인 사람도 없었다.

그린우드에 사는 사람치고 부모나 친구, 배우자 중에 마약 딜러나 마약중독자가 없는 경우는 드물었다. 마약 거래를 지탱하는 네 개의 기둥은 폭력과 공포, 질병과 죽음이었다. 심지어 경찰도 압수한 마약을 개인 용도로 사용하거나 되파는 일이 비일비재했다.

그린우드에서 잘 나가는 마약 딜러라면 일주일에 대략 수천 달러를 벌어들였다. 마크와 커너의 동급생 중에도 갱단에 들어가거나 마약 거래를 위해 학교를 그만두는 아이들이 한둘이 아니었다.

상황이 이렇다 보니 두 사람 역시 남들과 비슷한 생각을 하지 않을 수 없었다.

"우리라고 못 할 건 없잖아."

마크가 말을 꺼냈다.

"뭘?"

커너가 눈살을 찌푸리며 되물었다.

"몰라서 물어? 우린 머리도 좋고 눈치도 빨라. 그린우드의 시스템을 효과적으로 활용할 수 있다는 얘기야. 자고가 자기 밑에서 일하지 않겠냐고 묻더라. 그놈이 일주일에 얼마를 버는지 알아?"

커너가 벌컥 화를 냈다.

"난 마약에 손대고 싶지 않아."

"마약중독자가 되자는 게 아니라 딜러를 해보자는 거야. 잘만 하면 2년 안에 학비 정도는 벌 수 있어."

"그다지 좋은 생각이 아니야."

"케네디 대통령의 아버지가 금주법 시대에 뭘 했는지 알아? 술을 불법적으로 수입하고 몰래 팔아 넘겨 엄청난 돈을 벌었어. 그 덕분에 아들을 대통령으로 만든 거야. 그 덕분에 우리에게도 시민권이 생긴 거고."

"특수한 경우이고 옳지 않은 일이었어. 일반화시키는 건 문제가 있어."

이번에는 마크가 성을 냈다.

"그럼 여길 벗어날 수 있는 방법이 뭔지 말해봐. 우리가 무슨 재주로 돈을 벌어 대학에 진학할 수 있는지 말해보라니까. 한시바삐 이 동네를 빠져나가지 못한다면 우리는 아마 10년 뒤쯤 무덤 안에 누워 있거나 감옥에 가 있게 될 거야. 그건 내가 장담하지."

"물론 지금으로서는 방법이 없어. 하지만 손쉬운 해결책을 바라서는 안 돼. 만약 우리가······."

커너의 목소리가 쑥스러운지 가볍게 떨려 나왔다.

"만약, 뭐?"

커너가 침을 꼴깍 삼키더니 친구의 눈을 똑바로 쳐다보며 말을 맺었다.

"만약 돈을 마련하기 위해 마약 딜러를 한다면 우린 모든 걸 포기하는 것이나 다름없어. 아무리 절박해도 우리가 가진 이상과 가치만큼은 절대로 포기해선 안 돼."

마크는 주먹을 불끈 쥐고 돌아서 철책을 힘껏 때렸다. 잠시나마 마약을 팔아서라도 학비를 마련해야겠다고 생각했던 자신이 부끄럽고 원망스러웠기 때문이다.

커너가 자책하는 마크의 어깨에 손을 얹어놓았다.

"걱정할 것 없어, 마크. 두고 봐, 언젠가 반드시 기회가 올 테니까. 우린 틀림없이 여기서 벗어나게 될 거야. 내가 약속하지."

커너의 말에는 강한 확신이 실려 있었다.

1987년 10월 13일, 저녁 7시 36분

커너는 무릎 위에 책을 올려놓은 채 손으로 귀를 틀어막았다. 어수선한 주변 분위기를 무시하고 책에 집중하려 했지만 아무 소용이 없었다.

집이 너무나 소란스러워 도저히 집중되지 않았다. 보는 사람도 없는데 거실이 떠나갈 듯 볼륨을 높여 놓은 텔레비전, 방방마다 흘러나오는 요란한 음악 소리, 서로 욕하고 싸우느라 시끌벅적한 소리를 피해 숙제를 한다는 건 불가능에 가까웠다.

방과 후 마크와 은밀하게 사용해온 교실은 직업 정신이 투철한 경비원 한 명이 더 이상 출입을 허락하지 않는 바람에 사용이 불가능하게 되었다.

커너는 갈 곳도 정하지 않은 채 아파트를 나섰다. 계단 통로에 가보았지만 오래 있을 만한 곳은 아니었다. 마약 딜러들이 수시로 드나드는 장소였기 때문이다.

결국 커너는 금속 컨테이너 여러 대가 줄지어 서 있는 쓰레기 소각장으로 향했다. 그는 내용물을 일일이 확인한 다음 대체로 비어 있으면서 냄새가 심하지 않은 컨테이너 안으로 들어갔다. 비로소 숙제를 할 수 있게 된 그는 한숨을 푹 내쉬며 책을 펼쳤다.

쓰레기 틈에 섞여 숙제를 할 수밖에 없는 신세가 서러웠지만 학업을 계속하려면 참고 이겨낼 수밖에 없었다. 그는 어떤 어려움이 닥치더라도 절대로 공부를 포기하지 않으리라 다짐했다.

누가 알겠는가. 언제 행운의 여신이 나에게 미소를 보내올지…….

숙제를 마친 커너는 선생님이 추천해준 하워드 진의 《미국 민중 저항사》에 푹 빠져들었다. 인디언, 흑인 노예, 남북전쟁 탈영병, 방직공장 노동자 같은 민중들의 생생한 증언을 토대로 집필한 미국의 이면사였다.

민중사와 교과서에서 다루는 역사는 판이하게 달랐다.

누군가 쓰레기 소각장으로 다가오고 있었지만 커너는 독서에 열중하느라 발자국 소리를 듣지 못했다. 고개를 들었을 때는 이미 안면 있는 마약 딜러 두 사람이 실실 웃음을 흘리며 컨테이너 앞에 서 있었다.

"헤이, 겁쟁이. 쓰레기 속에 처박혀 뭘 하시나?"

커너가 벌떡 일어나 도망치려 했지만 때는 이미 늦었다. 마약 딜러들이 그를 번쩍 들어 올리더니 컨테이너 바닥에 내동댕이치고는 발로 걷어차며 이리저리 굴려댔다.

"헤이, 겁쟁이. 우리가 쓰레기를 어떻게 처리하는지 아나?"

마약 딜러 하나가 물었다.

커너는 어떻게든 몸을 일으켜보려고 안간힘을 썼다. 코를 만져보니 온통 피투성이였다.

"휘발유를 붓고 몽땅 불 질러 태워버리거든!"

마약 딜러가 키득거리며 말했다. 그의 손에는 휘발유 통이 들려 있었다. 비명을 지를 새도 없이 커너의 몸은 휘발유로 흠뻑 젖어들었다.

"어때? 불붙여줄까?"

마약 딜러 한 놈이 성냥불을 그어대며 말했다.

더럭 공포감이 일었지만 커너는 단지 겁을 주려는 것이라 믿고 싶었다. 그놈들에게 사람의 목숨 따위는 파리보다 못하다는 걸 미처 몰랐기 때문이다.

아차, 하는 사이에 성냥불이 몸 위로 떨어졌다. 휘발유를 끼얹은 몸에 금세 불이 붙었다. 몸이 마치 횃불처럼 활활 타오르기 시작할 때 컨테이너 문짝이 육중한 소리를 내며 닫혀버렸다.

커너는 거칠게 숨을 몰아쉬며 어떻게든 빠져나가려고 발버둥을 쳤다. 이리 뛰고 저리 뛰는 사이 컨테이너가 뒤집히며 간신히 밖으로 굴러 떨어졌지만 그의 몸은 이미 화염에 휩싸여 있었다. 그는 바닥을 데굴데굴 구르며 불을 끄기 위해 안간힘을 다했다.

겨우 불을 껐지만 점차 눈앞이 흐려졌다. 행운의 여신이 미소를 보내오긴 했는데, 기대와는 영 딴판이었다. 그는 그 순간 자신의 인생이 예전과는 많이 달라지리라는 걸 본능적으로 알 수 있었다. 그리고 그는 완전한 혼수상태에 빠져들었다.

그는 열다섯 살이었다.

그는 단지 숙제를 하고 싶었을 뿐이었다.

20. 마크 / 커너, 두 번째 플래시백

1987년 10월 13일, 밤 9시 18분

빨간 경광등을 컨 앰뷸런스가 요란한 소리를 내며 시카고 장로교회 병원의 응급실 주차장을 향해 질주했다.

의료진은 의식을 잃은 채 들것에 실려온 커너의 화상 부위를 식히기 위해 즉시 미지근한 물에 몸을 씻겼다. 불에 타다 남은 옷이 피부에 달라붙어 떼어내려면 마취가 필요했다. 응급전문의들이 기도삽관 후 혈액관류를 실시하면서 커너를 즉시 중화상 병동으로 옮겼다.

커너의 담당 의사는 로리나 맥코믹 박사였다.

로리나는 우선 커너의 몸 상태를 체크했다. 피부의 50퍼센트 이상이 중화상을 입었다. 팔다리와 흉곽 부위의 화상이 특히 심각했다. 목 아래쪽과 오른손도 심한 편이었다. 얼굴은 기적적으로 불길을 피해 갔다. 곧 환자의 생명이 위태롭다는 진단이 내려졌다.

로리나가 이끄는 의료진은 커너의 얼굴에 인공호흡기를 부착하고, 인위적 혼수상태에서 소독액과 살균 연고로 국부 치료를 시작했다. 의료진은 화상 부위를 살균 습포로 덮은 다음 지속적으로 갈아주어 피부를 최대한 촉촉하게 유지하면서 살균효과를 내고자 했다. 온몸에 빼곡히 주삿바늘을 꽂고, 부목을 대고, 붕대를 감은 커너의 모습은 마치 미라 같았다. 그는 두 눈을 감은 채 누워 있었다.

로리나는 가엾기 짝이 없다는 듯 커너를 내려다보며 병상의 머리맡에 앉아 있었다. 근무 시간이 끝난 지 한참 지났지만 그녀는 차마 병실을 떠나지 못했다. 세상은 점점 적대적이고 비인간적이고 야만적으로 변해가고 있었다. 이제 막 마흔이 된 그녀는 절대 엄마가 되지 않으리라 결심했다. 지금까지는 일이 바쁘고 아직 운명의 남자를 만나지 못해 미처 아이에 대한 생각을 하지 못했다. 그러나 아무 죄도 없이 처참한 화상을 입은 아이를 보는 순간 이 미쳐 돌아가는 세상에서 아이를 낳아 무사히 보호하며 키워낼 자신감을 잃었다.

로리나가 한참 생각에 빠져 있을 때 병실 문이 활짝 열리며 한 아이가 들어섰다. 경비원이 아이를 뒤따라 들어왔다.

"만나게 해줘요, 내 친구란 말이에요!"

몸무게가 세 배쯤 돼 보이는 흑인 경비원이 울부짖는 아이의 목덜미를 움켜잡았다.

로리나가 경비원에게 아이를 놓아주라고 말했다.

"내 친구예요!"

마크가 커너의 침대로 다가서며 되풀이해 말했다.

"이 아이의 부모님은 어디 계시니? 혹시 이 아이 부모님을 아니?"

로리나가 물었다.

"부모님은 안 계셔요."

로리나가 마크에게 가까이 다가갔다.

"난 로리나 맥코믹이란다. 네 친구를 치료하게 될 담당 의사야."

"제 친구는 죽게 되나요?"

마크가 눈물이 그렁그렁한 눈으로 물었다.

로리나는 좀 더 바짝 마크 옆으로 다가섰다. 그의 눈에서 간절한 마음이 읽혔다.

"의사 선생님, 솔직하게 말씀해주세요. 제발."

마크가 되풀이해 말했다.

"솔직히 말해 위독한 상태란다."

로리나는 순순히 인정했다.

잠시 입을 다물고 있던 그녀가 한마디 여운을 남겼다.

"그렇지만 살아날 가능성이 전혀 없는 건 아니야."

로리나가 마크에게 의자에 앉으라고 손짓했다.

"네 친구는 온몸의 절반도 넘게 화상을 입었어. 이틀 동안 인공 혼수 상태로 놔둘 생각이란다. 잠들어 있어야 네 친구가 고통을 느끼지 않기 때문이야. 네 친구는 건강한 편이고, 호흡기는 화상을 입지 않았고, 유독가스를 마시지도 않았어. 지금 내가 말한 건 좋은 징후야."

"나쁜 징후는요?"

"상처에 세균 감염이 일어날 가능성이 있어. 화상을 입은 피부는 세균으로부터 몸을 보호해주지 못하지. 세균이 한꺼번에 공격해오면 방어할 능력이 없다는 뜻이란다. 네 친구도 그럴 위험성이 커. 상처가 악화되거나 패혈증, 그러니까……."

"혈액이 감염되는 거죠. 저도 알아요."

마크가 잔뜩 침울해진 눈빛으로 말했다.

"그러니까 인내심을 가지고 네 친구가 깨어날 때까지 간절히 기도하는 수밖에 없어."

"저는 신을 믿지 않아요. 선생님은 신을 믿나요?"

로리나가 곤혹스러운 표정으로 마크를 쳐다보았다.

"글쎄, 딱히 믿는 신이 없더라도 기도는 할 수 있지 않겠니?"

"저는 선생님을 믿고 싶어요. 제 친구를 구해주세요. 제발 부탁드려요."

마크가 눈물을 글썽이며 말했다.

커녀의 머릿속, 삶과 죽음 사이

나는 날고 있다.

아니다, 떨어진다.

허공을 향해 정신없이 추락하는 데, 억겁의 시간이 걸리는 것 같다.

나는 가볍다. 나는 몸을 일으킨다. 나는 푹신푹신한 카펫 위를 미끄러지듯 나아가고 있다. 나는 빛으로 가득 찬 탕 속에서 헤엄치고 있다.

기분이 좋다.

모든 게 다 보인다. 모든 게 다 이해된다.

모든 게 이미 결정돼 있다는 사실을.

모든 것에 의미가 있다는 사실을. 선이든, 악이든, 고통이든……

기분이 날아갈 것 같다.

하지만 이런 기분이 오래 갈지는 모르겠다.

그리고 다 잊어버리게 될 것이라는 사실을 안다.

1987년 10월 15일

일단 위기는 넘겼다고 판단한 로리나는 가급적 빨리 괴저를 일으킨 피부조직을 절제해내기 위해 애썼다.

커너의 피부는 마치 세척을 한 것 같았다. 발그스름하던 피부에 딱딱하고 우둘투둘한 조직이 생겼다. 아직 상처가 어느 정도 깊은지 정확히 판단하기 힘들었다. 임상 상태는 일단 안정적이지만 감염과 호흡곤란 가능성은 여전히 매우 높은 편이었다.

로리나가 메스를 들고 흉곽과 목 부위를 적출 절개했다. 국부 순환을 돕고 화상이 깊어지는 것을 막기 위해서였다. 다음으로 그녀는 커너의 한쪽 엉덩이에서 가로세로 2센티미터 크기의 피부를 떼어냈다. 2년 전 보스턴의 한 의학연구소에서 아주 조그마한 크기의 피부 샘플에서 세포를 배양할 수 있는 방법을 개발하는 데 성공했다. 그녀는 엉덩이에서 떼어낸 피부를 보스턴의 의학연구소에 보낼 계획이었다.

아직까지 시험단계에 있는 기술이고, 치료 기간이 긴데다 심각한 후유증이 나타날 수도 있다는 사실을 잘 알고 있었지만 시도해볼 가치가 충분하다고 판단했기 때문이다.

마지막으로 그녀는 진통제 투여량을 줄이기로 결정했다.

이제 커너는 점차 의식을 회복해갈 것이다.

커너의 머릿속, 죽음과 삶 사이

나는 아직도 날고 있다. 하지만 속도도, 힘도 떨어진다.

점차 내 몸이 납덩이처럼 무거워진다.

나는 천국을 떠나 인간의 감각을 되찾는다.

다시, 두려움이 밀려온다. 고통의 두려움, 죽음의 두려움……

내 주변에서 흰빛을 잃은 구름이 숨이 막힐 듯 뜨거운 주홍색 수증기로 변한다.

온몸이 아프다. 나는 불타고 있다.

이제 모든 것이 붉은색이다. 모든 것이 용암이고, 모든 것이 녹고 있다.

모든 것이 슬프다.

여행의 끝. 나는 눈을 뜬다, 그리고…….

1987년 10월 16일

처음 눈을 떴을 때 커너는 중화상 환자 병동의 밝고 거대한 온실 속에 누워 있었다. 머릿속에서 둔탁하고 어지러운 소음이 윙윙거렸다. 몸을 움직이려던 그는 이내 포기하고 말았다. 그다지 현명한 생각이 아닌 듯했다. 대신 고개를 숙여 온통 붕대에 감긴 몸을 바라보았다. 불현듯 끔찍한 사건의 기억이 떠오르며 그는 다시 깊은 공포에 휩싸였다.

"안녕, 친구. 기분이 어때?"

마크가 감격스러운 듯 말했다.

로리나도 함께 그를 맞았다.

커너가 의사를 쳐다보며 입을 떼려 했지만 말이 나오지 않았다.

"걱정 마. 로리나 선생님이 잘 치료해줄 테니까."

마크가 친구를 안심시켰다.

1987년 10월 17일

로리나가 간호사와 함께 커너의 흉곽을 감싸고 있는 붕대를 풀었다. 커너가 눈으로 직접 보고 싶다고 했기 때문이다.

커너는 화상 입은 상처를 막상 보게 되자 혐오스럽기 그지없었다. 담대하게 마음먹으리라 다짐했지만 상처를 본 충격은 생각보다 훨씬 심했다. 마치 사람이 아니라 괴물이 된 것 같았다. 썩어가는 엘리펀트 맨 같았다. 도무지 나을 것 같지 않았고, 자기도 모르게 눈물이 솟았다.

과연 나을 수 있을까?

"상처를 보고 두려운 생각이 드는 건 당연해."

로리나가 커너의 눈을 똑바로 쳐다보며 말했다.

커너는 의사를 어떻게 생각해야 할지 알 수 없었다. 로리나는 이따금씩 퉁명스러운데다 말을 전혀 거리낌 없이 내뱉는 편이었다.

반면에 마크는 그녀를 철석같이 믿는 것 같았다.

"로리나 선생님은 우리 편이야."

얼마 전 묻지도 않았는데 마크는 그렇게 말했다.

"앞으로 어떻게 될지 설명해주마."

로리나가 그의 곁으로 바짝 다가앉으며 이야기를 시작했다.

"화상이 아주 깊은 부위에는 동물 피부를 이식해놓았단다."

"동물 피부요?"

"돼지 피부야. 중화상을 입은 환자에게 흔히 사용하는 방법이지. 네 몸의 면역체계에서는 당장 거부반응을 일으키겠지만, 세균 감염을 막기 위한 임시 조처라 할 수 있어. 돼지 피부가 일종의 생체 붕대 역할을 하는 셈이야."

"그다음은요?"

"그다음 단계에서는 사람의 피부를 이식할 거야."

"그 피부는, 어디서 구하죠?"

"네 몸에서 떼어내 이식하는 거야. 자가이식이라 부르지. 네 몸에서 화상을 입지 않은 피부를 떼어내 화상을 입은 피부에 이식하는 거야."

"성한 피부가 모자라지 않나요? 화상을 입지 않은 피부가 별로 없잖아요!"

커너가 울먹이며 소리쳤다.

"어떤 일이 있어도 넌 날 믿어야 해."

"진실을 말해주시지 않으면서 어떻게 믿으라는 거죠?"

"그래, 네 말이 맞아. 네 몸에 남은 피부로는 당연히 모자라겠지. 그래서 네 피부세포 샘플을 보스턴에 있는 연구소에 보내놓았어. 그곳에서 세포를 배양해 네 피부를 넉넉하게 만들어줄 거야. 이제 이해가 되니?"

"제가 곧 죽을지도 모른다는 건 이해가 되네요."

1987년 10월 20일

첫 번째 피부이식수술이 끝났다. 진통제도 듣지 않을 만큼 끔찍한 고통이 따르는 수술이었다.

커너는 오른팔에 부목을 대고, 목에는 깁스 코르셋을 착용했다. 마크가 매일 문병을 와 알렉상드르 뒤마의 《몬테크리스토 백작》을 읽어주었다. 15년 동안이나 부당하게 감옥에 갇혀 살아야 했던 한 남자의 처절한 복수를 다룬 소설.

처절한 복수……

1987년, 크리스마스

커너는 소름 끼칠 정도로 살이 빠졌다. 어떻게 두 달 만에 15킬로그램이 빠질 수 있는지 이해할 수 없었다. 로리나의 설명에 따르면 중화상 환자는 아무리 칼로리 공급을 많이 해주어도 이화작용이 활발하게 일어나기 때문에 신체가 지치고 세균 감염에 취약하게 된다고 했다.

커너의 오른손이 심하게 감염되었다. 12월 25일, 하는 수 없이 손가락 마디 하나를 절단했다.

메리 크리스마스!

1988년 1월

커너는 고작 딱 한 번 찾아온 경찰에게 사건의 전말을 하나도 빠짐없이 이야기해주었다. 놈들의 이름과 주소까지 얘기해주었지만 수사는 진전이 없어 보였다.

마크는 경찰 수사가 지지부진하자 독자적으로 수사에 착수했다. 놀랍게도 놈들은 몸을 숨기지도, 몸을 사리지도 않은 채 여전히 동네를 활보하고 있었다.

커너의 머릿속에서 어떤 종류의 생각이 싹트기 시작했다.

처절한 복수에 대한 생각이…….

1988년 2월

군데군데 이식이 제대로 되지 않은 부분이 있었다. 그런 부분은 생살이 벌겋게 드러나 보였다. 처음부터 모든 걸 다시 시작해야만 했다. 오른팔을 못 쓰기 때문에 글씨를 쓸 때는 왼손을 사용할 수밖에 없었다.

커너는 왼손잡이가 되기 위해 스케치북에 몇 시간이고 스케치 연습을 하고, 초상화를 그렸다.

항상 같은 얼굴이었다.

마음이 차분해지는 얼굴, 대체 어디서 튀어나왔는지 알 수 없는 여자의 얼굴……. 아직은 그 자신도 누구인지 모르는 여자 얼굴이었다.

1988년, 봄에서 여름까지

피부이식 수술을 여러 차례 거듭했다. 탄성조직으로 압박해놓아야 하는 상처투성이 피부에 새살이 돋기 시작했다.

얼마 전부터 커녀는 병원에 입원 중인 학령기 환자들을 위한 원격강의 프로그램으로 수업을 듣고 있었다. 고통스런 날들이었지만 공부를 포기할 수는 없었다. 언제나 곁을 지켜주는 마크를 빼면 그에게 힘이 되는 건 공부밖에 없었다.

1988년, 가을

커녀는 다리에 입은 화상 때문에 아직 침대에서 누워 지낼 수밖에 없었다. 울분을 꾹꾹 눌러 참으며 산 지도 벌써 일 년째였다. 단 하루도 고통에서 자유로운 날이 없었다. 하룻밤도 악몽을 꾸지 않은 날이 없었다.

1988년 12월

크리스마스 아침이었다.

로라나가 병실 문을 열고 들어섰다. 침대가 빈 것은 14개월 만에 처음 있는 일이었다. 커녀는 전날 시카고의 반대편에 있는 재활치료센터로 옮겨갔다.

로라나는 병실에 떠 있는 푸른빛의 조명 속에서 한동안 멍하니 서 있었다. 애착을 갖고 돌보던 환자가 퇴원하고 나면 가슴 한가운데에 구멍이 뻥 뚫리는 것 같은 느낌이 들 때가 있었다. 바로 오늘이 그런 날이었다.

커너가 베개 위에 써놓고 간 편지가 보였다. 겉봉에 '닥터 로리나 맥코믹'이라고 썼다가 너무 진지한 호칭이라고 생각했는지 지우고 다시 쓴 흔적이 보였다.

로리나.

로리나는 가운 호주머니에 봉투를 집어넣었다. 나중에, 집에 가서 뜯어볼 생각이었다.

그녀는 이제 커너가 그린 그림 수십 장을 자세히 들여다보았다. 똑같은 얼굴을 강박적으로 그렸는데, 젊은 여성의 얼굴이었다. 그녀는 오랫동안 그림에서 눈을 떼지 않았다. 잠시 후 그녀는 커너의 그림들을 진료기록 서류철에 끼워 넣었다.

이 그림들에 대해 더 많이 알게 되는 날이 오겠지.

1989년 6월

커너는 고등학교를 졸업하고 재활치료센터를 나와 청소년 쉼터로 들어갔다. 그는 팔다리를 전처럼 자유롭게 움직이기 위해 여섯 달에 걸쳐 물리치료와 마사지를 받았다.

목과 흉곽은 붉은색과 보라색을 띠고 있었다. 상처가 아물면서 피부가 쪼그라드는 바람에 마음대로 할 수 없는 동작이 많았다. 그는 어쩔 수 없이 걷기, 식사하기, 자리에 앉기, 글씨 쓰기 같은 기본적인 동작들을 다시 배워나가기 시작했다.

서서히 몸이 치유되어가고 있었지만 눈에 보이지 않는 상처들은 여전히 그의 영혼에 칼자국을 냈고, 그를 고통 속으로 밀어 넣었다.

커너는 일 년 반 만에 처음으로 거리에 나왔다. 자동차나 거리에서 만나는 사람들이 온통 다 무서웠다. 조그만 소리에도 그는 소스라치게 놀라기 일쑤였다. 거리에서는 모든 게 너무 빠르게 돌아갔고, 모두 다 공격적으로 느껴졌다.

이제 고통을 이기는 방법은 단 한 가지밖에 없다는 생각이 들었다.

처절한 복수…….

1989년

놈들을 찾는 데는 그다지 오랜 시간이 걸리지 않았다. 놈들은 철길 뒤 빈 건물에 은신처를 마련해두고 있었다.

커너는 며칠 동안 그들을 미행했다. 그들의 습관을 기록하고 정보를 수집했다. 사건 이후 2년이 지난 지금 놈들은 빛나는 계급장을 달고 있었다. 그들은 더 이상 변두리의 조무래기 마약 딜러가 아니라 그린우드 남쪽 전체의 헤로인 거래를 관장하는 보스가 되어 있었다.

커너는 두 놈만 따로 이동하는 적이 없었기 때문에 서두르지 않고 좋은 기회를 노리기로 했다.

바로 오늘 저녁, 절호의 기회가 찾아왔다.

커너는 바에서 나온 두 놈이 만취 상태라는 걸 확인했다. 주차장으로 걸어간 그들은 적갈색 중고 무스탕에 올랐다.

커너는 놈들이 앞서 가게 내버려두었다. 뒤따라 걸어가는 동안 자신의 상처를 곱씹으며 놈들에 대한 적개심을 불태울 요량이었다.

마침내 커너는 폐허가 된 건물 앞에 도착했다. 시간은 새벽 2시였다. 그는 어두컴컴한 홀을 지나 계단을 올라갔다. 두려움 따윈 추호도 없었다.

문 너머에서 시끄러운 음악 소리가 들려왔다. 그는 곧 떨어져 나갈 것 같은 출입문 앞에 잠시 멈춰 섰다가 곧 문을 힘껏 걷어차며 안으로 들어섰다. 재활치료를 하는 동안 머릿속으로 수없이 연습한 장면이었다.

푹 꺼진 소파에 앉아 있던 두 놈은 영문을 모르겠다는 듯이 그를 올려다보았다. 술에 만취한 데다 환각 상태에 빠진 놈들의 눈은 초점이 잡히지 않았다.

커너는 놈들을 향해 걸어갔다. 노란색과 청록색 등이 희미한 불을 밝히고 있는 초라한 아파트 안이었다. 마약 배달 상자 위에 가방이 하나 놓여 있었다. 열린 지퍼 사이로 그득히 들어 있는 돈다발이 보였다. 가방 위에는 주사기 몇 개, 가루 봉투, 은색 권총 한 자루가 놓여 있었다.

한 놈이 팔을 뻗어 권총을 집으려 했지만 너무 늦었다.

커너는 상자를 발로 차 넘어뜨리며 권총을 움켜쥐었다. 그가 금방이라도 불을 뿜을 듯한 총구를 놈들에게 들이댔다. 놈들은 정신을 가다듬기 위해 머리를 절레절레 흔들며 그를 쳐다보았다.

"넌 누구냐?"

한 놈이 물었다.

"내가 누구냐고 물었나?"

커너의 몸이 굳어졌다. 머릿속에서 수십 번이나 연출해보았던 장면이지만 놈들이 얼굴을 알아보지 못할 거란 생각은 추호도 하지 못했다.

사람을 이 지경으로 만들어놓고 얼굴조차 기억 못 하다니…….

커너는 점퍼 호주머니에서 부패한 경찰관에게 50달러를 주고 산 수갑 두 개를 꺼냈다.

"이 수갑을 라디에이터에 연결하고 네 놈들의 손목을 채워라."

커너가 명령했다.

"잠깐, 우리 얘기 좀……."

총구에서 불이 뿜어져 나오며 놈의 말은 반 토막이 됐다. 엉덩이를 만졌던 놈은 피가 흐른다는 것을 깨닫고는 소스라쳐 놀랐다.

"어서 수갑을 채우라니까!"

놈들이 미지근한 온기조차 나오지 않은 지 오래된 주철 라디에이터에 수갑을 연결하고 스스로 손목을 채웠다.

나는 누굴까?

커너가 점퍼를 벗고 셔츠 단추를 풀었다. 웃통을 벗어젖힌 그는 끔찍한 화상을 드러낸 채 놈들 앞에 서 있었다. 놈들은 여전히 영문을 모르겠다는 듯 두 눈을 껌벅이다가 차츰 두려움과 경악 속으로 빠져들었다.

복도로 나간 커너가 휘발유 통을 들고 들어왔다.

나는 누굴까?

이제, 역할은 완벽하게 뒤바뀌었다.

희생자가 사형집행인이 되고, 사형집행인이 희생자가 될 차례였다. 선이 악이 되고, 악이 선이 되었다.

나는 누굴까?

커너는 놈들에게 휘발유를 뿌리며 자신의 내면을 향해 물었다.

그의 귀에서는 놈들의 비명소리가 들리지 않았다. 그의 귀에서는 전혀 다른 소리가 메아리처럼 울려 퍼지고 있었다.

'헤이, 겁쟁이. 쓰레기 속에 처박혀 뭘 하시나? 헤이, 겁쟁이. 우리가 쓰레기를 어떻게 처리하는지 아나? 휘발유를 붓고 몽땅 불 질러 태워버리지!'

나는 누굴까?

커너는 성냥불을 그으며 다시 한번 자신을 향해 물었다.

불이 붙는 순간, 그는 예전에 마크에게 했던 말을 떠올렸다.

'아무리 절박해도 우리가 가진 이상과 가치를 절대로 포기해선 안 돼.'

같은 날, 새벽 5시

적갈색 무스탕이 공립학교에서 멀지 않은 인도 옆에 멈춰 섰다. 차에서 내린 커너가 바닥에서 자갈을 한 줌 주워 경비원이 사는 아파트 창문을 향해 힘껏 내던졌다.

이내 마크가 창문 밖으로 고개를 쑥 내밀었다.

"커너, 너 대체 거기서 뭐하는 거야? 지금이 몇 신지 알기나 해?"

"마크, 당장 옷부터 걸쳐 입고 지갑, 돈, 신분증도 챙겨. 어서!"

"무슨 소리야?"

"토 달지 말고 내가 시키는 대로 하라니까!"

몇 분 후 마크가 그의 앞에 나타났다.

"무슨 일 있어? 안색이 안 좋아."

마크가 물었다.

"타."

커너가 무스탕을 가리키며 말했다.

"대체 저 차는 누구 거야?"

"빨리 타. 가면서 설명해줄게."

운전대에 앉은 커너가 루프*를 향해 차를 몰기 시작했다. 잠시 후 그가 마크를 쳐다보며 물었다.

"내가 예전에 했던 말, 기억해? 이곳에서 벗어나 공부를 계속할 수 있을 거라고 했던 말?"

"물론 기억하지."

"그래, 오늘 저녁 비로소 너에게 그 기회가 왔어."

커너가 마약 딜러들에게서 빼앗아 온 돈 가방을 마크에게 건넸다.

가방을 열어본 마크의 입에서 탄성이 일었다.

"이 돈은 다 뭐야?"

"네 학비."

*시카고의 다운타운

"도대체 무슨……."

"내 말 잘 들어, 마크. 일을 복잡하게 만들 필요 없으니까."

커너가 호주머니를 뒤져 마크에게 기차표 한 장을 건넸다.

"지금 곧장 그랜드센트럴역에 내려줄게. 새벽 6시 15분에 뉴욕으로 떠나는 기차가 있어. 넌 이제 떠나는 거야. 다시는 이곳에 발을 들여놓지 마. 알겠지?"

"그럼 넌, 넌 언제 올 건데?"

"난 가지 않아."

커너가 그랜드센트럴역 지하 주차장으로 차를 몰아가며 말했다.

새벽 6시

두 사람은 주차된 차 안에 나란히 앉아 있었다. 커너에게서 이야기를 모두 들은 마크는 충격을 금할 수 없었다.

"이제 갈 시간이다. 기차가 곧 떠날 거야."

커너가 시계를 보며 말했다.

"넌, 넌 어떻게 할 건데?"

마크가 질겁하며 물었다.

"난 자수해야지."

커너가 차 밖으로 나가며 말했다.

차에서 내린 마크가 커너의 뒤를 따라가며 소리쳤다.

"나 혼자는 안 가!"

"가야 해! 난 여기서 벗어날 수 없어. 이제 내 인생은 끝났어! 사방에 흔적을 남겨두었단 말이야. 몇 시간만 있으면 경찰이 내가 범인이라는 걸 알게 돼."

마크도 지지 않고 목소리를 높였다.

"꼭 그렇지 않을 수도 있어. 불이, 불이 증거를 모두 없애버렸을 테니까. 놈들이 죽었다고 슬퍼할 사람은 아무도 없어. 경찰은 갱단들 간에 벌어진 복수극이라고 생각할 거야. 사건이 감쪽같이 종결될 수도 있어!"

두 소년은 역의 플랫폼에 도착했다. 이른 아침 시간인데도 벌써 많은 사람들이 플랫폼 위를 분주히 걷고 있었다.

"자, 친구, 행운을 빌어줄게."

커너가 말했다.

"너도 곧 뒤따라와야 해. 둘이 함께 여길 떠나자고 약속했잖아."

마크가 열차에 오르며 소리쳤다.

뭐라고 한마디 덧붙였지만 마크의 목소리는 출발을 알리는 기적소리에 묻혀 더 이상 들리지 않았다.

"마크, 강해져야 해. 넌 새로운 인생을 시작할 수 있어. 하지만 난 너무 늦었어. 이제 난 아무것도 남지 않았어!"

"곧 괜찮아질 거야. 내가 널 도울 테니까! 우린 무슨 일이든 항상 같이 해왔잖아. 우리 둘이서 지금까지 잘 버텨왔어!"

승무원이 열차 출입문이 제대로 닫혔는지 확인하고 있었다.

커너가 열차에서 몇 발짝 뒤로 물러서며 걸음을 뗐다. 갑자기 긴장이 풀리며 머리가 어질어질했다. 후끈 열이 오르며 몸이 덜덜 떨리기 시작하더니 곧 머릿속이 뿌옇게 흐려졌다. 주변에서 울리는 소리들이 이상하게 변하다가 더 이상 들리지 않았다. 그는 침묵 속에서 비틀거리다가 갑자기 정신을 잃고 쓰러졌다.

마크가 지체 없이 플랫폼으로 달려 내려왔다. 양쪽 겨드랑이에 팔을 끼우고 커너를 일으켜 세운 그는 사력을 다해 친구를 떠메고 열차 안으로 들어갔다.

마지막 기적 소리가 울리고 나자 기차가 한숨 소리와 함께 덜컹거리며 움직이기 시작했다.

막 솟아오른 아침 햇살이 이제 막 역을 출발한 기차 위를 비추었다. 마크는 우두커니 창밖을 내다보고 있었다. 옅은 구름을 뚫고 오렌지색 햇살이 얼굴을 내밀었다.

그는 지금 보는 하늘빛과 오늘 아침의 기억을 평생 잊지 못하리라.

커너와 둘이, 함께 시카고를 떠난 그 아침을……

21. 구름 저편

우리는 마치 호두 같아서, 깨뜨려야 속을 볼 수 있다.

_칼릴 지브란

오늘, 비행기 안, 오후 3시

항공기 아래로 펼쳐지는 풍경들은 두터운 구름층에 가려 더 이상 보이지 않았다. 그래서인지 더욱 지상과 단절되어 보였다.

마크는 지난 기억을 그토록 허심탄회하게 털어놓았다는 사실이 믿기지 않았다. 지난 시절을 회상하는 동안 그는 잠시나마 니콜에 대한 의혹을 잊을 수 있었고, 깊은 감회에 젖어들 수 있었다. 모든 걸 털어놓고 나니 차라리 속이 시원했다.

한참 거리를 두고 바라보니 그간의 인생 역정이 훨씬 객관적으로 보였다. 15년 간격을 두고 두 번의 폭탄이 터졌다. 처음 터진 폭탄은 하마터면 커너의 목숨을 거두어갈 뻔했고, 그를 범죄자로 만들었다.

두 번째 폭탄은 그 자신에게 떨어졌다. 라일라의 실종 사건은 그를 자기 파괴의 구렁텅이로 밀어 넣으며 죽음의 문턱까지 내몰았다. 두 사람은 끝내 고통의 시간을 극복하고 살아남았다. 끈질긴 집념에, 약간의 행운이 더해진 덕분이었다.

마크의 이야기에 흠뻑 빠져들었던 에비는 커너가 겪은 일이 현재 자신이 직면한 문제와 결코 다르지 않다는 걸 느꼈다.

어떻게 하면 내면의 고통을 다스릴 수 있을까? 크레이그 데이비스에 대한 복수는 과연 정당한가?

에비는 창밖을 내다보았다. 구름바다를 쳐다보고 있자니 지난날에 대한 기억이 밀려왔다.

그녀는 눈을 감고 기억 속으로 빠져들었다.

22. 에비, 네 번째 플래시백

뉴욕, 2006년 크리스마스 날 밤, 새벽 2시 30분

새벽 공기는 차고 매서웠다. 에비는 추위로 꽁꽁 언 몸을 이끌고 그리니치빌리지를 걷고 있었다. 아침부터 아무것도 먹지 못한 탓에 배에서는 꼬르륵 소리가 났고, 관절 마디마디가 저리고 아팠다.

숨을 쉴 때마다 하얀 김이 뿜어져 나왔다. 뉴욕에 와 3주 정도 지내는 동안 몇 푼 안 되는 비상금은 봄날 눈 녹듯 흔적도 없이 사라졌다. 이제 수중에는 땡전 한 푼 남아 있지 않았다. 처음에는 할렘 가에 있는 싸구려 호텔에 머물다가 암스테르담 가에 있는 호스텔로 거처를 옮겨 오늘 아침까지 묵었다. 그러나 오늘 저녁부터는 몸을 누이고 쉴 곳이 없었다. 아직 적어도 열흘 정도는 뉴욕에서 버텨야만 했다. 크레이그 데이비스를 죽일 때까지…….

뉴욕에 도착한 에비는 즉시 살인자가 일한다는 병원을 찾아갔다. 병원 관계자는 그가 유럽에서 가족과 함께 연말 휴가를 보내고 1월 첫째 주에나 돌아올 것이라고 했다.

에비는 뉴욕에 머물며 그를 기다리기로 작정했다. 어차피 그와의 만남이 조금 늦어진다고 달라질 건 아무것도 없었다. 복수는 식혀서 먹어야 맛있는 음식과 같으니까.*

그리니치빌리지의 가정들에서는 크리스마스 파티가 이제 막 끝나가고 있었다. 열어놓은 창문을 통해 흥겨운 음악과 웃음소리가 새어 나왔다. 6번가를 걸어가던 에비는 어느 전광판 광고 앞에서 멈춰 섰다.

'크리스마스의 정신이 온 세상에 퍼지게 하라!'

조금 더 가다보니 또 다른 문구가 보였다.

'오늘 저녁에는 모든 것이 가능하다!'

에비는 하늘을 올려다보았다. 애초 그녀의 인생에는 가족, 파티, 꿈 따위가 들어설 자리가 없었다. '크리스마스 정신'도 아무짝에도 쓸모없는 허튼소리일 뿐이었다.

이제 세상에 남은 건 지칠 줄 모르는 소비 열정뿐이었다. 그녀 앞을 전속력으로 질주해간 은색 애스턴 마틴 한 대가 신호등 앞에서 멈춰 섰다. 불과 몇 미터 앞이었다. 조수석에 아무렇게나 놓아둔 가죽 가방이 그녀의 눈에 띄었다. 차량 잠금장치의 작동을 알리는 깜빡이 불도 들어와 있지 않았다.

문득 걸음을 멈춰 섰던 에비는 운전자의 눈에 띄지 않게 몇 발자국 뒷

*영화 〈스타트렉〉에 나오는 인공언어 클링곤(Klingon)에 전해지는 오래된 속담. 타란티노 감독의 영화 〈킬빌〉의 도입부에 등장하는 것으로도 유명하다

걸음질쳤다. 그다지 건강이 좋지 않아 보이는 운전자가 운전대에 엎드린 채 눈을 비비고 있었다.

가방을 낚아채기로 결심한 에비는 순간적으로 망설였다. 언제나 경제적으로 곤란을 겪었지만 여태껏 남의 물건을 훔쳐본 적은 없었다. 경험은 없었지만 자동차 문을 열자마자 가방을 집어 들고 죽기 살기로 도망치면 될 것 같았다. 그 정도라면 식은 죽 먹기였다.

저런 차 정도면 값이 한두 푼이 아닐 거야. 루이비통 모노그램이 있는 가죽 가방도 분명 가짜는 아닐 테지.

가방 안에 몇백 달러쯤 들어 있을 것이라는 확신이 생겼다. 게다가 명품 가방을 되팔면 꽤 돈이 될 것 같았다. 적어도 2주 정도는 거뜬하게 버틸 수 있을 것이다. 운이 좋으면 남은 돈으로 총을 구입할 수도 있을 것이다.

운전자가 전화를 받기 위해 휴대폰을 집어 들었다. 재빨리 차 문을 연 에비는 가방을 낚아채 달아나기 시작했다. 50미터쯤 달아났을까, 흘긋 뒤를 돌아봤던 에비는 잔뜩 인상을 찌푸렸다. 어느 정도 뒤쫓아오다가 포기할 거라 예상했는데 재수 없게도 상대는 아직 젊었고, 달리기도 굉장히 빠른 편이었다.

바보!

엎친 데 덮친 격으로 함박눈이 펑펑 쏟아지고 있어 바닥이 무척이나 미끄러웠다. 곧 따라잡힐 것 같다는 생각이 든 에비는 차에 치여도 좋다는 각오로 차도 한가운데로 뛰어들었다. 이제는 포기할 거라 생각했는데 남자는 여전히 쫓아오고 있었다.

마침내 뒤따라 잡은 남자가 몸을 날리며 눈 덮인 보도 위로 그녀를 넘어뜨렸다. 에비는 바닥에 머리를 찧으며 넘어졌지만 다행히 눈이 쌓여 충격을 받지 않았다.

"가방 이리 내놔!"

남자가 등 뒤에서 에비의 팔을 비틀어 쥐며 말했다.

새벽 2시 37분

"이거 놔요!"

에비는 몸부림치며 소리를 질렀다.

남자는 가방을 되찾고도 여전히 세게 잡은 팔을 놓아주지 않았다. 그가 가로등 아래로 에비를 끌고 갔다. 그제야 에비는 남자를 자세히 볼 수 있었다. 키가 훤칠하게 큰 갈색 머리 남자였다. 늘씬한 몸에 품위 있는 옷차림이었지만 얼굴에는 피곤한 기색이 역력했다. 왠지 모를 불안 감을 담은 어두운 시선과 찌푸린 얼굴만 아니었더라면 최신 휴고 보스 카탈로그에서 막 빠져나온 모델이라고 해도 믿길 정도였다.

어디서 만난 적이 있는 사람 같아. 어딜까?

"이름이 뭐야?"

"꺼져!"

그녀가 욕설을 내뱉었다.

새벽 2시 40분

"얘야, 난 의사란다. 오늘 밤을 아늑하게 날 보호시설을 찾아봐줄 수도 있어."

"날 돕겠다는 거예요?"

"그래, 널 돕고 싶어."

"도움 따윈 필요 없어요!"

새벽 2시 42분

"너에게 맛있는 식사를 사주고 싶은데, 어떻게 생각해?"

새벽 2시 43분

"됐어요. 식사는 필요 없어요."

새벽 3시 1분

에비는 몰스킨 의자에 앉아 햄버거를 먹으며 창밖에서 담배를 피우고 있는 남자를 바라보았다.

의사라고 했는데, 진짜일까? 도와주고 싶다고 했는데, 진심일까?

그녀는 사람을 의심하는 데 익숙해져 그가 베푸는 친절이 당혹스럽기만 했다. 그를 믿고 싶은 마음이야 굴뚝 같았지만 곧 실망하게 될까봐 두려웠다.

"햄버거 맛이 어때?"

안으로 들어온 남자가 물었다.

새벽 3시 14분

"잠깐!"

그가 그녀를 붙잡기 위해 소리쳤다.

"날도 춥고 밤거리는 위험해. 내가 오늘 밤을 아늑하게 날 수 있는 곳을 찾아봐줄게."

에비는 가까이 다가오는 그의 모습을 보면서 대답 대신 고개를 가로 저었다.

"그럼 이거라도 받아."

그가 에비의 호주머니에 자신의 명함을 쑤셔 넣었다.

"혹시라도 생각이 바뀌면……."

하지만 에비는 그런 일은 없을 것이라 생각했다.

새벽 3시 45분

남자와 헤어진 지 불과 30분 정도밖에 되지 않았는데 에비는 벌써부터 후회막급이었다. 얼마나 추운지 몸 안의 뼈들이 덜그럭덜그럭 맞부딪치는 느낌이었다. 갑자기 어릴 때부터 달고 살아온 편두통이 시작되면서 구토가 일었다. 힘이 부쳐 이제는 더 이상 걷기조차 힘들었다.

잠시 쉴만한 곳이 없는지 찾아보려고 주변에 있는 건물들을 흘깃거렸다. 대부분의 건물들에는 경비원이 있었다. 눈앞 건물에는 경비원이 없었지만 비밀번호를 알아야 들어갈 수 있을 듯했다.

새벽까지 자리를 지키던 손님들이 이제 막 자리를 뜨는 시간이었다. 적어도 여기 펜위트 거리 37번지는 그랬다. 제법 거나하게 마신 세 커플이 한꺼번에 파라디지오 빌딩을 나서고 있었다.

에비는 마치 이 빌딩의 입주민인 것처럼 취객들을 위해 문을 잡아주고는 몹시 북적거리는 틈을 타 몰래 건물 안으로 들어섰다. 승강기를 누르는 척하다가 비로소 사람들과 멀찌감치 떨어진 걸 확인한 그녀는 이제 몇 시간쯤 눈을 붙일만한 장소를 물색하기 시작했다. 지하층으로 내려가는 문 옆에 약간 후미진 장소가 있었다. 아주 따뜻하지는 않았지만 하룻밤쯤 지낼 수 있을 것 같았다.

에비는 벽에 등을 기댄 채 코트자락 안으로 몸을 웅크렸다. 눈을 감은 그녀는 오늘 밤 만났던 남자를 떠올렸다. 그가 처음 말을 걸어왔을 때, 그녀는 마치 오랜 지인을 만난 듯 편안했다.

그제야 명함 생각이 난 그녀는 호주머니 속을 뒤지기 시작했다. 그녀는 주머니에서 꺼낸 명함을 눈높이로 들어 올렸다. 조명이 그리 밝진 않았지만 명함에 적혀 있는 그의 이름과 의사라는 직업을 확인할 수 있었다.

가만있자, 그 남자 이름이 바로 커너 맥코이었어!

벌떡 자리에서 일어선 에비는 타임스위치를 켜고 라스베이거스의 오아시스 호텔 객실에서 주운 뒤 액운을 쫓아주는 부적처럼 가방에 넣어 가지고 다녔던 책을 꺼내 들었다.

《살아남기》, 커너 맥코이 지음.

책 뒤표지에 있는 사진을 보는 순간 길에서 만난 신비한 남자의 정체가 보다 분명해졌다. 그의 얼굴이 왜 그토록 친숙하게 느껴졌는지 이제야 알 것 같았다.

이런 바보! 그토록 만나보고 싶었던 사람이었는데, 그냥 보내버리고 말다니…… 빨리 그 사람을 찾아야 해!

에비는 커너 맥코이를 찾으러 갈 생각으로 짐을 챙겼다.

건물 밖으로 나서려는데 출입구 쪽에 요란한 경광등을 밝힌 경찰차 한 대가 서 있었다. 건물에 입주한 사람들이 수상한 사람을 발견하고 경찰에 신고한 게 분명했다. 이 부자 동네 사람들로부터 연락을 받을 경우 NYPD*는 지체 없이 순찰차를 보내주는 게 상례였다. 가난한 동네와 부자 동네의 차이점이란 바로 그런 것이었다.

순찰차에서 완전무장을 한 경찰관 두 명이 마치 오사마 빈 라덴을 체포하러 오는 듯한 동작으로 내려섰다.

"저기 있다."

경찰관 하나가 출입구를 향해 손전등을 비췄다.

비밀번호를 누르고 출입문을 연 그들이 손에 총을 들고 로비 안으로 들어섰다.

"자, 아가씨, 얌전히 우릴 따라오실까."

*뉴욕경찰

23. 패스워드

타인의 비밀을 알고 있는 것은 황홀한 권력이다.

_마이클 코널리

오늘, 비행기 안, 오후 4시

714편에 탑승한 승객들 대부분이 기내식으로 나왔던 삿갓버섯 리소토와 애플 크레이프를 소화시키며 꾸벅꾸벅 졸고 있었다. 어떤 사람들은 이어폰을 귀에 꽂고 영화를 보거나 기내 음악 프로그램을 들었다.

에비도 라일라처럼 꿈나라 여행을 즐기며 고른 숨을 내쉬었다. 마크는 한시라도 빨리 도착하기를 고대하며 자꾸 시계만 쳐다봤다. 니콜이왜 그런 행동을 했는지 궁금해 미칠 지경이었다. 조바심이 난 그는 뉴욕에 도착할 때까지 잠자코 기다릴 수가 없었다. 지금 당장 뭐라도 찾아봐야 했다.

마크는 중간 열 쪽으로 목을 쑥 뺐다. 그보다 두 줄 앞쪽에 앉은 넥타이 차림의 신사 한 명이 인터넷으로 주가를 검색하고 있었다. 그는 주가가 내려갔는지 잔뜩 스트레스를 받은 표정이었다.

마크는 문득 좋은 생각이 떠올라 자리에서 벌떡 일어섰다. 그는 받아놓기만 했지 거의 입을 대지 않은 오렌지주스 잔을 손에 들고 앞으로 걸어갔다. 목표물 앞에 다다른 그는 비틀거리는 척하며 신사의 셔츠와 바지에 오렌지주스를 엎질러버렸다.

"좀 조심할 수 없습니까?"

신사가 쏟아진 주스를 보며 버럭 언성을 높였다.

"정말 미안합니다."

마크가 서둘러 사과하고는 주머니에서 크리넥스를 꺼내 신사의 바지에 쏟아진 주스를 닦아내기 시작했다. 그런데 이게 웬일인가. 크리넥스로 문지르는 바람에 주스를 더 번지게 해놓고 말았다. 주스가 쏟아진 바지에는 이제 끈적끈적한 흔적이 남게 되었다.

"그만둬요! 내가 물로 씻을 테니까."

신사가 어벙한 인간을 빨리 떼어내 버려야겠다고 생각했는지 위압적으로 말했다.

급기야 자리에서 일어선 신사는 자판 위에 떨어진 몇 방울의 주스를 조심스럽게 닦고 나서 노트북을 짐칸에 갈무리해 넣고는 뭐라 구시렁거리며 화장실을 향해 걸어갔다.

"이런 젠장, 일천 달러짜리 겐조 옷을 망쳐버렸잖아. 일본인들과 미팅 계획이 잡혀 있는데…… 스톡옵션을 받을 수도 있고."

마크는 앞으로 걸어가는 척하다가 가던 길을 되돌아왔다. 기내는 오렌지빛 햇살을 막기 위해 대부분 차양을 친 상태여서 어두컴컴했다. 낮잠을 자거나 영화를 보기에 딱 알맞은 분위기였다.

천연덕스럽게 짐칸을 연 마크는 노트북을 꺼내 들고 자리로 돌아왔다. 뒤쪽을 흘깃 돌아보니 화장실 앞에 줄이 제법 길게 늘어서 있었다. 운만 좋으면 한 10분쯤 신사 몰래 노트북을 사용할 수 있을 것 같았다.

마크는 승객들에게 배포된 브로슈어에서 첨단기술 덕분에 이제는 비행기 안에서도 초고속 무선 인터넷 접속이 가능하다는 걸 알게 되었다. 그는 즉시 웹 브라우저를 실행시키고 구글 홈페이지를 열었다.

검색창에 '주소 검색 전화번호부'를 치고 나서 검색엔진이 추천하는 사이트 중 한 곳에 접속했다. 그는 검색창에 조금 전 니콜과 통화했던 전화번호를 쳐 넣었다. 몇 초가 지나자 이상한 검색 결과가 나왔다.

커너 맥코이, 심리학 박사
타임워너센터
콜럼버스 서클 10번지
뉴욕 100119

니콜이 전화를 건 번호가 커너의 병원 전화번호라니!
니콜에게 전화를 끊으라고 강압적으로 말하던 목소리는 그럼 커너였던 셈인가.

이제야 모든 게 분명해졌다.

왜 단박에 눈치채지 못했을까? 아내는 대체 커너의 병원에서 뭘하고 있단 말인가?

너무나 당혹스러워 대체 무엇부터 찾아봐야 할지 갈피를 잡을 수 없었다. 그의 기억이 정확하다면 니콜은 집을 떠나 있을 때 핫메일 계정을 이용해 이메일을 확인하곤 했다. 핫메일 홈페이지를 연 그는 ID 입력란에 'nicole.hathaway'를 써넣었다.

커서가 깜박깜박하면서 패스워드를 입력하라는 신호를 보냈다. 그러나 그는 패스워드를 알지 못했다. 지금껏 단 한 번도 니콜을 의심해본 적이 없었다. 철저하게 신뢰했기에 단 한 번도 니콜 몰래 소지품을 뒤지거나 수첩에 적어놓은 약속의 정체를 알아내고 희열을 느낀 적이 없었다.

내가 니콜을 너무 믿은 건 아니었을까.

'크래킹' 소프트웨어만 있으면 틀림없이 아내의 이메일 계정을 열어볼 수 있을 텐데 지금은 안타깝게도 두뇌밖에는 믿을 게 없었다. 그러나 두뇌만으로는 역부족이었다. 제아무리 두뇌가 뛰어난 정신과 의사라 하더라도 단순한 심리분석만으로 패스워드를 알아내기란 불가능에 가까웠다. 지금처럼 주어진 시간이 짧은 경우에는 더욱 그랬다. 그러나 시도도 해보지 않고 포기할 수는 없었다.

사람들은 대개 어떤 방식으로 패스워드를 정할까? 상식적으로 사용자의 이름, 배우자나 아이들의 이름, 반려동물의 이름을 쓸 수 있을 것이라는 결론이 나왔다.

그는 순서대로 입력해보았다.

니콜 Nicole

해서웨이 Hathaway

라일라 Layla

마크 Mark

그들이 키우는 샴 고양이 이름 Pyewacket

결과는 실패였다. 이번에는 숫자를 넣어 도전해보기로 했다.

니콜의 생년월일 06.06.74

그의 생년월일 19.08.72

처음 만난 날 15.05.96

결혼기념일 10.09.96

라일라의 생년월일 11.01.97

이번에는 '.'를 빼고 해봤다가 다시 마침표 대신 '/'를 넣고 시도해보았다. 연도를 네 자리 숫자로 다시 입력해보기도 했다.

역시 결과는 실패였다.

이제 어떡하지?

마크는 머릿속에 떠오르는 생각들을 연이어 입력했다. 전화번호, 자동차등록번호, 사회보장번호, 니콜의 키, 발 치수, 몸무게 그리고 니콜이 가장 좋아하는 색깔까지……

역시 실패로 돌아가자 니콜이 가장 좋아하는 책, 가장 좋아하는 영화도 적어 넣어보았다. 역시 허사였다. 이제 헛된 기대는 버려야 할 듯했다.

마크는 눈을 감았다. 연주를 마치고 무대 위에서 박수갈채를 받으며 서 있는 니콜의 모습이 떠올랐다.

바이올린 Violin

내친김에 그는 아내가 좋아하는 작곡가와 아내가 연주회에서 연주했거나 녹음작업을 한 적 있는 작곡가들의 이름을 차례로 넣어보았다.

모차르트 Mozart

바흐 Bach

베토벤 Beethoven

멘델스존 Mendelssohn

쇼스타코비치 Shostakovich

브람스 Brahms

바버 Barber

스트라빈스키 Stravinsky

역시 묵묵부답.

계속 헛다리만 짚고 있어. 다른 가능성들을 생각해봐.

이제야 두뇌가 확확 돌아가기 시작했다. 이번에는 패스워드를 정할 때 사용자의 성격이 어느 정도 반영될 수밖에 없다는 원칙에서 출발해 생각해보기로 했다. 그가 니콜을 제대로 이해하고 있다면 정서적 가치가 있는 표현을 선택했을 것이다. 예를 들어 가족관계나 연애 시절에 의미를 부여했던 상징적인 기호 같은 것 말이다.

또 한 가지, 니콜이 매우 신중한 성격이라는 걸 염두에 둘 필요가 있었다. 몇 년 전 인터넷뱅킹 계좌가 해킹당할 뻔했던 경험을 한 후 그녀는 보안성을 강화하기 위해 글자와 숫자, 부호가 조합된 긴 패스워드를 만들어 사용해왔다. 이메일의 경우에도 고려해볼 만한 사항이었다. 다만 매일이다시피 이메일을 확인하는 니콜이 지나치게 추상적인 비밀번호를 골랐을 가능성은 매우 낮았다.

결국 다른 사람이 생각해내긴 어렵지만 니콜 자신이 기억하기에는 쉬운 패스워드를 사용할 가능성이 높았다.

그런 종류의 패스워드를 만드는 가장 손쉬운 방법은 속담이나 시구, 노래 소절을 따서 쓰는 건데……. 아니야. 니콜이라면 보다 개인적인 것에서 선택했을 거야. 대체 뭘까? 가령 우리 부부의 사랑을 가장 압축적으로 표현해주는 문장은 뭘까?

갑자기 지금까지 지속해온 추론이 엉망으로 뒤엉키기 시작했다. 머리가 깨질 듯 아파오면서 관자놀이가 지끈거렸다. 머릿속에서 숫자, 글자, 기호, 메시지, 추억들이 뒤죽박죽 섞이고 있었다.

마크는 다시 정신을 집중하기 위해 두 눈을 꼭 감았다. 뿌연 머릿속으로 갑자기 니콜의 얼굴이 비집고 들어섰다.

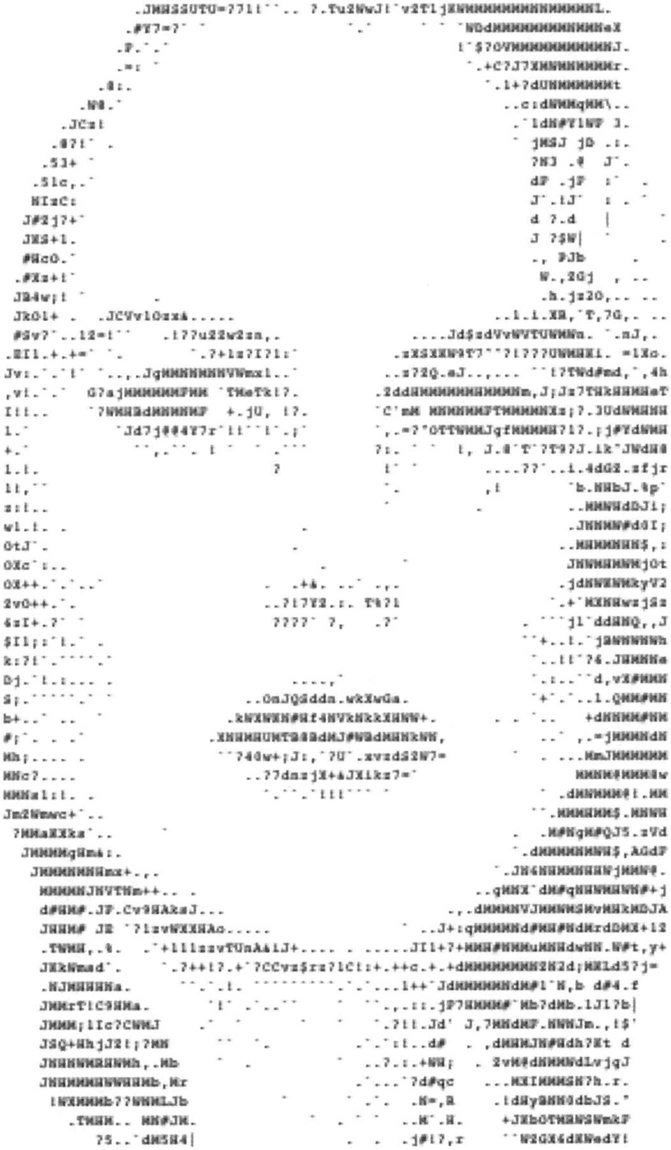

여러 이미지들이 한꺼번에 폭발하듯 떠올랐다. 알 수 없는 어떤 힘이 강렬하면서도 단발적인 스폿 화면들을 머리에 대고 미친 듯이 쏘아대는 것 같았다. 첫 만남, 첫 키스, 첫 섹스, 첫 싸움, 밀월여행……

프랑스 파리.
어느 여름날 저녁.
시테섬의 아담한 광장.
야외 레스토랑에서의 저녁 식사.
청혼.
광장의 플라타너스 나무들.
나무에 주머니칼로 새긴 낙서와 그 밑에 새긴 날짜.
그들보다 몇 년 빨리 그곳을 찾았던 연인들.
오래전 새겨진 문구를 보며 한동안 말을 잃은 마크와 니콜.
결혼반지 안에 그 문구를 새겨 넣기로 약속한 두 사람.

마크가 부지불식간에 오른손으로 왼손 검지를 만졌다. 결혼반지는 여전히 그 자리에 끼워진 채였다. 두 사람이 헤어지고, 그 자신이 거리를 떠돌며 살 때도, 반지는 그 자리에서 끄떡도 하지 않았다. 그는 힘들게 반지를 빼내 안쪽에 새겨진 문구를 읽었다.

서로 사랑할 때는 결코 밤이 찾아오지 않는다(Là où on s'aime, il ne

fait jamais nuit).

얼굴을 타고 흘러내린 눈물이 자판 위로 부서져 내렸다. 이제야 비로소 찾은 것 같았다.

문장이 너무 길어 패스워드 입력 칸에 다 들어가지 않았다. 고민 끝에 각 단어의 첫 글자만 입력했다.

'loosainjin'

여전히 패스워드가 일치하지 않았다.

당연하지. 날짜가 들어가야겠지. 잠시 망설이던 그는 두 사람이 처음으로 만난 날짜가 가장 그럴듯하다고 생각하고 다시 시도해보았다. 흥분이 극에 달했다.

loosainjin150596

엔터키를 눌렀다.

마침내 성공. 니콜 해서웨이의 메일함이 열렸다.

메일은 셀 수 없이 많았다. 대부분 니콜의 연주 여행 일정을 짜고 시간을 관리하는 에이전트 소냐가 보낸 것이었다. 약 삼분의 일 정도는 스팸메일이었다. '무료 비아그라', '페니스 확대에 도전해보세요', '쓰나미 피해자들에게 성금을 보내주세요' 같은 내용도 있었고, 가짜 금융투자 유인 광고들도 있었다.

연주를 듣고 나서 찬사를 보내는 음악 팬들의 격려 메시지도 있었고, 드물지만 악평을 늘어놓은 메일도 있었다.

'당신은 앤 소피 머터(특히 모차르트와 베토벤 연주 실력이 탁월한 것으로 유명한 독일의 바이올리니스트)에 비하면 새발에 피다', 라든지 '음반 회사들이 당신의 재능을 보고 뽑은 게 아니라 반반한 낯짝을 보고 선택한 것이다' 또는 '내가 당신이라면 실종된 딸을 팔아 돈을 번다는 사실에 고개를 들 수 없겠다' 등등……

흥미롭지만 새로운 내용은 아무것도 없었다. 니콜은 몇 년 전부터 그런 종류의 안티 메일을 수없이 받아왔으니까.

커너가 보낸 메일이 있는지 찾아보았지만 없었다. 문득 동영상 파일이 첨부된 메일 하나가 그의 눈길을 끌었다. 발신자가 누군지도 모르겠고, 텍스트도 없는 파일이었다. 메일을 열자마자 자동으로 퀵타임 동영상이 실행되었다.

마크는 노트북 앞으로 바싹 붙어 앉았다. 창이 아주 작고 화질도 나쁜 흑백 동영상이었다. 감시카메라에 잡힌 영상이라는 걸 어렵지 않게 알 수 있었다.

라일라의 얼굴이 화면에 나타나는 순간, 마크는 마치 피가 얼어붙는 듯했다. 갑자기 주변 세상이 모두 정지했다.

24. 행복한 인생

'아직은 때가 아니야' 그다음에는 '이미 너무 늦었어'라고 말하다 보면 인생 최고의 시간이 다 지나간다.

_귀스타브 플로베르

오늘, 비행기 안, 오후 4시 20분

마크는 눈물이 그렁그렁한 얼굴로 화면에서 눈을 떼지 못했다. 그의 눈앞에서 마치 슬로모션 같은 화면이 펼쳐지고 있었다. 라일라가 유괴되던 날 촬영된 화면이라는 걸 금세 알 수 있었다. 그날 라일라가 입고 있던 후드 달린 스웨트셔츠와 사건이 있기 바로 전주에 그가 사준 플러시 슈렉 인형이 보였다.

경찰에서 라일라의 모습이 감시카메라에 전혀 잡히지 않았다고 누누이 얘기해온 터라 그로서는 더욱 어리둥절할 수밖에 없었다. 수사에 뭔가 미심쩍은 부분이 있는 게 분명했다. 무조건 부인하겠지만 이 동영상이 그는 전혀 모르는 내용을 경찰은 이미 알고 있었다는 사실을 입증하고 있었다.

뒤쪽으로 갈수록 화면이 더욱 거칠어지더니 장면마다 툭툭 끊겼다.

이제는 라일라가 있는 장소가 어딘지 식별이 불가능했다. 쇼핑몰 밖이라는 건 분명한데, 화면이 지지직거리면서 라일라의 얼굴은 일부밖에 보이지 않았다.

이제 더는 화면을 들여다볼 수 없을 듯했다. 그는 여전히 새근새근 잠들어 있는 라일라를 돌아보았다. 숨소리를 확인하기 위해 얼굴을 가까이 대보았다. 딸을 다시 잃게 될까봐 두려웠기 때문이다.

숨소리를 확인하고 나서야 겨우 안심한 그는 다시 컴퓨터 화면으로 시선을 옮겼다. 한데 2분 10초짜리 동영상이 1분 30초에서 멈춰 있었다. 처음에는 작동 오류라고 생각했다. 재생 버튼을 재차 눌러보았지만 동영상 전체가 처음부터 다시 실행될 뿐 달라지는 건 아무것도 없었다. 동영상은 한결같이 끝나기 40초 전에 멈춰 섰다. 그는 열통이 터지다 못해 긴 한숨을 내쉬었다.

사람 애간장을 이렇게 태우는 사람이 누구야? 마지막 40초 동안 대체 무슨 일이 벌어진 걸까?

"이봐요, 아주 얼씨구나 하고 있네! 어서 내 노트북을 내놓지 못해요!"

화들짝 놀란 마크는 고개를 번쩍 들었다. 오렌지주스 신사가 순식간에 노트북을 낚아채갔다.

"잠시 빌린 것뿐이니 양해 바랍니다."

마크가 씨도 먹히지 않는 변명을 시도했다.

"빌렸다고? 빌어먹을, 당신 생각으로는 분명 빌린 것이겠지!"

"단지 기능이 제대로 작동하는지 보려고 했던 것뿐입니다. 내 실수로 혹시 망가지기라도 한 건 아닌지, 걱정이 돼서. 진심입니다. 혹시라도 그렇다면 내가⋯⋯."

마크가 다시 어수룩한 척하며 말했지만 신사는 속을 사람이 아니었다.

"당신을 고소하겠소."

남자가 다른 승객들이 편을 들어줄 걸 기대하면서 언성을 높였다.

승무원이 사태를 진정시키기 위해 달려왔다.

마크는 이럴 때일수록 입을 꾹 다물고 납작 엎드리는 게 상책이라고 판단했지만 흥분한 신사는 땀을 뻘뻘 흘리며 상황을 설명했다.

"이 일을 기장에게 알릴 거요!"

신사가 협박하듯 말했다.

"잘 알겠습니다, 선생님. 저희가 이 일을 기장님에게 반드시 전하겠습니다."

그러고 나서 승무원은 오렌지주스 신사를 좌석으로 데려다주고 억지 미소를 지어 보였다.

이봐요, 이제 잠자코 자리에 좀 앉으시지. 그만 좀 **빽빽거리고**. 사건은 잘 종료됐으니까.

그녀의 미소에 담긴 의미였다.

*

"아빠, 아이스크림은?"

소란 때문에 에비와 라일라도 잠에서 깨어났다.

마크가 두 아이 쪽으로 고개를 돌리며 순식간에 고민을 싹 잊어버린 듯 환한 표정을 지었다.

"자, 아가씨들, 우리 아이스크림이나 먹으러 갈까?"

마크가 손바닥을 마주치며 말했다.

"야호!"

라일라가 신이 나서 환호했다.

라일라의 손을 잡고 걷던 마크는 에비에게도 어서 따라오라는 신호를 보냈다. 2층의 플로리디타로 간 세 사람은 빈 테이블이 있는지 두리번거리며 찾아보았다. 마크가 술을 마셨던 라운지 바는 이제 찻집 분위기를 물씬 풍겼다.

손님들이 몰려들자 조수 두 명이 바 맨 아이삭을 돕고 있었다. 세 사람은 화기애애한 분위기 속에서 놀라운 속도로 칵테일과 근사한 아이스크림을 만들었다.

빈 테이블을 발견한 라일라가 재빨리 자리를 잡고 앉았다. 아이는 성배라도 되는 양 디저트 메뉴판을 집어 들더니 초콜릿 생크림 아이스크림과 바나나 스플릿 사진을 한동안 들여다보았다. 마크와 에비도 라일라를 재미있다는 듯 지켜보며 자리에 앉았다.

마크는 바에 앉은 손님들을 죽 훑으며 앨리슨 해리슨이 아직 자리에 있는지 찾아보았다. 그녀는 이미 자리를 떠나고 없었다.

아이삭이 라일라가 주문한 프로즌 핫초코를 직접 들고 왔다. 스푼 세

개와 **빨대 세 개**도 함께 갖다주었다. 테이블 한가운데에 작은 수족관 크기쯤 돼 보이는 커다란 유리 볼이 놓여졌다. 맛이 조금씩 다른 열 가지의 초콜릿 아이스크림이 카카오 소스 속에 들어 있었다. 아이스크림 위쪽에는 휘핑크림이 살짝 얹혀 있었다.

"천천히 먹어. 뺏어 먹지 않을 테니."

라일라가 걸신들린 사람처럼 아이스크림을 먹기 시작하자 마크가 주의를 줬다.

마크는 아이스크림 그릇에 코를 박다시피 한 채 **빨대**로 쪽쪽 빨아먹고 있는 아이를 보고만 있어도 절로 배가 부르는 느낌이었다.

에비도 미소를 머금은 채 아이스크림을 맛있게 먹기 시작했다. 마크는 처음으로 소녀의 입가에 미소가 번지는 것을 보면서 마음이 흐뭇했다. 에비가 살아온 얘기를 듣고 얼마나 마음이 아팠던지……. 아쉽게도 이야기를 다 듣지는 못했지만 왠지 뉴욕에 도착하면 더 자세한 사연을 알 수 있을 것 같다는 느낌이 들었다.

마크에게 이번 여행은 정말 인상적이었다. 만난 사람도 많았고, 놀라운 일도 많이 벌어진 여행이었다.

*

에비는 아이스크림을 먹으면서 마크와 라일라를 애틋한 눈길로 쳐다보았다. 두 부녀를 보고 있자니 왠지 가슴이 뭉클했다. 에비는 태어나서 한 번도 진정한 의미에서의 가족을 가져본 적이 없었다. 마크가 끈끈한 부녀 관계를 다시 회복하기 위해 애쓰는 모습을 보며 그녀는 가족이란 과연 어떤 것인지 새삼 알 듯했다.

아이삭이 음악 볼륨을 높였다. 바 안은 안온한 분위기였다. 초콜릿 소스를 한 스푼 입 안에 떠 넣은 에비는 눈을 감고 환상적인 맛을 음미했다. 존 콜트레인의 색소폰 연주가 울려 퍼지자 그녀는 가볍게 머리를 흔들며 박자를 맞췄다. 이토록 평화로운 느낌을 맛보는 게 도대체 얼마만인지 알 수 없었다.

그녀의 머리는 온통 커너에 대한 생각으로 가득 차 있었다. 마크의 얘기를 듣고 난 후 그가 한층 더 친근하게 느껴졌다. 커너는 그녀만한 나이에 결코 비겁하지 않았고, 생각을 행동으로 옮겼다. 눈에는 눈, 이에는 이로 복수를 결행했다. 분노를 지워버린 그는 시대를 앞서가는 최고의 정신과 의사로 거듭나며 멋지게 살아남았다.

하지만 복수를 하고 나서 과연 그의 고통은 줄어들었을까?

눈을 뜬 그녀는 마크에게 물었다.

25. 마크 / 커너, 세 번째 플래시백

1989-1995 : 대학 시절

비 내리는 10월의 어느 오후, 마크와 커너는 뉴욕 맨해튼에 입성했다. 열일곱의 나이였다.

영화나 드라마를 통해 봤던 센트럴파크, 워싱턴 스퀘어, 세계무역센터, 자유의여신상 같은 명소를 얼마나 그려보았던가. 그런데 막상 그들 앞에 펼쳐진 뉴욕은 왠지 영화와 달라 보였다. 기차에서 내린 그들을 맞이한 건 우울하고 냉랭한 뉴욕의 잿빛 하늘이었다. 그들의 가슴은 뉴욕의 냉랭한 날씨보다 훨씬 더 추웠다.

두 사람은 내일에 대한 기약도 없이 낯선 도시에 서 있었다. 어쩌면 벌써 경찰이 뒤쫓고 있을지도 몰랐다. 어쩌면 그들의 탈출기는 감방행이라는 결말을 통해 예상보다 빨리 끝날 수도 있었다. 하지만 그때까지는 살아남아야 했다.

뉴욕 생활은 마크가 주도해나갔다. 비로소 친구에게 명석한 두뇌와 뛰어난 임기응변 능력을 보여줄 때가 온 것이다.

마크는 삶의 지표를 잃고 우울해하는 커너를 위무하면서 전투적인 자세로 뉴욕 생활을 시작했다. 우선 그는 뉴욕대학교 캠퍼스에서 멀지 않은 곳에 자그마한 아파트를 한 채 구했다. 그다음은 대학 입학허가를 얻는 데 걸림돌이 되는 행정적인 제약을 없애기 위해 동분서주했다. 그나마 경제적인 문제가 없어 천만다행이었다. 커너가 빼앗은 마약 묻은 돈, 그 구세주 같은 돈 덕분에 집세를 내고 나서도 얼마간 학비 문제를 해결할 수 있었다.

뉴욕에 도착한 지 한 달이 지난 후 그들은 그토록 갈망하던 학생증을 받아들고 학업에 정진하기 시작했다. 그들은 자신들의 목표를 정확히 알고 있었다. 심리학 박사학위를 받고 나서 언젠가 자신들의 병원을 개업하는 게 그들의 오래된 목표였다.

새벽 3시.

커너는 욕실로 들어가 불을 켰다. 그는 곤히 자고 있는 마크가 깨지 않도록 욕실 문을 꽉 닫아걸었다. 그는 약장 대용으로 쓰고 있는 수납장 서랍을 뒤져 약통을 찾아냈다. 그는 두 알의 알약을 꺼내 물과 함께 삼켰다. 오늘 하루만 해도 벌써 여섯 알을 복용했다. 의사는 하루에 네 알 이상 먹어선 안 된다고 경고했지만 통증이 심해 어쩔 수 없었다.

커너는 거울에 비친 자신의 모습이 마치 타인을 쳐다볼 때처럼 생경

했다. 희미한 불빛 아래서 파자마 웃옷 단추를 풀자 수술 자국이 빼곡한 웃통이 드러났다. 정작 자기 자신의 몸인데도 혐오스럽기 짝이 없었다. 평생 이렇게 흉물스런 몸뚱이의 주인으로 살아가야 한다는 사실이 끔찍하게 느껴졌다.

손과 흉곽은 이미 상당 부분 통증이 사라졌지만 다리는 여전히 견딜 수 없게 아파 진통제 없이는 단 하루도 버틸 수 없었다. 육체적인 고통보다 더 심각한 건 끈질긴 불면증이었다. 살인의 망령에서 벗어났다고 믿었는데, 죽은 자들은 거의 매일 밤 꿈속으로 찾아와 그를 괴롭혔다. 육체적 통증은 약화되었지만 살인자가 되었다는 자괴감이 그를 더욱 끔찍한 고통 속으로 밀어 넣었다.

커너는 잠을 청하면서 앞으로 평생 복수가 남긴 고통의 짐을 지고 살아가야 할 것이라 생각하며 몸을 떨었다.

어느 날 마크가 전화기를 손에 들고 방으로 들어왔다.

"여보세요?"

수화기 저편에서 로리나 맥코믹의 안정감 있는 목소리가 들려왔다. 마크가 먼저 시카고에 전화를 걸었던 것이다. 로리나는 몹시 반가워하며 커너가 재활치료를 계속할 수 있게 뉴욕에 있는 의사를 소개시켜주었다.

백지장도 맞들면 낫다.

커너는 다시 세상에 적응해가고 있었다. 가급적 진통제 사용을 피하고 목욕이나 마사지, 뜨거운 팩을 통해 통증을 이겨나갔다.

마크와 로리나의 애정 어린 관심과 조언 덕분에 어느 정도 자신감을 회복했지만 사람들 앞에 나서는 건 여전히 두려웠다. 화상을 입지 않은 그의 얼굴은 양날의 검이었다. 중화상을 입은 몸에 비해 얼굴은 여전히 너무나 매력적이었다.

커너는 여자를 사귈 때마다 항상 똑같은 두려움에 시달렸다. 제법 많은 여자들이 그의 매력에 끌려 접근을 시도했지만 그는 자신을 과대 포장된 상품쯤으로 여겼고, 늘 상대를 속이고 있다는 생각에서 자유롭지 못했다. 결국 여자들에게 퇴짜를 맞게 될 것이라는 생각 때문에 대부분 포옹 정도에서 관계를 끝냈다. 간혹 포옹을 넘어서는 애정 표현을 할 때도 있었지만 그는 '통보받는 사람'이 아닌 '통보하는 사람'이 되기 위해 언제나 선수를 쳐 이별을 고하곤 했다.

세월은 빠르게 흘러갔다.

커너는 여전히 극심한 불면증에 시달리고 있었지만 좋은 해결 방법을 찾았다. 그는 매일 밤 악몽에 시달리는 대신 밤을 꼬박 새우며 서적을 탐독했다. 정신 의학계의 거두로 인정받는 담당 교수는 공부에 대한 집념과 열의에 감동해 그를 조교로 채용했다.

커너는 몇 년 동안 교수와 함께 감옥, 병원, 장애인학교를 두루 방문하며 다양한 실습을 했다. 그는 가는 곳마다 사람들에게 깊은 인상을 남겼다. 그 자신이 심리적인 압박감에 시달리다보니 다른 사람들이 겪는 고통을 훨씬 더 민감하게 알 수 있었다. 그는 자신의 정서적 불안을 굳이 없애려 애쓰기보다는 기꺼이 유지하면서 환자들과 소통의 폭을 넓히는 데 활용했다. 그는 환자들의 고통을 어느 누구보다도 더 절실하게 느낄 수 있었고, 그들을 누구보다 잘 이해했기 때문에 많은 도움을 줄 수 있게 되었다.

평소 건강을 돌보지 않는 태도가 어떤 위험을 내포하는지 잘 알고 있었지만, 그는 기꺼이 감수할 각오가 돼 있었다. 그는 인간 영혼의 비밀이 뇌에 있는 만큼 신경학 공부가 필요하다는 사실을 깨닫고 열정적으로 공부에 임했다. 그는 인간의 두뇌 활동을 이해하고, 사고의 밑바닥을 들여다보고, 꿈과 무의식의 세계를 여행하겠다는 열망에 불타고 있었다.

1996-2001 : 황금기, 내 인생의 여자

1996년 5월 15일, 마크는 워싱턴 스퀘어 부근의 한 약국으로 들어섰다. 숙취를 없애기 위해 아스피린을 한 통 살 생각이었다. 전날 〈뉴욕 닉스〉가 마이클 조던이 이끄는 〈시카고 불스〉에 승리를 거두며 다시 NBA 패권의 향방은 오리무중으로 빠져들었다. 마크도 그 기쁨의 자리에 함께했다. 거금을 지불하고 구한 암표였지만 돈이 아깝지 않았다.

마크는 〈뉴욕 닉스〉의 승리를 축하하기 위해 골수팬들과 어울려 밤새 거리를 쏘다녔다. 올해 나이 스물넷이 된 그는 막 공부를 마치고 얼마 전부터 한 재활치료센터에서 정신과 의사로 일하고 있었다. 시카고에서의 지옥 같던 날들은 이제 까마득한 옛일이 되었다. 그는 이제 의

사라는 직업을, 삶을, 맨해튼을 사랑하는 사람이었다.

마크는 《뉴욕타임스》를 읽는 데 정신이 팔려 바로 앞에 서 있는 매력적인 여성에게는 전혀 신경 쓸 겨를이 없었다. 반면 바이올린 케이스를 손에 든 니콜은 눈앞에서 벌어지는 상황을 골똘히 지켜보고 있었다. 아기를 품에 안은 여성이 계산대 점원에게 분유 한 통과 기저귀 한 박스를 가져다달라고 했다. 피로한 기색이 역력한 여자의 손에는 10달러짜리 지폐 한 장이 들려 있었다.

"14달러 95센트입니다."

점원이 말했다.

아이를 안은 여자는 잠시 머뭇거렸다. 미처 그 정도 액수일 거라 예상하지 못했던 게 분명했다. 불안한 표정을 지은 여자가 지갑을 뒤졌다. 별 기대는 하지 않는 것 같았다.

"살 건가요, 말 건가요?"

점원이 툴툴거리며 한숨을 내쉬었다.

"알았어요, 잠깐만……."

여자가 계산대 위에 몇 푼 안 되는 돈을 모두 꺼내놓았다.

줄을 서 있는 사람들은 틀림없이 돈이 모자랄 거라 확신했다. 답답하다는 듯 슬슬 조바심을 드러내는 사람도 있었고, 표현은 안 해도 마음속으로 동정심을 느끼는 사람도 있었다.

이때 니콜이 나섰다.

"이걸 떨어뜨리신 것 같네요."

그녀가 무릎을 굽히는 척하면서 여자에게 20달러짜리 지폐를 한 장 내밀었다.

여자는 영문을 모른 채 니콜을 쳐다보며 주저주저하더니 결국 지폐를 집어 들고 체면을 살리는 쪽을 택했다.

"고마워요."

여자가 시선을 아래로 떨어뜨리며 살며시 말했다.

"이봐요!"

마크는 인도로 나서는 니콜을 뒤따라갔다.

비로소 신문에서 눈을 들어 올린 마크는 니콜과 눈이 마주치는 순간 배가 오그라들고 심장이 벌렁벌렁 뛰기 시작했다. 결론은 명명백백했다. 첫눈에 반한 여자를 이름도 모른 채 보낼 수는 없다는 것이었다.

"저기요!"

"네?"

니콜이 뒤돌아보았다.

"안녕하세요."

그가 숨을 고르며 잠시 우물쭈물했다.

다리에 맥이 탁 풀리고 손에서는 진땀이 배어났다.

뭐라고 말 좀 해봐, 마크! 장승처럼 서 있지만 말고!

"저기, 그게…… 제 이름은 마크 해서웨이입니다. 당신 바로 뒤에 서 있었죠. 당신이 아이 안은 여자를 어떻게 도와주었는지 잘 봤어요."

"뭐, 그다지 특별하게 생각할 필요 없어요."

니콜이 어깨를 으쓱하며 대답했다.

"이 동네 살아요?"

"그게 당신과 무슨 상관이죠?"

니콜이 별걸 다 묻는다는 듯이 쳐다보았다.

"그러니까, 제가 커피라도 한잔 살까 해서……."

"됐어요!"

니콜은 계속 앞만 보며 걸어가기 시작했다.

"그러지 말고 커피 한잔하시죠?"

마크가 끈질기게 뒤따라가붙으며 말했다.

"난 당신이 누군지도 모르잖아요."

"그러니까 커피라도 한잔 마시면서 서로에 대해 알아볼 수 있는 기회를 갖자는 겁니다."

"이봐요, 지금 시간 낭비하는 거예요."

"그냥 커피 한잔인데, 뭐 별 탈이야 있을까요?"

"고맙지만 사양할래요. 카페인 없이도 충분히 신경이 곤두서 있는 사람이거든요."

"그렇다면 초콜릿을 한 잔 드시죠. 그게 최음제인데."

"정말 입에서 나온다고 다 말인 줄 알아요?"

그녀가 한숨을 푹 내쉬며 택시를 잡기 위해 손을 치켜들었다.

"아니, 진짜라니까요. 아스텍 문명의 목떼수마(Moctezuma) 황제는 후궁들하고 잠자리를 갖기 전 하루에 오십 잔씩 초콜릿을 마셨대요."

"지금 그 농담이 재미있다고 생각해요?"

택시 한 대가 인도 옆으로 다가와 서자 니콜이 즉시 올라탔다.

"그럼 전화번호라도 알려주시죠!"

마크가 간청하듯 말했다.

"아마 전화번호부에 있을걸요."

니콜이 관심 없다는 듯 성의 없이 대답했다.

"난 당신 이름도 모르잖아요."

"그것도 전화번호부에 나와 있어요."

니콜이 탁 소리가 나게 문을 닫자마자 택시는 곧 출발했다. 마크는 몇 미터쯤 택시 뒤꽁무니를 쫓아갔지만 달려오던 차들이 클랙슨 세례를 퍼붓는 바람에 그만 포기할 수밖에 없었다.

울고 싶은 기분이 된 그는 보도에서 멍하니 서 있었다. 아마도 KO패 당한 복서 심정이 이럴 듯싶었다. 다시는 만나기 어려운 운명의 여인을 눈앞에서 놓쳐버린 것이 못내 안타까웠다. 철부지 십 대 소년처럼 어수룩하게 행동한 자신이 원망스러웠다.

그녀가 날 우습게 본 것도 당연하지. 날 시답지 않은 농담이나 지껄이는 한심한 애송이로 봤을 테니까.

마크는 언제나 스스로를 운 좋은 남자라 확신했다. 한데 마음에 꼭 든 여자에게 아무것도 보여주지 못하고 퇴짜를 맞았다. 이름을 알아내지 못했으니 언젠가 다시 만나리라는 기약조차 할 수 없었다.

아무에게도, 심지어 커너에게도 이야기한 적 없었지만 마크는 어린 시절부터 자신을 지켜주는 수호천사가 존재한다고 생각해왔다. 중요한 일이 있을 때마다 수호천사가 나타나 행운을 가져다준다는 믿음이었다. 하지만 오늘은 아무도 행운을 가져다주지 않았다.

빌어먹을 수호천사, 왜 날 배신한 거지?

마크는 분을 삭이지 못하고 식식거렸다.

"이봐요, 눈을 어디다 달고 다니는 거요?"

롤러스케이트를 탄 남자가 곧장 그를 향해 달려오며 크게 소리쳤다. 살짝 옆으로 비켜섰지만 이미 충돌을 피하기에는 너무 늦었다. 남자와 그대로 충돌한 그는 보도 위로 벌렁 나자빠졌다.

"괜찮아요?"

남자가 손을 내밀어 그를 일으켜 세웠다.

옷을 털며 힘겹게 몸을 일으키던 마크는 길가에 설치된 광고 기둥을 바라보았다.

기둥에 붙어 있는 광고.

광고에 있는 얼굴.

그녀의 얼굴 밑에는 친절하게도 공연 정보가 적혀 있었다.

니콜 코플랜드

카네기홀

바이올린 협주곡 - 프로코피에프 - 스트라빈스키

보스턴 심포니 오케스트라
5월 13일 목요일

고마워요, 수호천사.

"어때, 괜찮아?"

마크와 커너는 공연장의 제일 높은 발코니에 앉아 오케스트라와 솔리스트가 연주하는 프로코피예프의 바이올린 협주곡을 감상하고 있었다. 거장들이나 연주할 수 있다는 곡이었다. 바이올린의 우아한 선율이 공연장을 수놓았다.

"어때, 괜찮지?"

마크가 또 한 번 물었다.

질타성의 쉿! 하는 소리가 두 사람을 향해 날아들었다.

"잘하는 것 같군 그래."

커너가 옆에서 속삭였다.

"고전음악에 대해 뭘 좀 아는 게 있나?"

"나야 아무것도 모르지. 어쨌든 예쁜 여자인 건 확실해."

"저 여자, 사귀는 사람이 있을까?"

"저런 미모라면, 당연히⋯⋯."

"나한테 기회가 올까?"

"솔직히 말해줄까?"

"그래, 솔직히."

"장난이 아닐 것 같아! 경쟁이 치열하겠지."

커너가 고개를 절레절레 저으며 말했다.

쉿!

밤 10시 57분

니콜 : (냉랭하게) 소설을 쓸 것까지는 없어요. 동료들과 저녁 먹으러 가지 않으려고 핑곗거리를 찾다가 당신 초대에 응했을 뿐이니까.

마크 : (히죽거리는 표정으로) 무슨 뜻인지 잘 알았어요.

두 사람은 맨스필드 호텔 바의 별이 박힌 돔 밑에 작은 테이블을 마주하고 앉았다. 바 내부는 전체가 마호가니로 장식되었고, 별 모양의 전구 수천 개가 내밀하면서도 쾌적한 분위기를 만들어냈다. 바 맨이 근엄한 태도로 니콜에게는 보라색 칵테일을, 마크에게는 코로나 맥주를 갖다주었다.

니콜 : (조금 덜 냉랭하게) 그러니까, 당신이 정신과 의사라는 말이죠?

밤 11시 8분

니콜 : (장난기 가득한 목소리로) 정신과 의사치고는 어째 너무 사랑을 많이 들먹이시는 것 같은데……

마크 : (진지하게) 왜냐하면, 사랑이야말로 우리 인생에서 유일하게 흥미롭기 때문이죠.

니콜 : (회의적으로) 과연 그럴까요?

마크 : 사랑 없는 인생을 상상해봐요. 얼마나 지루하고 따분하겠어요. 최소한 사랑을 하면 시간은 잘 지나가잖아요.

니콜 : (체념한 듯) 시간이 가면 사랑도 지나가죠.

마크가 니콜을 쳐다보았다. 양 볼이 살짝 들어간 갸름한 얼굴이었다. 그녀의 눈빛에는 원인 모를 우수와 거부할 수 없는 매력이 숨어 있었다.

밤 11시 12분

마크 : (딴청을 피우며) 사귀는 사람, 있어요?

니콜 : 꼭 그렇다고 말할 수는 없어요.

마크 : (궁금해 미칠 것 같은 표정으로) 꼭 그런 게 아니라면?

니콜 : (미소를 머금고) 요즘은 내 바이올린하고만 같이 잔다고 말해두죠.

마크 : 물론 몹시 다정다감한 사이겠죠?

니콜 : (칵테일을 한 모금 마시며) 구아르네리죠.

마크 : 이탈리아 출신이군요.

니콜 : 약간 건달 같은 구석이 있지만 정말 매력적이죠. 내가 늘 쫓아다녀요. 상대도 마찬가지지만……

니콜이 흘러내린 머리를 뒤로 쓸어넘기며 활짝 웃었다. 아직 앞에 앉은 사람에 대해 별로 아는 건 없지만 곧 사랑에 빠질 것 같은 느낌이었다.

밤 11시 24분

마크 : (매혹적인 목소리로) 다시 만날 수 있겠죠?

니콜 : (갑자기 애매하게) 그럴 것 같지 않은데요.

마크가 눈을 찡그리며 니콜을 강렬한 눈빛으로 쳐다보았다. 그녀의 얼굴에 어두운 빛이 스쳐 지나갔다. 입은 '그럴 것 같지 않은데요'라고 말했지만 눈에서는 '그러죠'라는 의미가 읽혔다.

마크 : 뭔가 걸리는 문제라도 있어요?

니콜 : (주저하며) 좀 전에 저한테 사귀는 사람이 있냐고 물었죠? 그러니까, 제가 거짓말을 했어요.

마크 : 그럼, 사귀는 사람이 있는 건가요?

니콜 : 네.

마크 : 당신처럼 매력적인 여자라면 당연히…….

침묵.

니콜 : (가방에서 뭔가를 꺼내며) 이 남자예요.

마크는 애인의 사진을 내밀 거라 짐작했는데 놀랍게도 플라스틱 케이

스 안에 든 임신 테스트 결과였다. 봐도 되는 것이라 생각하고 들여다
보니 양성 반응으로 표시돼 있었다.

마크: (온화한 미소를 지으며) 아직 남아인지 여아인지 모르겠군요?
침묵.

니콜 : 이 사진을 보고도 아직 나랑 사귈 마음이 있어요?

마크 : 물론, 당연하죠.

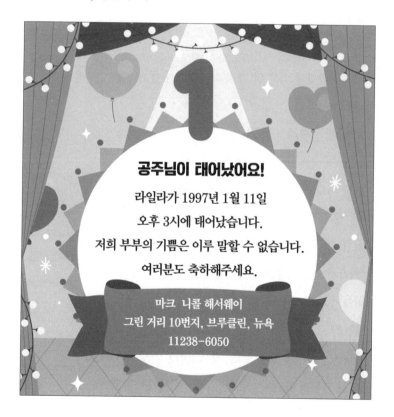

패밀리 맨

2001년 9월 10일, 마크와 니콜은 결혼 5주년을 맞았다. 친구 몇 명을 초대한 그들은 정원에서 바비큐 파티를 열고 있었다. 마빈 게이, 레너드 코헨, 조니 캐시의 노래가 잔잔히 흐르는 가운데, 지극히 아메리카적인 라이프 스타일을 반영하는 분위기 속에서 아름다운 여름 끝자락의 저녁 시간이 이어지고 있었다.

마크가 한 손에 주걱을 든 채 라일라에게 바비큐의 원리와 주의사항을 열심히 설명해주고 있었다.

"자, 라일라!"

마크가 알맞게 익은 닭 다리를 라일라가 들고 있는 일회용 종이 접시에 올려놓았다.

"난 케첩을 뿌려 먹을 거야."

라일라가 잔디밭을 뛰어가며 소리쳤다.

한창 파티가 무르익고 있었지만 정원 구석에 선 커너는 허공을 응시한 채 생각에 잠겨 있었다. 마크가 바비큐 그릴을 놓아두고 커너에게로 다가갔다.

"기막힌 와인인데, 시음 좀 해볼래?"

마크가 와인 잔을 내밀며 말했다.

"뭔데?"

"1995년산 샤또 슈발 블랑, 생떼밀리옹 그랑 크뤼야."

몇 달 전부터 와인에 심취한 마크가 흥분해서 말했다.

"루비 빛이 도는 이 기막힌 색 좀 봐라. 탄닌은 부드러우면서도 우아해. 향기는 또 어떻고. 향이 느껴져? 카시스, 감초, 라즈베리, 체리……."

"체리 향이라고? 확실해? 어디 내가 한번 맛을 보지!"

커너가 그렇게 말하자, 두 사람은 마치 대단한 소믈리에라도 된 양 행세하는 서로의 모습이 우스워 한바탕 폭소를 터뜨렸다.

"자, 건배!"

"건배!"

마크가 잔을 부딪치며 말했다.

두 사람이 함께 병원을 개업한 지 벌써 2년이 넘었다. 병원은 대성공을 거두었다. 커너는 뛰어난 임상의인 동시에 혁신적인 의사로 늘 새로운 치료법을 선보여왔다. 그가 새롭게 선보인 최면을 이용한 금연 치료법은 선풍적인 인기를 끌었고, 병원은 나날이 번창일로에 있었다. 그는 최면요법의 영역을 알코올중독, 우울증, 만성 불안증, 각종 공포증 치료로 차츰 넓혀갔다.

커너가 연구에 힘쓰는 동안 마크는 주로 병원의 대외 업무에 주력해왔다. 뉴욕의 언론은 인물이 출중한데다 말에 믿음이 가는 젊은 정신과 의사를 금세 주목했다.

"기억나? 어렸을 때, 조금이라도 더 오래 먹으려고 콜라에 물을 타서 마시던 것 말이야."

"물론 기억나고말고. 진짜 토할 것 같았지."

"이 샤또도 만만치 않거든."

"우리가 그간 어떻게 살아왔는지 기억하지? 우린 결국 해낸 거야."

"아직 잘 모르겠어."

커너가 고개를 저으며 생각에 잠겼다.

"무슨 말이야? 모르다니?"

"난 아직 시카고에서 벗어나지 못했다는 생각이 들 때가 가끔 있어."

"단지 악몽이었을 뿐이야. 이젠 잊어버려."

"넌 내가 놈들을 죽인 걸 얼마나 후회하는지 모를 거야."

"그놈들은 잔혹한 범죄자였어. 인간쓰레기였다고."

"나도 놈들과 똑같은 사람이 됐어. 무엇보다 끔찍한 건 내가 놈들의 돈으로 여기까지 왔다는 거야. 다른 방법으로도 충분히 그 끔찍한 곳에서 벗어날 수 있었을 텐데."

"그 돈이 없었다면 아마 우린 아직도 그곳에서 벗어나지 못했을 거야. 너 혼자 무거운 짐을 지게 해서 미안해. 하지만 놈들은 응징을 받았을 뿐이야. 당연히 치러야 할 대가라고 생각하자. 이제 그 일은 잊어버리고 미래를 봐."

"나도 지워버리고 싶지만 마치 어제 일처럼 잊히지 않아."

"우린 너무 일찍 최악을 경험했어. 더 이상 나빠지는 일은 없을 거야."

라일라가 마크의 품으로 달려드는 바람에 두 사람의 대화는 중단되었다.

"아빠, 여기 선물. 아빠, 나 비행기 태워줄 거지?"

라일라를 팔에 안으면서도 마크는 커너에게서 눈길을 거두지 못했다.

"이제 더 이상 아무 일도 일어나지 않을 거야."

마크가 스스로에게 다짐하듯 되뇌었다.

"아니, 그 어떤 일도 일어날 수 있어."

커너가 천천히 고개를 가로저으며 말했다.

"만약 무슨 일이 닥쳐도 우린 예전보다 훨씬 강해졌으니까 충분히 이겨낼 수 있어."

"아니, 정반대야. 우린 한꺼번에 모든 걸 잃을 수도 있어."

"너도 나처럼 결혼도 하고 애도 낳으면 안정을 찾게 될 거야."

마크가 잠시 생각에 잠겼다가 말했다.

"난 달라. 사랑하는 사람이 생기게 되면 더욱 유약해질지도 몰라."

"아니야. 사랑을 하면 훨씬 더 강해져."

마크는 자신 있게 말했지만 커너는 확신할 수 없었다.

"혹시 사랑하는 사람을 잃게 될지도 모른다는 걱정은 안 해봤어?"

"그거야, 물론."

"그렇다면 넌 분명 약한 존재인 셈이야. 네가 사랑하는 사람을 공격하는 것으로 너에게 쉽게 상처를 입힐 수 있을 테니까. 난 나약해지고 싶지 않아."

"왜?"

"더 강해지지 않으면 과거가 언젠가 내 발목을 잡고 말 테니까."

커너가 와인 잔을 비우며 말했다.

마크는 뭐라고 반박하고 싶었지만, 라일라가 같이 놀자고 잡아끄는 바람에 기회를 놓치고 말았다.

"아빠, 이제 해줄 거지? 비행기 태워줄 거지?"

2001-2006 : 암흑기
그날 아침, 당신은 어디에 있었나?, 2001년 9월 11일

"라일라, 어서 가방 들어! 이러다 학교에 늦겠다."

"졸려 죽겠어!"

"그러게 아빠 말 듣고 일찍 잤어야지."

"그렇지만 나도 같이 파티를 하고 싶었는 걸."

"자, 점퍼 입고 엄마한테 인사하고 와."

라일라가 위층으로 올라가는 동안 마크는 노트북을 가방 안에 집어넣으면서 남은 주스를 마저 마셨다.

"여보, 다녀올게!"

마크가 위를 올려다보며 크게 소리쳤다.

"오늘 저녁에 봐."

라일라가 번개처럼 계단을 뛰어 내려오는 사이 위층에서 니콜이 대답하는 소리가 들려왔다.

두 부녀는 브루클린의 화창한 아침을 맞으며 길을 나섰다.

"어디 있어, 차는?"

라일라가 물었다.

"조금 더 가면 돼. 이리 와, 아빠가 안아줄게."

"이제 내가 얼마나 무거운데!"

라일라가 키득키득 웃으며 말했다.

"얼마나 무거운지 한번 들어볼까."

한 손에 서류 가방을 들고 있던 마크가 다른 손으로 아이를 번쩍 들어 올렸다.

"아빠가 히맨*이라는 걸 미처 몰랐지?"

"히맨이 누군데?"

"세상에서 가장 힘센 사람."

"그럼 아빠가 세상에서 가장 힘이 세?"

"물론이지. 아빠가 '힘이여 솟아라'하고 주문을 외면 악의 무리들을 모두 물리칠 수 있다니까."

"진짜?"

라일라가 믿기지 않는다는 듯 되물었다.

"그럼 진짜다마다. 우리 딸은 아빠만 믿으면 돼."

마크는 양쪽 팔에 가방과 라일라를 나눠 든 채 뛰어가면서 지난밤 커너가 한 말을 떠올렸다. 직업적인 성공도 커너에게 전혀 마음의 안정을 가져다주지 못한 듯했다.

커너는 늘 과거의 망령에 사로잡혀 있었고, 자책감에 시달려왔다. 그는 늘 언젠가 위험이 밀어닥칠지도 모른다는 불안감에 휩싸여 있었다.

"차가 저기 있어, 아빠. 내가 리모컨 키로 열어도 돼?"

*TV 만화영화 시리즈 〈우주의 왕자 히맨〉의 주인

라일라가 소리쳤다.

마크는 원격조종 키로 자동차 문을 열고 있는 라일라를 보면서 대체 커너가 말하는 위험이 어떤 형태로 나타나게 될지 궁금하기만 했다.

공기는 온화하고 하늘은 눈부시게 파랬다.

운전석에 앉기 전, 마크는 시계를 처다봤다. 오전 8시 46분이었다.

잠시 후, 비행기가 쌍둥이 빌딩의 북쪽 타워를 들이받으면서 뉴욕은 모든 지표와 확신을 잃어버리게 된다.

2002년 3월 26일, 플래시 뉴스 – CNN, US

"지난 수요일 오렌지카운티의 한 쇼핑몰에서 실종된 5세 여아 라일라 해서웨이 사건은 경찰이 3일간에 걸쳐 수색에 나섰지만 아직 아무런 진전이 없습니다. 라일라는 바이올리니스트 니콜 코플랜드와 정신과 의사인 마크 해서웨이의 딸입니다. 마크 해서웨이는 FBI의 만류에도 아랑곳하지 않고 방송을 통해 딸을 납치해 억류하고 있을지도 모르는 범인들에게 직접 자신의 입장을 전달하겠다는 뜻을 표명했습니다."

창백한 얼굴에 눈 주위에 다크서클이 선명하게 그려진 마크가 카메라 앞으로 걸어 나왔다.

"내 딸아이를 납치한 사람들에게 말하겠습니다. 절대로 아이에게 나쁜 짓을 해서는 안 됩니다. 몸값을 요구하면 내겠습니다. 어떤 요구든 다 들어주겠습니다. 절대 아이에게 나쁜 짓만 하지 말아주세요. 부탁입니다."

천하의 범사에 기한이 있고 모든 목적에 이룰 때가 있나니

날 때가 있고 죽을 때가 있으며

죽일 때가 있고 치료시킬 때가 있으며

헐 때가 있고 세울 때가 있으며

울 때가 있고 웃을 때가 있으며

찢을 때가 있고 꿰맬 때가 있으며

잠잠할 때가 있고 말할 때가 있으며

사랑할 때가 있고 미워할 때가 있으며

_전도서 3장

2005년 1월 10일

"난 이만 가볼게, 커너."

마크가 친구에게 말했다. 몇 달 전, 커너는 타임워너센터의 새 건물로 병원을 옮겼다. 두 사람이 오래전부터 함께 계획했던 일이지만 마크는 병원 이전에 개입하지 않았다. 라일라가 실종된 지 3년이 지난 지금, 그는 일을 놓은 채 오로지 딸을 찾는 데 전념했다.

"어디로 간다는 거야?"

"나도 모르겠어. 어쨌든 병원 명패에서 내 이름을 빼도 좋아. 내 병원 지분을 사고 싶으면 니콜한테 연락해. 그다지 까다롭게 굴지는 않을 거야."

"정신 차려, 이 친구야!"

커너가 마크를 힘주어 안았다.

"네가 얼마나 힘든지 알아. 하지만 넌 혼자가 아니잖아. 널 사랑하는 아내가 있고, 나도 있어. 우리 둘은 그 어느 때보다 서로에게 힘이 돼주어야만 해."

"나도 알아. 하지만 내 힘으로는 도저히 안 돼."

마크가 커너의 팔을 풀며 말했다.

"우린 많은 어려움을 극복해왔어. 그때마다 너와 나, 우리 둘은 힘을 합쳤어! 죽어서도 살아서도 항상 같이하자던 말 기억 안 나? 지난날 네가 나를 도와줬던 것처럼 이번엔 내가 널 도울 수 있게 해줘."

마크가 묵묵부답으로 일관하자 커너가 스스로에게 다짐하듯 말했다.

"힘들었지만 우린 살아남았어. 아무리 세월이 흘러도 지난 기억을 송두리째 잊진 못하겠지. 고통이 우리들 가슴 한구석에 남아 있을 테니까. 하지만 우린 살아남을 수 있어. 지난 세월 동안 난 경험적으로 터득했어. 이젠 내가 너에게 살아남는 법을 가르쳐줄 차례야."

마크에게는 더 이상 커너의 말이 들리지 않았다.

커너가 절박한 심정으로 한마디 덧붙였다.

"제발 바보 같은 짓은 하지 마, 친구. 너무 멀리 가면 다시 돌아오지 못할 수도 있어."

마크가 어깨를 으쓱해 보이더니 문을 향해 발걸음을 옮겼다. 마음은 벌써 다른 곳에 가 있었다.

"아이와 함께 올 수 없다면 영원히 돌아오지 않겠어."

26. 우리의 복수는 용서다

잘 살아라. 그게 최고의 복수다.
_탈무드

오늘, 비행기 안, 오후 5시 10분

"더 먹고 싶은데!"

라일라가 스푼을 내려놓으며 헉헉거렸다.

마크와 에비, 라일라는 아직 플로리디타에 앉아 있었다. 배가 꽉 찬 라일라는 아직 쌓여 있는 아이스크림을 안타깝다는 듯이 쳐다보았다.

마크는 정겹게 라일라의 머리를 쓰다듬어주고 나서 창 쪽으로 고개를 돌렸다. 구름 양탄자가 끝없이 펼쳐져 있었다. 에비에게 속내를 털어놓느라 과거에 푹 빠져 있던 마크에게 그동안 묻어두었던 기억들이 새록새록 떠올랐다. 숱한 기억 속에서 마크는 딱 한 가지만 기억하고 싶었다.

"넌 커너처럼 하면 안 돼. 복수를 하겠다는 일념에 네 인생을 망쳐서는 안 돼."

마크가 에비 쪽으로 몸을 틀며 말했다. 그를 쳐다보는 에비의 눈빛은 여전히 회의적이었다.

"아저씨는 이해 못 하시겠지만……."

"아니야, 충분히 이해해."

마크가 에비의 말을 잘랐다.

"난 네가 겪는 고통을 충분히 이해해. 내가 겪어온 고통과 비슷하니까. 괴로움은 피할 수 없겠지. 네 엄마가 당한 일은 분명 용서받지 못할 범죄 행위였어. 너로서는 당연히 괴로울 수밖에. 네 분노……."

"……그리고 증오심도요."

눈가가 촉촉하게 젖어든 에비가 말했다.

마크가 에비의 어깨에 손을 얹었다.

"분노를 용서의 힘으로 승화시킬 수만 있으면 대단한 잠재력이 될 수 있어."

"그런 건 정신과 의사들이 의례적으로 떠드는 얘기들 아닌가요!"

에비가 목소리를 높였다.

마크가 잠시 생각을 정리하고 나서 다시 이야기를 이어갔다.

"복수가 너의 괴로움을 없애진 않아. 내 말 믿어. 지금 난 정신과 의사로서 얘기하는 게 아니야."

"만약 커너 아저씨가 있었다면……."

"커너 역시 네가 당한 고통의 기억이 결코 복수를 통해 지워지진 않을 거라고 말할 거야. 커너야말로 직접 경험한 당사자니까."

"하지만……."

에비의 목소리에는 절절한 고통이 배어 있었고, 쉽게 말을 잇지 못했다.

"그놈은 죽어 마땅해요. 난 그놈이 내게 준 고통의 열 배, 아니 백 배로 되돌려주고 싶어요."

"그 사람을 응징한다고 해서 네 어머니가 다시 살아나진 않아. 그 일이 평생 너에게 꼬리표처럼 따라다닐 뿐이지. 네 인생이 완전히 망가질 수도 있어."

마크가 에비에게 물을 한 잔 내밀었다. 에비가 입술만 축이고는 사무친 목소리로 얘기를 계속했다.

"엄마와 난 그런 자들에게 늘 무시당하고 모욕받으며 살아왔어요."

"그래, 알아."

"이젠 마냥 짓밟히며 살지는 않을 거예요."

"그래, 네 말이 맞아. 하지만 복수보다 더 좋은 방법이 있을 거야."

에비가 회의적인 눈빛으로 마크를 쳐다보았다.

"아저씨는 제가 어떻게 하길 바라시죠?"

마크는 잠시 머뭇거렸다. 에비가 냉담한 반응을 보일 게 뻔했기 때문이다.

"용서해라."

"말도 안 돼! 난 용서하고 싶지 않아요! 난 잊고 싶지 않아요!"

에비가 발끈했다.

"용서하라는 것이지 무조건 잊으라는 뜻은 아니야. 죄 자체를 없던 일로 하자는 뜻도 아니야. 복수는 증오심을 키울 뿐이지만 용서는 널 자유롭게 해줄 거야."

마크가 차분하게 설명했다.

에비가 잠시 머뭇거리다가 떨리는 목소리로 물었다.

"만약 우리 엄마 대신 죽은 사람이 아저씨 딸이라면 용서할 수 있겠어요?"

"솔직히 나도 자신하지는 못해."

마크가 질문을 회피하지 않고 솔직하게 대답했다.

"다만 용서를 위해 노력하리라는 점은 자신할 수 있어."

마크가 아이스크림에 장식용으로 얹혀 있던 작은 종이우산을 만지작거리며 놀고 있는 라일라를 쳐다보았다.

"세상에서 가장 힘든 게 용서이고, 가장 많은 노력을 필요로 한다는 걸 알아."

마크가 차분하게 이야기를 계속했다.

"용서하라는 건 너 자신을 위해서야, 에비. 과거에서 벗어나 새로운 삶을 찾기 위해."

에비가 어깨를 으쓱했다.

"저는 이미 끝났어요. 저한테는 아무것도 남아 있지 않아요. 가족도, 돈도, 미래도……."

"아니야, 앞으로 네 앞에는 창창한 삶이 남아 있어. 결코 미래를 포기해서는 안 돼. 미래를 회피하기 위해 변명을 늘어놓지는 마.”

“그놈은 살인자예요! 반드시 응징해야 해요.”

에비가 목 메인 듯한 소리를 질렀다.

그때서야 마크는 처음부터 에비에게 해주고 싶었던 말을 꺼냈다.

“내 말 잘 들어봐, 에비. 난 네가 크레이그 데이비스라는 사람 말고 정말로 벌주고 싶은 사람이 따로 있다고 생각하는데…….”

에비가 그의 다음 말을 기다렸다.

“……네가 정말로 죽이고 싶은 사람은 바로 너 자신일 거야. 그렇지 않니?”

“아니에요!”

에비가 금방이라도 눈물을 펑펑 쏟을 것 같은 눈으로 소리쳤다. 그녀가 미처 충격을 흡수할 틈도 주지 않고 마크의 공세가 이어졌다.

“넌 엄마의 말을 믿지 못했던 네 자신이 미웠어. 엄마가 숨진 것에 대해 얼마간의 책임이 너 자신에게 있다고 생각한 거지. 넌 무엇보다 그 사실을 견디기 어려웠을 거야.”

“아니에요. 아저씨가 뭘 안다고 그런 말을 하시죠?”

입으로는 강하게 부정했지만 그녀의 뺨을 타고 흐르는 눈물은 이미 진실에 대한 고백을 한 것이나 다름없었다.

“상황이 달라졌을 수도 있다고 생각하진 마. 처음부터 네 잘못은 없었으니까. 아무것도.”

마크는 에비를 합리적으로 설득하려고 애썼다.

에비의 목소리는 이제 흐느낌으로 변해 있었다.

"내가 왜 그랬을까요? 왜 엄마를 믿지 못했을까요?"

"그건 네 잘못이 아니었어. 걱정하지 마. 다 잘될 테니까."

마크가 소녀의 어깨를 감싸안았다.

"엄마는 늘 저한테 거짓말만 했어요. 하지만 그때는 거짓말이 아니었는데, 그때는."

"다 잘될 테니까 이젠 잊어버려."

에비는 감정이 북받쳐 마크의 어깨에 얼굴을 묻은 채 흐느껴 울었다. 마크가 가슴 깊이 감추어둔 응어리를 터뜨려버린 것이다.

두 사람은 잠깐 동안 아무 말도 하지 않았다.

라일라가 자그마한 목소리로 침묵을 깼다.

"아빠, 언니가 왜 우는 거야?"

"슬퍼서."

"언니 엄마 때문에?"

마크가 말없이 고개를 끄덕였다.

이번에는 라일라가 에비를 안아주었다.

"언니, 슬퍼하지 마."

라일라가 에비의 머리칼을 쓰다듬으며 말했다.

에비가 조금 진정되어 보이자 마크가 티슈를 건넸다. 감사의 향기가 공중으로 피어올랐다.

"아빠, 쉬하고 싶어."

갑자기 라일라가 아기 같은 목소리로 말했다.

"내가 같이 가줄게."

에비가 말했다.

마크는 두 아이로부터 빨리 다녀와야 한다는 약속을 받고는 자리에서 일어섰다. 그는 계산을 치르면서 멀어져가는 에비와 라일라의 모습을 감사한 마음으로 쳐다보았다. 두 아이는 마치 서로를 보살피는 친자매처럼 손을 꼭 잡고 있었다.

*

아이삭에게 후한 팁을 주고 플로리디타를 떠나려던 마크는 앨리슨을 발견하고 멈춰 섰다. 앨리슨은 혼자서 돔 페리뇽 샴페인을 비우고 있었다.

"핑크 샴페인……."

마크가 테이블로 다가가며 말했다.

앨리슨이 선글라스를 벗으며 고개를 들었다.

"이번에도 헤밍웨이가 좋아하는 술이라고 얘기할 건가요? 그가 좋아하는 술은 위스키라고 생각했는데……."

"샴페인은 케리 그랜트와 데보라 커가 좋아하는 술이었죠."

앨리슨이 마크에게 앉으라는 제스처를 취했다. 좀 전에 친밀한 대화를 나눈 이후 그녀는 은연중 그를 다시 만날 수 있기를 바라고 있었다.

왠지 낯익은 이 남자에게서는 남성적인 매력이나 유혹과는 전혀 거리가 먼 따스함이 느껴졌다. 몇 시간 전 그에게 속내를 털어놓고 난 후 그녀는 오래전부터 시달려온 극도의 공포감에서 해방된 느낌이었다.

"왜 당신을 이전부터 알고 있었다는 느낌이 드는 걸까요?"

앨리슨이 물었다.

"그런 고전적인 방법이 아직도 통하나보죠. 가령 마음에 드는 상대를 유혹할 때?"

마크는 이런 농담조로 얘기하는 자신이 놀라울 따름이었다.

"저는 지금 진지하게 말하는 거예요."

마크도 솔직하게 응대했다.

"몇 년 전, 아마도 제가 언론의 스포트라이트를 받을 때 얼굴을 봤겠죠."

"어떤 분야에서 스포트라이트를 받았죠?"

"심리학이 제 전공이죠. CNN과 MSNBC에 한때 제 얼굴이 자주 비치던 시절이 있었어요. 방송국의 고문 심리학자였으니까. 컬럼바인 고등학교 총기 난사 사건, 9.11 테러, 탄저균 테러 같은 사건 때 제가 시청자들을 안심시키는 일을 맡았어요."

"지금은 그 일을 하지 않나요?"

"네, 손 털었어요."

"왜죠?"

"대단히 비극적인 사건을 겪었어요. 평소와 다른 점은 제가 바로 그

비극적인 사건의 주인공이었다는 겁니다. 막상 저에게 비극이 닥쳤을 때 평소 많은 사람들에게 해준 조언이 정작 제 자신의 고통을 치유하는 데는 그리 유용하지 않더군요."

마크의 얼굴에 금세 어두운 그늘이 드리워졌다.

앨리슨은 그가 무슨 일을 겪었는지 몹시 궁금했다. 그의 불안한 침묵이 다시 그녀 자신의 문제를 떠올리게 했다. 여행 내내 마신 술 때문에 머리가 지끈거리며 아팠다. 그녀는 두통에도 아랑곳하지 않고 또다시 샴페인 한 잔을 단숨에 들이켰다.

앨리슨이 다시 술잔을 집으려 할 때 마크가 손을 잡으며 만류했다.

"당신을 들어서 내릴 지경이 되면 희색이 만면해질 사람들이 꽤나 있을 거요. 파파라치라면 당신도 별로 좋아하지 않을 텐데 괜한 선물로 그런 사람들을 기쁘게 할 필요는 없잖아요."

앨리슨이 어깨를 으쓱해 보였다.

"인상을 구긴 게 어디 한두 번이어야죠."

"왜 그토록 집요하게 스스로를 괴롭히죠?"

"저에게 남은 유일한 진실이 자유니까요. 내 인생은 이제 아무것도 아니죠."

앨리슨의 눈에 눈물이 어렸다.

"예의가 아닌 줄은 알지만 나이가 어떻게 되죠, 앨리슨 양? 스물넷? 스물다섯?"

"스물여섯이에요."

"스물여섯에 어떻게 인생이 아무것도 아니라고 말할 수 있죠?"

"그게 바로 제 문제랍니다."

마크가 아예 작정하고 그녀의 심기를 불편하게 만들었다.

"내가 당신을 애처롭게 여길 거라 기대했다면 큰 오산입니다. 당신은 보통 사람이 누리고 싶어 하는 건 다 가지고 있어요. 돈도 있고, 젊고, 아름다운 당신이 어떻게 인생이 아무것도 아니라고 말할 수 있죠? 정말 그렇다면 인생을 송두리째 바꿔보는 건 어때요? 처음부터 다시 시작할 수 있잖아요. 전혀 다른 모습으로, 새로운 이름으로 다시 태어나는 겁니다. 당신은 새로운 인생을 살 수 있을 만큼 돈이 많지 않던가요?"

"저 역시 그러고 싶지만 어떻게 인생을 다시 살죠? 아무리 맘에 안 드는 인생이라도 살아온 대로 계속 살아갈 수밖에 없잖아요. 그게 바로 인간의 운명 아닌가요, 의사 선생님?"

"오늘 아침에 제가 당신에게 질문을 했는데 아직 대답을 듣지 못한 게 있어요."

"기억 안 나요."

앨리슨이 거북해하며 둘러댔다.

"저는 오늘 아침 당신에게 자기 자신을 벌하려는 이유가 무엇인지 알고 싶다고 했죠."

앨리슨은 기껏해야 만난 지 몇 시간밖에 되지 않은 남자에게 꼭꼭 감추어둔 비밀을 털어놓지 않고는 못 배길 것 같았다. 그녀도 자신을 송두리째 갉아먹는 비밀을 한시라도 빨리 떨쳐버리고 싶었다.

물론 참담한 결과가 벌어질 수도 있었다. 평생 감옥에 가 있게 될지도 모르고, 아버지가 오래도록 쌓아온 신뢰와 명예가 바닥으로 곤두박질칠 수도 있었다. 하긴 곰곰이 생각해보면 지난 몇 년간의 삶 자체가 감옥이나 진배없었다.

앨리슨과 눈이 마주친 마크는 이번이 마지막 기회라는 느낌이 왔다.

"대체 당신이 스스로를 벌하려는 이유가 뭐죠?"

"어린아이를 죽였어요."

앨리슨이 대답했다.

27. 앨리슨, 세 번째 플래시백

베벌리힐스, 캘리포니아, 2002년 봄

오후 2시, 앨리슨은 지중해풍 고급 빌라의 자기 방에서 눈을 떴다가 금세 다시 감아버렸다.

아, 머리 아파!

전날 밤, 생일을 맞은 남자친구를 위해 근사한 파티를 열어준 게 끔찍한 두통을 앓게 된 원인이었다. 베벌리힐스의 부유층 젊은이들이 대거 참석한 파티는 밤늦은 시간까지 계속되었다. 그녀 역시 만취 상태로 토악질까지 하고는 새벽녘이 되어서야 잠이 들었다.

가까스로 눈을 뜬 앨리슨은 시계를 쳐다보고는 욕설을 내뱉으며 침대 밖으로 튀어나왔다.

이런 빌어먹을!

헌팅턴비치에 새로 개장하는 VIP 전용 스포츠클럽의 개장 행사에 참석하겠다고 약속했는데 시간이 너무 늦어버린 것이다.

비척거리는 걸음으로 겨우 화장실을 향해 걸어갔지만 도무지 잠이 깨지 않았다. 관자놀이가 조이는 듯 아프고, 위는 콕콕 쑤시고, 입은 바싹바싹 타들어가고, 눈꺼풀은 천근만근 무거웠다. 이제야 지난밤 들이켠 보드카 한 잔 한 잔이 끔찍이 원망스러웠다. 지난 몇 년간 지독한 숙취와 함께 잠에서 깨는 일이 잦았다. 그럴 때마다 다시는 술을 입에 대지 않으리라 다짐했지만 단지 그때뿐이었다.

앨리슨은 대충 세수를 마친 다음 터벅터벅 부엌을 향해 걸어갔다. 푸에르토리코 출신의 나이 든 가정부 그라지엘라가 어젯밤 난리법석을 치른 현장의 뒤처리를 하느라 부산하게 움직이고 있었다.

"왜 안 깨웠어?"

앨리슨이 퉁명스럽게 물었다.

"깨워달라고 하지 않았잖아."

"아무리 그래도 그렇지. 대체 무슨 생각으로 사는 거야? 지금 시간이 오후 2시라고!"

가정부가 오븐에서 접시를 꺼내 테이블 위에 올려놓았다.

"자, 먹어. 네가 좋아하는 팬케이크 만들었어."

앨리슨이 야멸치게 접시를 밀쳐냈다.

"순전히 기름투성이에 설탕 덩어리! 지금 제정신이야? 난 아줌마처럼 뚱보가 되고 싶지 않단 말이야!"

그라지엘라는 질책을 들으면서도 전혀 싫은 내색을 하지 않았다. 그녀는 리처드 해리슨의 집에서 20년 동안 일했다. 그런 까닭에 앨리슨이 태어나면서부터 자라기까지 과정을 모두 지켜보았다. 예전에 둘은 사이가 참 좋았다. 그때만 해도 앨리슨은 그녀에게 자신의 걱정거리와 비밀을 모두 털어놓곤 했다. 언제부턴가 앨리슨이 밖으로 나돌면서 두 사람 사이는 소원해졌다.

앨리슨이 오트밀 시리얼 몇 알에 오렌지주스를 붓고는 숟가락으로 퍼먹기 시작했다.

"배 아파."

숟가락을 내려놓은 앨리슨이 툴툴거리며 전망 창을 열었다. 대형 수영장 옆에 멋진 풀 하우스가 보였다.

앨리슨은 밖으로 나가 티크 의자 위에 앉았다가 비가 후드득후드득 뿌리는 바람에 이내 자리에서 일어섰다.

흥, 날씨까지 속 썩이는군!

앨리슨이 부루퉁한 얼굴로 부엌으로 들어와 아스피린 두 알 꺼내 컵에 넣고 녹였다.

"차라리 파라세타몰을 먹지 그래. 아스피린을 먹으면 위가 더 쓰리잖아."

그라지엘라가 말했다.

"아줌마가 뭘 알아? 아줌마는 의사가 아니라 가정부야!"

그라지엘라에게 괜스레 짜증을 부린 앨리슨은 부엌에서 휑하니 나와 욕실로 들어가 찬물로 샤워를 했다. 기분이 풀어지기를 바랐지만 전신이 얼얼하기만 했다. 다시 방으로 들어간 그녀는 꼭 끼는 블루컬트 청바지를 입고, 페라가모 로만 샌들을 신고, 잔뜩 신경이 곤두선 채 벽장을 온통 뒤집으며 맘에 드는 웃옷을 찾기 시작했다.

"어디다 뒀어?"

앨리슨이 부엌을 향해 냅다 소리쳤다.

"뭐?"

"내 티셔츠!"

"셔츠라면 수백 장은 족히 될 텐데 뭐가 걱정이야?"

"분홍색 스텔라 매카트니 티셔츠 말이야!"

"눈에 안 보이면 세탁실에 있겠지."

"내가 진작 빨아놓으라고 했잖아!"

"난 아무 말도 못 들었어, 앨리슨. 이제 제발 변덕 좀 그만 부리면 안될까. 네 나이가 스물둘이야. 열둘이 아니라 스물둘이라구."

"아줌마가 뭔데 나한테 이래라저래라 잔소리하는 거야?"

"엄마가 계셨더라면 틀림없이 그렇게 말씀하셨을 거야."

"아줌마는 내 엄마가 아니라 내 시중을 들어주라고 아빠가 고용한 가정부 아니었어?"

"그래, 네 말이 맞아. 하지만 이번에는 좀 따지고 넘어가야겠어. 넌 보자보자 하니까 갈수록 가관이야. 경박하고 이기적인 데다 응석받이처럼 굴고 있어. 타인에 대한 배려심도 없고 따뜻한 인간미도 없지. 게다가 돈 많은 집 철없는 망나니들이 저지르고 다니는 악행은 죄다 따라

하고 있단 말이야. 사람이라면 마땅히 지켜야 할 예의와 가치를 무시할 뿐더러 아예 던져버리고 있어. 아무리 돈이 많아도 사람에게는 권리만 있는 게 아니라 의무도 따른다는 사실을 망각하지 말았으면 해. 넌 지금 아무것도 안중에 없는 사람 같아. 인생에 대한 계획도 없고 의지도 없어. 네 말대로 난 시중을 드는 가정부일 뿐이야. 하지만 얼마 전부터 난 네가 부끄러워지기 시작했어."

그라지엘라가 쏟아놓은 말은 하나도 틀린 게 없는 진실이었지만 마음이 상한 앨리슨은 앞뒤 재지 않고 테이블 위에 놓여 있던 시리얼 그릇을 가정부의 얼굴을 향해 냅다 집어던졌다.

비록 나이는 많아도 반사 신경은 살아 있는 그라지엘라가 간발의 차이로 날아오는 그릇을 피했다. 벽에 부딪친 그릇이 산산조각 났다. 한바탕 난리를 치른 두 사람은 얼이 쑥 빠진 채 서로의 얼굴을 쳐다보았다.

먼저 긴장된 시선을 풀고 집 밖으로 뛰쳐나온 앨리슨은 자신의 빨간 지프에 올랐다. 그녀는 몸을 부들부들 떨며 눈물을 글썽이다가 시동을 걸고는 액셀러레이터를 밟았다.

내가 왜 그랬지?

천둥번개가 몰아치는 가운데 가지런히 정렬해 있는 집들과 깔끔하게 손질해놓은 꽃밭 위로 비가 억수처럼 쏟아져 내렸다. 앨리슨의 지프는 종려나무와 단풍나무가 줄지어 선 도로를 전속력으로 달려갔다.

내가 어쩌다 이리도 끔찍한 인간이 되었을까?

앨리슨의 얼굴은 눈물범벅이 되었다.

그라지엘라의 얘기는 모두 옳았다. 얼마 전부터 그녀는 정말이지 바보처럼 행동하고 있었다. 술과 마약에 빠져 자기 절제가 불가능하게 되었고, 충동적으로 행동하다보니 사고를 빚을 때도 많았다.

앨리슨은 비가 줄기차게 쏟아지는 동안 베벌리힐스의 언덕길을 내려와 어지럽게 뒤엉킨 캘리포니아 고가도로로 접어들었다. 그녀는 무의식적으로 헌팅턴비치를 향해 차를 몰아가고는 있지만 이미 스포츠클럽의 개장식에는 가지 않을 생각이었다.

앨리슨은 수치심으로 몸을 떨며 뒤죽박죽 헝클어진 생각을 정리하기 위해 애썼다. 우선 한시바삐 사는 방식을 바꿔야 했다. 서둘러 생활 습관을 고치지 않는다면 결국 돌이킬 수 없게 될 수도 있었다.

차의 속력을 줄인 앨리슨은 볼을 타고 흐르는 눈물을 닦았다. 빗줄기가 갈수록 거세지면서 와이퍼를 쉼 없이 움직여도 앞이 제대로 보이지 않았다. 그녀는 이제 달라지리라 결심했다. 아직 충분히 젊었고, 기껏 몇 년을 허비했을 뿐이었다. 새로운 출발을 위해 엉망이 된 생활 습관을 바로 고치고, 손을 놓았던 공부를 다시 시작하고, 돼먹지 않은 친구들과 교제를 끊고, 머릿속이 텅 빈 허풍쟁이 남자애들과의 만남을 정리해야 하리라.

갑자기 돌풍이 몰아쳐 지프가 기우뚱했다. 고속도로에 설치된 전광판들은 모두 조심 운전을 당부하는 안내 문구로 채워졌다.

앨리슨은 악천후가 걱정되긴 했지만 새롭게 품은 희망으로 그 어느 때보다 홀가분한 마음이었다.

자, 어서 집으로 돌아가 그라지엘라에게 어리석게 행동한 것에 대해 사과하고, 잘못을 지적해줘서 고맙다고 말하는 거야. 그녀와 함께 오후를 보내며 내 결심을 얘기하면 아마 무척이나 좋아하겠지. 어렸을 때처럼 식사 준비도 도울 거야. 오늘 저녁에는 모처럼 아빠에게 전화해 좋은 소식을 알려야지.

리처드 해리슨은 이번 주 로스앤젤레스에 머물고 있었다.

아빤 항상 나에 대해 원대한 계획을 품고 계셨어. 그동안 쓸데없는 반항심 때문에 아빠를 멀리한 건 어리석었어. 이제 지난 일을 모두 잊고 다시 출발하는 거야. 이제 다시 아빠의 자랑스러운 딸로 돌아가야 해!

앨리슨은 한시바삐 집으로 돌아가고 싶은 마음에 가장 먼저 나오는 인터체인지에서 고속도로를 빠져나갈 생각이었다. 그녀는 거센 빗줄기 때문에 잘 보이지 않는 표지판을 식별하기 위해 미간을 찌푸렸다. 사실 그녀는 지리 감각이 그다지 좋은 편이 아니었다. 애초에 빠져나오려고 했던 인터체인지를 지나쳐버린 그녀는 어쩔 수 없이 노천 주차장 램프로 빠져나왔다.

매서운 바람과 함께 억수처럼 쏟아지는 빗줄기는 실로 위압적이었다. 앨리슨은 개구리가 비처럼 쏟아지는 장면으로 끝나는 신비하고 간담이 서늘한 영화 〈매그놀리아〉를 떠올렸다. 갓길에 차를 세우고 비가 잦아들기를 기다리는 운전자들이 여럿 눈에 띄었지만 그녀는 조급한 마음에 계속 차를 운전했다.

갑자기 휴대폰 벨 소리가 울렸다. 휴대폰은 조수석 발밑에 놓아둔 핸드백 안에 들어 있었다. 앨리슨은 휴대폰을 꺼내려고 몸을 숙였다.

발신자 전화번호나 이름만 확인해야지. 나중에 다시 걸 수 있게.

그때 차체에 예상치 못한 충격이 가해졌다.

당황한 앨리슨은 자리에서 벌떡 일어섰다. 휴대폰을 집으려다가 뭔가를 들이받은 것이다.

인도 턱? 아니면 동물?

브레이크 페달을 꽉 밟은 앨리슨은 지프 차 문을 열었다. 순식간에 심장박동이 두 배로 빨라졌다. 차에서 내려보니 혹시나 하고 걱정했던 최악의 상황이 벌어져 있었다. 물건이나 동물과 부딪친 게 아니었다.

사람이었다.

어린아이.

"괜찮니? 다치지 않았어?"

앨리슨은 어린 사내아이를 향해 뛰어갔다. 의식을 잃은 아이를 보자 끔찍했다. 작고 여린 몸이었다. 옷이나 바닥에 묻은 핏자국은 없었지만 도로변에 있는 콘크리트 화분의 가장자리에 머리를 부딪친 것 같았다.

앨리슨은 어쩔 줄을 몰라 하며 절박하게 도움의 손길을 찾았다.

"도와줘요! 날 좀 도와주세요!"

그러나 주변의 인적은 완전히 끊겨 있었다. 천둥번개와 비바람이 몰아치면서 거리는 텅 비어버린 것이다.

당황하지 말자! 당황하지 말자!

앨리슨은 차로 돌아와 휴대폰을 집어 들고 911을 눌렀지만 응급구조 요청 번호는 끝내 불통이었다. 악천후 때문인 듯했다.

두 번, 세 번 연거푸 시도해보았지만 역시 통화 연결이 되지 않았다. 비바람 속에서 안절부절못하던 그녀는 직접 아이를 병원까지 데려가기로 작정했다.

앨리슨은 조심조심 아이를 들어 올려 지프까지 안고 갔다.

"괜찮을 거야! 병원에 도착할 때까지 견뎌야 해!"

앨리슨은 지프의 시동을 걸고 다시 고속도로로 진입했다. 다운타운 동쪽에 있는 제너럴 병원으로 갈 생각이었다. 사고 지점에서 그다지 멀지 않은 거리에 위치한 병원이었다.

"죽으면 안 돼!"

그녀의 몸은 빗물과 눈물이 한데 뒤섞여 흠뻑 젖어들었다. 신을 믿지 않았지만 그녀는 간절히 기도하기 시작했다.

제발 부탁이에요, 아이를 살려주세요! 아이를 살려주세요!

도로는 컴컴했고 악천후 때문에 사물의 형태를 제대로 알아보기 어려웠다. 오후 3시였지만 마치 한밤중 같았다.

잘못했어요. 제발 아이를 통해 저를 벌하려 하지 마세요.

앨리슨의 지프는 곧 병원 응급실 주차장에 도착했다. 그러나 주 진입로가 훈련 중인 두 대의 소방차 때문에 막혀 있었다. 그녀는 소방차들이 빠지길 기다리지 않고 바닥에 설치된 버튼 라이트를 따라 지하 주차장 안으로 들어갔다.

앨리슨은 지프를 주차시키고 차 밖으로 나왔다. 차를 한 바퀴 빙 돌아 문을 연 그녀는 아이를 안아 들었다. 그러나 그녀는 곧 끔찍한 상황에 직면했다. 아이는 이미 죽어 있었다. 그녀는 비명을 질렀다. 공황 상태에 빠진 그녀는 한참 동안 차 문도 닫지 못한 채 그 자리에 서 있었다. 탈진 일보 직전 상태로 마치 넋이 빠져 달아난 사람 같았다. 그녀는 최후의 반사 신경을 가동시켜 아빠의 전화번호를 눌렀다.

30분 후

비가 그치면서 주차장 안은 축축한 안개가 자욱하게 깔렸다.

선팅을 한 험머가 제너럴 병원 안으로 들어섰다. 리처드 해리슨이 먼저 내리고 장대 같은 키에 덩치가 큰 흑인 한 명이 뒤따라 내렸다.

커티스는 리처드 해리슨의 경호원이자 곤란한 일을 도맡아 처리하는 하수인이었다. 리처드 해리슨은 현재의 위치에 오르기까지 충복들을 잘 관리해왔다. 그의 충복들은 보스를 위해서라면 목숨도 내놓을 수 있는 사람들이었다. 커티스는 그중에서도 리처드 해리슨이 가장 신뢰하는 부하였다.

리처드 해리슨은 팔짱을 끼고 머리를 파묻은 채 벽에 기대앉은 딸을 쳐다보았다. 옷이 흠뻑 젖어 있었고, 창백한 얼굴에 이를 딱딱 마주치며 떨고 있는 딸의 모습은 마치 정신착란이라도 일으킨 사람 같았다. 앨리슨은 차 안에 떨어진 아이의 은팔찌를 피가 날 정도로 꽉 움켜쥐고 있었다.

리처드 해리슨이 몸을 숙여 딸의 이마를 짚었다. 열이 펄펄 끓었다.

"집으로 데려가게. 그라지엘라가 앨리슨을 잘 돌봐줄 거야. 심해지면 젠킨스 박사에게 전화하게. 비행기를 대기시켜놓고."

리처드 해리슨이 커티스에게 지시했다.

커티스가 앨리슨을 담요로 감싸안고 험머로 데려가는 동안 리처드 해리슨은 지프차 문을 열고 아이의 사체를 확인한 다음 다시 문을 닫았다.

"뒤처리는 어떻게 할까요?"

커티스가 창백한 목소리로 물었다.

"나에게 맡겨두게."

리처드 해리슨이 대답했다.

모하비 사막, 캘리포니아 동부

리처드 해리슨은 세 시간째 딸의 지프를 몰았다. 거미줄처럼 뻗은 대도시를 벗어난 그는 이제 사람의 자취라고는 눈을 씻고 찾아봐도 없는 사막 길을 달리는 중이었다. 그는 타탄체크 무늬 담요를 수의처럼 덮고 있는 어린아이의 사체를 조수석에 실은 채 지옥으로 가는 여행길에 올랐다.

가끔 악몽을 꾸었지만 실제로 이처럼 참혹한 형벌을 받게 되리라고는 상상조차 하지 못했다. 그는 살아오면서 수많은 시련을 겪어왔다. 젊은 장교 시절에는 베트남전에 참전해 매일이다시피 사선을 넘나들었고, 암에 걸린 아내가 죽어갈 때 바로 곁에서 지켜보았고, 총성 없는 전

쟁터라 불리는 비즈니스 세계에서 수많은 어려움을 극복하고 오늘에 이르렀다.

어린 시절, 그는 두려움을 극복하기 위해 미래에 벌어질 수 있는 일들을 머릿속으로 미리 상상해보곤 했다. 그는 언제나 최악의 상황을 가정했고, 늘 어려움에 익숙해지려고 애썼다. 나이가 들면서 많이 달라졌지만 아직 예전 습관은 버리지 않았다.

지난 몇 년 동안 그는 병과 죽음에 대비해왔다. 그래서인지 어떤 어려운 상황을 만나더라도 의연하게 버텨낼 자신이 있었다. 하지만 이토록 끔찍한 상황을 만나게 되리라고는 꿈에도 생각해보지 못했다.

딸이 죽인 아이를 내 손으로 묻게 되다니…….

과연 이 일을 끝까지 완벽하게 처리할 수 있을지 자신이 없었다. 그는 몇 번이나 차를 세우고 구토했다. 실내공기가 숨통을 막는 듯해 창문을 활짝 열어젖혔다. 곧 심장이 멎으며 질식할 것 같았지만 이대로 포기할 수는 없었다.

앨리슨은 몇 주 전 음주운전 혐의로 세 달간 면허정지를 당했다. 만약 앨리슨이 무면허로 운전하다 아이를 친 죄로 체포된다면 적어도 몇 년간은 감옥에서 지내야 할 것이다. 온갖 인맥을 다 동원한다고 해도 도저히 손쓸 방법이 없는 중죄였다. 그는 사막 길을 달려오면서 혹시 딸의 감옥행을 면하게 해줄 또 다른 방법이 있을지도 모른다는 생각에 궁리를 거듭했다. 그러나 끝내 만족할 만한 해답을 찾아내지 못했다.

리처드 해리슨은 팜 스프링스를 조금 지나 철물점 앞에 차를 멈춰 세우고 삽과 곡괭이를 샀다. 현금으로 결제한 그는 감시카메라를 피하기 위해 고개를 돌렸다. 점원은 그의 얼굴을 알아보지 못한 듯했다. 그는 미국 최고 부자 중 한 사람이었지만 경제 전문지 빼고는 빌 게이츠나 워런 버핏처럼 일반 언론에 많이 노출된 사람은 아니었다. 다행히도 그에게 돈을 받은 점원은 비즈니스 위크보다는 TV 가이드를 더 많이 보는 사람이 분명했다.

앨리슨은 그와는 완전 딴판이었다. 그의 딸은 연일 튀는 행동으로 사람들의 입방아에 오르내렸다. 앨리슨은 연예 전문지를 즐겨보는 로스앤젤레스 사람들 사이에서 유명 인사로 통했다. 딸은 사고 당시 목격자가 없었다고 했지만 마음을 놓을 단계는 아니었다. 그는 경찰이 곧 수사망을 좁혀오게 될까봐 두려웠다. 그런 만큼 신속하게 일을 마무리 지어야 했다. 아주 신속하게.

지프는 산악지대와 선인장만이 자라는 자갈투성이 평원을 한 시간이나 더 달렸다. 땅거미가 질 무렵, 리처드 해리슨은 네바다주 경계에서 그리 멀지 않은 황량한 벌판에 도착했다. 그는 큰 도로를 벗어나 먼지가 뽀얗게 내려앉은 자갈들과 삐죽삐죽하게 침식된 바위들로 뒤덮인 지점까지 지프를 몰아갔다. 그는 마침내 죠수아 나무에 가려져 잘 보이지 않는 메마른 땅 한가운데 바닥이 쩍쩍 갈라지고 후미진 장소를 발견했다.

비로소 적당한 장소를 찾아낸 그는 헤드라이트를 켜놓은 채 차에서 내렸다.

곡괭이질을 시작한 때는 저녁 7시였다. 사체를 구덩이에 넣고 묻은 때는 밤 10시였다.

새벽 1시, 리처드 해리슨은 마지막으로 죽은 아이를 위해 기도하고 올라왔던 길을 되짚어가기 시작했다.

새벽 3시, 도중에 연락을 받고 기다리던 커티스가 지프에 불을 붙여 전소시켰다.

새벽 6시, 리처드 해리슨은 베벌리힐스의 집으로 돌아와 딸을 공항까지 배웅했다.

두 시간 후, 억만장자의 전용 제트기가 앨리슨을 태우고 스위스를 향해 이륙했다.

리처드 해리슨은 미국에 남아 사태의 추이를 지켜보았다.

첫날, 아무 일도 일어나지 않았다. 둘째 날, 셋째 날, 넷째 날도 역시 마찬가지였다.

일주일이 지났을 때 그는 딸아이가 위기를 넘겼다고 판단했다. 하지만 과연 그의 기억에서 이 끔찍한 일을 지울 수 있을까? 아무 일도 일어나지 않은 것처럼 살 수 있을까?

28. 당신 앞에 놓인 생

미래는 과거가 우리에게 주는 선물이다.

_앙드레 말로

오늘, 비행기 안, 오후 6시

"승객 여러분, 저희 비행기가 곧 뉴욕에 착륙합니다. 자리로 돌아가셔서 좌석 등받이를 세우고 안전벨트를 착용해주시기 바랍니다."

앨리슨은 승무원의 안내방송이 나오자 갑자기 이야기를 중단했다. 마치 악몽에서 깨어난 듯 그녀는 눈을 번쩍 뜨고 주위를 둘러보았다. 플로리디타의 손님들 대부분이 자리에서 일어서기 시작했고, 승무원 두 명이 아직 남아 있는 승객들에게 어서 자리로 돌아갈 것을 권유했다.

"내가 한 짓은 끝내 용서받을 수 없을 거예요."

앨리슨이 눈가에 번진 마스카라 자국을 닦으며 말했다.

"제 자신이 특별히 용서가 안 되는 건 아빠가 사고 뒤처리를 마치는 동안 저는 두 손 놓고 있었다는 거예요. 그 사건 이후 저는 여러 달 동안 스위스에 머물면서 중독 치료와 우울증 치료를 받았어요. 집으로 돌아왔을 때는 마치 아무 일도 없었던 것처럼 평온했죠."

앨리슨의 이야기는 소름이 돋을 만큼 충격적이었다. 마크는 한동안 그녀에게 적절히 대꾸해줄 말을 찾기 위해 생각에 잠겼다.

"용서받지 못할 일은 없어요. 다만 인생에서 우리 힘으로는 도저히 바꿀 수 없는 일들이 있을 뿐이죠. 당신이 이 세상의 고통을 다 짊어지겠다고 해도 달라질 건 없어요. 그런다고 아이가 다시 살아나는 건 아니잖아요."

"그런 말은 제게 아무런 위로도 되지 않아요."

"지금 당신을 위로하려는 게 아니에요. 당신은 앞으로도 그 일 때문에 몹시 괴로워하겠죠. 하지만 당신의 인생이 모두 끝난 건 아니잖아요. 세상에서 당신이 할 수 있는 일은 많아요. 속죄하는 심정으로 불쌍한 아이들을 도와줄 수도 있겠죠. 사회사업이나 구호사업을 벌일 수도 있어요. 찾아보면 할 수 있는 일들은 많아요. 과거에 갇혀 살지 말아요. 하루하루 살아가다보면 도저히 이해할 수 없는 기적이 있을 수도……."

마크가 우물거리며 말을 잇지 못했다. 기적적으로 되찾은 딸과 자기 자신이 겪었던 고통이 생각난 것이다.

앨리슨의 눈빛이 얘기를 계속하라고 간절하게 말했다.

"고통도 전혀 쓸모없진 않아요. 우리에게 다른 길을 열어주니까요."

앨리슨이 시선을 아래로 떨군 채 물었다.

"아이를 죽음에 이르게 한 고통에는 어떤 의미가 있을까요?"

마크는 적당한 대답이 떠오르지 않았다.

"선생님, 어서 좌석으로 돌아가셔야 합니다."

승무원이 강한 어조로 그에게 자리에서 일어나라고 말했다.

마크는 여전히 앨리슨의 얼굴에서 눈을 떼지 못한 채 자동인형처럼 자리에서 일어섰다. 좀 더 그녀와 대화를 나눌 수 있었다면 과거에 잉태된 비극을 족쇄처럼 달고 다니지 말라고 이야기하고 싶었다. 과거를 모두 지워버리지는 못하더라도 다시 미래를 계획해야 한다고 말하고 싶었다.

비행기가 요동치며 구름을 향해 내려가기 시작했다. 승무원이 그를 채근하며 아래층으로 이어지는 계단까지 따라왔다.

앨리슨은 그가 황급히 자리를 뜨면서 플로리디타의 테이블에 흘리고 간 지갑을 발견했다. 그는 이미 보이지 않았다. 가죽이 상당히 낡은 지갑이었다. 앨리슨은 열어보고 싶은 충동을 억누르며 지갑을 주머니 안에 갈무리해 넣고 나중에 돌려주리라 생각했다.

그를 다시 만나게 되리라고 스스로에게 다짐하듯이.

*

같은 시각, 커너는 맨해튼의 모차르트 병원 진료실에서 벽에 걸려 있는 초현대식 벽시계를 쳐다보았다. 커너는 자신이 운영하는 개인병원에서 치료할 수 없는 중환자들을 이곳에 데려와 치료하고 있었다. 앞으로 한 시간 더 있으면 마크를 다시 만날 수 있을 것이다. 친구와의 재회를 기다리는 동안 그의 마음속에서는 온갖 두려움과 조바심이 교차했다.

거기서 몇 미터 떨어진 곳에서는 니콜이 신발을 벗은 채 소파 위에 주저앉아 있었다. 그가 가볍게 몸을 떠는 그녀를 발견하고 담요를 가져다주었다. 그녀가 무릎 위까지 담요를 덮고는 눈인사를 보냈다.

커너는 니콜의 어깨 위에 손을 얹었다. 한순간 두 사람은 아무 말이 없었다. 배터리 파크 위로 지는 석양이 차가운 느낌을 풍기는 병원의 파란 색조와 대조적인 홍차색 빛을 병실 안까지 흩뿌렸다.

"마크가 진실을 알고 나면 어떻게 반응할까?"

니콜이 커너에게 물었다.

사실 커너도 몹시 궁금한 사항이었다.

앞으로 벌어질 일 때문에 마크와의 우정에 금이 가진 않을까?

좀 더 확신을 갖기 위해 커너는 방황하는 세 영혼이 찾아왔던 지난 크리스마스 밤을 떠올렸다.

29. 이야기가 시작되던 날 밤 (이어지는 이야기)

네가 어디로 가는지 모르겠거든 어디서 오는지를 기억하라.

_아프리카 속담

2006년 크리스마스 날 밤, 맨해튼
새벽 3시 30분 – 커너, 앨리슨

소호의 가로등 불빛을 받은 눈이 반짝반짝 빛을 발했다.

애스턴 마틴을 주차시킨 커너는 집으로 들어갔다. 잠을 잘 때만 들르는 차갑고 건조한 로프트 아파트였다. 타임스위치를 누르자 아직 공사가 한창인 아파트처럼 천장에 달랑 하나 매어 달린 전등에 불이 들어왔다.

커너는 초점 없는 눈으로 갈색 마루가 깔린 거실을 지나갔다. 거실에는 아직 풀지도 않은 포장 박스 몇 개가 굴러다니고 있었다. 부엌이나 거실이나 하나같이 휑뎅그렁한 느낌이었다. 수납장은 하나같이 텅 비었고, 새 파이로세럼* 핫플레이트는 손때 하나 묻지 않았다.

스테인리스 냉장고를 연 커너는 샤르도네 포도주를 꺼내 한 잔 따라

*강화 내열유리

들고 거실로 돌아왔다. 집 안이 냉랭한 듯해 보일러 온도를 높이자 찬 바람만 쏟아져 나왔다. 그는 몸을 덥히기 위해 와인을 단숨에 들이켠 다음 또 한 잔 거푸 따랐다.

와인을 병째 들고 오는 게 아닌데…….

오늘도 일을 손에서 놓고 나니 가슴 한가운데가 움푹 파인 것처럼 허전했다. 그 어떤 사람, 물건이나 약으로도 채울 수 없는 심연이었다. 그의 아파트를 꼭 빼닮은 그의 일상은 절망적으로 비어 있었다.

커너는 넥타이를 풀고 전망 창으로 걸어갔다. 아래쪽 인도에 그가 스카프를 매준 눈사람이 마치 그 자신처럼 외롭게 서 있었다. 그는 동병상련의 눈사람을 향해 건배한 뒤 소파에 철퍼덕 주저앉아 벽에 걸린 대형 TV를 켰다. 그는 볼륨을 낮추고 채널을 이리저리 돌려보았다.

한 영화채널에서 크리스마스 날 밤에 이야기가 끝나는 《멋진 인생》과 《34번가의 기적》의 주요 장면들을 간추려 내보내고 있었다.

사람들은 흔히 크리스마스 날 밤은 아주 특별하기에 무슨 일이든 일어날 수 있을 거라 생각한다.

흥, 그걸 말이라고!

커너는 눈을 감았다. 가방을 훔치려고 했던 에비라는 소녀의 얼굴이 머릿속에서 어른거렸다. 에비는 추위와 두려움에 떨며 밤을 지새울 게 분명했다. 그는 무거운 증오심에 짓눌려 무너지기 일보 직전으로 보이는 에비를 끝내 도와주지 못했다.

커너가 위기에 처한 소녀를 돕지 못한 것을 자책하고 있을 때 문득 전화벨이 울리기 시작했다. 그는 눈썹을 찡그렸다. 깜박 잊고 니콜에게 전화해주지 못했던 게 그제야 기억난 것이다. 발신자를 확인해보니 '발신자 표시 제한'이라는 문자가 찍혀 있었다.

"여보세요?"

"저…… 선생님이 커너 맥코이 씨인가요?"

"네, 그런데요."

"너무 늦어서 실례인 줄은 알지만……."

망설임을 담고 있는 젊은 여자 목소리였다.

"사실은 저희 아빠가 선생님께 연락해보라고 했어요. 저를 도와줄 수 있는 분은 선생님밖에 없다면서."

통화를 계속해야 할지 말아야 할지 주저하는 듯 여자의 목소리가 끊어졌다 이어졌다.

"망설이지 말고 어서 말씀해보세요. 무슨 일이죠?"

커너가 물었다.

"제가 사람을 죽였어요."

커너는 순간적으로 당혹감을 느꼈다. 수화기 저편에서는 흐느낌과 한숨 소리밖에 들리지 않았다.

"진정하시고 우선 당신이 누군지 말해줄래요?"

"저는 앨리슨 해리슨이라고 해요."

커너는 창 쪽으로 바짝 다가섰다. 창밖으로 자동차 보닛에 기대 있는 젊은 여자 모습이 보였다.

"지금 어디죠, 앨리슨 양?"

눈을 맞으며 서 있던 앨리슨이 건물 꼭대기 층 창문을 올려다보았다. 시선이 커너와 마주치는 순간 그녀가 대답했다.

"바로 선생님 집 아래에 와 있어요."

한 시간 후

집 안은 희미한 빛에 잠겨 있었고, 앨리슨은 거실 소파에서 곤히 잠이 들었다. 커너는 난방 보일러가 고장 난 탓에 어쩔 수 없이 벽난로에 불을 지폈다. 장작불이 타닥타닥 소리를 내며 활활 타들어갔다. 창문 옆에 선 그는 예고도 없이 방문한 환자를 당혹스러운 눈길로 쳐다보았다.

커너는 그녀가 누군지 잘 알았다. 신문과 잡지에서 여러 번 사진을 본 적이 있었기 때문이다. 그녀의 무분별한 행동에 대한 소문도 익히 들었다. 그녀의 이름을 듣는 순간 가장 먼저 연상된 단어가 '스캔들'과 '연예잡지'였다. 그러나 방금 전 이야기를 나눠본 결과 앨리슨 해리슨은 그다지 거만하지도 않았고, 생각처럼 응석받이도 아니었다. 지금 그녀는 갈수록 깊은 수렁 속으로 밀어 넣는 과거에 발목 잡혀 길을 잃은 채 헤매고 있을 따름이었다. 그녀는 더 이상 고통을 견딜 수 없어 오늘 밤 도움을 요청하러 온 것이다.

앨리슨은 한 시간 가까이 자신이 겪은 끔찍한 일에 대해 말했다. 어린 소년의 생명을 앗아간 자동차 사고, 아버지가 뒤처리한 사체, 자책감 때문에 자기 파괴 행위를 일삼으며 살아왔던 날들의 이야기가 파란만장하게 펼쳐졌다. 이대로는 살 수 없다는 절망감과 함께 여러 차례 자살 기도가 이어졌다. 그녀는 한시바삐 악몽에서 벗어나기를 원하면서도 과연 지옥에서 빠져나갈 출구를 찾을 수 있을지에 대해서는 반신반의했다.

오늘 저녁, 앨리슨은 경찰에 자수할 생각이었으나 막상 용기가 나지 않아 커너에게 손을 내밀었던 것이다. 아버지가 오래전부터 여러 차례 조언했던 대로 그녀는 이제 마지막 운명을 커너에게 맡겨볼 생각이었다.

커너는 벽난로에 장작을 하나 더 집어넣고 불을 쑤석거렸다. 책이 출간되고 몇 달이 지났을 때 리처드 해리슨으로부터 연락을 받았던 게 기억났다. 그는 책을 아주 감동적으로 읽었다는 말과 함께 한번 만나보고 싶다는 뜻을 피력했다.

커너는 그러자고 약속했지만 그 후 다시 연락을 주고받은 적은 없었다. 그 후 몇 달이 지났을 때, 절정의 성공 가도를 달리던 리처드 해리슨이 언론에 지병을 공개했다. 커너는 그때 그와 만나지 않은 걸 후회했다.

'죽은 아이가 매일 밤 꿈속으로 나를 찾아와요.'

앨리슨은 고백의 말미에 그렇게 말했다. 그 말을 들으면서 커너는 몸서리를 쳤다. 마치 그녀가 아니라 자신의 얘기를 듣는 것처럼 느껴졌고, 지난날의 고통이 생생하게 되살아났다.

커너는 그녀를 돕겠다고 약속했다. 그는 그녀에게 진정제를 한 알 먹게 하고는 오늘 밤은 여기서 자고 가라고 말했다. 내일은 새로운 치료법에 대해 설명해줄 생각이었다. 오늘은 휴식이 그 무엇보다 우선인 듯했다.

비로소 마음이 진정된 그녀는 벽난로 옆 소파에 누워 담요를 돌돌 말고 잠이 들었다.

새벽 4시 45분 – 커너, 에비

커너가 생각에 잠긴 채 담배에 불을 붙이려 할 때 또다시 전화벨이 울렸다. 그는 한밤중에 웬 전화일까 궁금해하며 앨리슨이 깨지 않게 재빨리 수화기를 집어 들었다.

"커너 맥코이 박사시죠?"

"예, 접니다만……."

"여긴 경찰서입니다."

1989년 시카고에서 두 사람을 살해한 혐의로 당신을 고소합니다.

"……14번 구역의 데이브 도너번 경정입니다."

살인자 은닉 혐의로 당신을 고소합니다.

"……한밤중에 실례하게 됐습니다, 박사님."

"제가 무얼 도와드릴까요?"

"오늘 우리는 그리니치빌리지의 건물 로비에 무단으로 침입했던 한 소녀를 체포했습니다. 소녀 말이 뉴욕에는 아무런 연고도 없다고 하는군요."

"그 아이, 이름이 혹시 에비 하퍼입니까?"

"에비가 선생님 환자라던데, 맞습니까?"

"예, 맞습니다."

커녀는 순간적으로 거짓말을 했다.

"에비는 지금 괜찮은가요?"

"저체온증이 나타났었는데 지금은 한결 나아졌습니다. 원칙적으로는 사회복지사한테 연락해야겠지만 일단 선생님께 알리는 게 순서일 것 같아 전화를 드렸습니다."

"제가 곧 그리로 가겠습니다."

커녀는 전화를 끊었다. 그는 이제야 마음이 놓였다. 에비를 다시 찾았다는 생각에 행복감이 밀려들었다.

오늘 밤이 정말 무슨 일이든 일어날 수 있는 밤이라면?

"조심해…… 제레미! 조심해!"

커녀는 황급히 소파 쪽으로 몸을 돌렸다. 앨리슨이 악몽을 꾸는지 잠꼬대하며 몸부림을 쳤다. 소파 가까이 다가가 앉은 그는 가만가만 그녀를 깨웠다.

"잠깐 나갔다 올 일이 생겼어요."

"다시 돌아오실 거죠?"

앨리슨이 잠에서 깨어나며 물었다.

"가능한 한 빨리 올게요."

그가 대답했다.

커녀가 따뜻한 차를 끓이기 위해 부엌으로 갔다.

"제레미였나요? 당신이 차로 친 아이 이름이?"

"제가 아는 건 그게 전부죠. 팔찌에 제레미라는 이름이 적혀 있었어요."

"팔찌라면?"

"아이가 팔찌를 차고 있었는데, 잠금 고리가 깨졌나봐요. 팔찌가 차 안에 떨어져 있었죠."

앨리슨이 핸드백을 뒤져 납작한 고리를 연결해 만든 팔찌를 꺼내 테이블 위에 올려놓았다.

커너가 다시 거실로 돌아와 앨리슨에게 김이 모락모락 나는 머그잔을 건넸다. 작은 팔찌를 집어 들던 그는 깜짝 놀랐다. 그는 그녀 앞에서 마음의 동요를 드러내지 않기 위해 초인적인 노력을 기울여야만 했다.

커너는 외투를 걸쳐 입고 아파트를 나왔다. 승강기에 오르고 나서야 그는 기겁하듯 놀랐던 심사를 그대로 드러낼 수 있었다. 그는 제레미라는 아이가 누군지 알고 있었다.

14번 디스트릭트 경찰서

"자, 말씀하신 대로 작성했습니다."

커너가 경정이 보는 앞에서 직접 작성한 책임의료 서약서를 내밀었다.

경정이 눈에 불을 켜고 서류를 훑어보는 동안 커너는 경찰서 안을 초조하게 오갔다. 크리스마스인데도 경찰서는 무척이나 분주했다. 경찰들이 수시로 건달, 술주정뱅이, 교통사고 피해자를 연행해왔다.

커너는 경찰서라는 공간이 끔찍이도 싫었다. 경찰과 관련된 일이라면 무엇이든 소름 끼쳤다. 브로드웨이에서 뮤지컬 〈레미제라블〉을 보고 나서부터는 자신이 마치 자베르 경감이 들이닥칠까봐 노심초사하는 장발

장 같다는 생각이 들었다. 그는 마약 딜러들을 살해한 사건이 언젠가는 밝혀져 결국 감옥에서 남은 생애를 보내야 할지도 모른다고 생각했다.

"잘됐습니다."

마침내 경정이 서류를 정리해 넣으며 말했다.

전화기를 들고 상대에게 몇 마디 말한 경정이 커너를 돌아다보았다.

"에비를 곧 데려올 겁니다."

그가 사창가 포주 같은 투로 말했다.

"정말 감사합니다."

그로부터 에비가 풀려나기까지 10분쯤 더 기다려야 했다.

"안녕."

커너가 에비에게 반갑게 인사를 건넸다.

"안녕하세요."

에비가 그를 향해 다가왔다.

그녀는 많이 지쳐 보였고, 눈에는 잠기운이 그득했다. 추운 날씨에 잠이 부족한데다 구치소에 잡혀 있었던 탓에 심신이 몹시 피폐해진 것 같았다.

"이제 그만 갈까?"

커너가 에비의 배낭을 집어 들며 말했다.

커너는 애스턴 마틴에 에비를 태우고 아파트를 향해 운전해갔다. 온통 하얀색이 된 금속성 도시가 눈앞에서 휙휙 지나갔다. 여전히 약한 눈발이 날리고 있었다. 앞 유리에 내려앉은 눈송이들이 강력한 와이퍼에 닦여 금세 사라졌다.

"한밤중에 잠을 깨워 죄송해요. 그리고 와주셔서 고마워요."

에비가 지친 목소리로 말했다.

"잊지 않고 연락해줘서 내가 오히려 고맙다. 그러잖아도 네 걱정을 하고 있었거든……."

거리는 텅 비었지만 눈길이어서 길이 미끄러웠다. 커너는 휴스턴 거리와 만나는 교차로에서 잠시 속력을 늦췄다가 다시 남쪽을 향해 달려갔다.

"어차피 잠을 많이 자는 편은 아니니까 조금도 미안해할 것 없어."

"알아요."

라파예트 거리를 지나 놀리타와 리틀 이탈리아를 운전해가던 커너가 눈썹을 찡그렸다.

"그걸 어떻게 알지?"

"책에 나와 있잖아요."

"어떤 책?"

"아저씨가 쓴 책."

그녀가 배낭에서 닳고 닳은 《살아남기》를 꺼냈다.

커너가 어찌할 바를 모르며 고개를 끄덕였다. 처음으로 에비가 웃음을 머금었다. 활짝 웃는 건 아니었지만 옅은 미소가 잔잔하게 번져가고 있었다.

에비가 차창에 몸을 기댔다. 아직 날이 밝진 않았지만 밤이 거의 지나 갔다는 게 느껴졌다.

차는 이제 로어 맨해튼의 비좁은 도로로 접어들었다. 자동차는 수직 으로 우뚝 솟은 마천루 숲의 유리와 강철로 된 협곡을 요리조리 뚫고 지나갔다. 곧 처치 거리로 접어든 차는 이내 그라운드 제로까지 내쳐 달렸다.

"어디로 가는 거예요?"

"모차르트 병원. 내가 직접 운영하는 병원은 따로 있지만 가끔 일을 하는 병원이야."

"지금 바로 병원에 가고 싶진 않아요."

에비의 마음속에 다시 불신과 의심이 자리 잡았다. 그녀는 복수를 할 수 없게 될까봐 불안해하고 있었다.

"넌 우선 휴식을 취하고 치료를 받아야 해."

커너가 이의를 달지 말라는 듯 단호하게 말했다. 하지만 에비는 막무 가내로 고집을 피웠다.

"여기서 내려주세요!"

에비가 문의 손잡이를 잡으며 소리쳤다.

"널 감옥에서 꺼내준 걸 후회하게 하지 말길 바란다."

커너는 차를 세우는 대신 한숨을 푹 내쉬었다.

에비가 갑자기 전속력으로 달리는 차 안에서 문을 열더니 안전벨트를 풀었다. 커너는 트리니티 교회 앞에서 가까스로 차를 급제동시켰다. 차에서 급히 뛰어내린 그가 조수석으로 돌아가 에비의 옷깃을 움켜쥐었다.

"너, 죽고 싶어?"

커너는 화가 머리끝까지 치솟아 에비를 차 밖으로 끌어당겼다. 에비가 한 대 얻어맞을 것 같은 느낌을 받았는지 눈을 감은 채 고개를 돌렸다.

"네 꼴을 한번 돌아보란 말이야! 본래의 넌 어디로 갔지? 몸은 지칠 대로 지쳐 생기라고는 찾아볼 수조차 없어. 피기도 전에 겉늙어버린 네 꼴을 좀 봐!"

에비가 차창에 비친 자기 자신을 쳐다보다가 차마 더는 볼 수가 없었던지 이내 시선을 내리깔았다.

"죽는 게 소원이야? 하긴 지금처럼 계속 살다가는 그러잖아도 죽게 돼! 넌 뉴욕을 몰라. 내가 널 팽개치고 가버리면 넌 일주일도 버티지 못해. 일주일 안에 죽거나 고작 돈 몇 푼에 몸을 파는 처지로 전락하고 말겠지. 인생을 그렇게 허망하게 끝내고 싶은 거야?"

분을 이기지 못한 커너가 보닛을 주먹으로 내리쳤다. 깜짝 놀란 에비의 눈에서 눈물이 흘러내렸다.

두 사람은 시린 새벽바람을 맞으며 마천루의 깊은 그림자 속에서 서로를 마주 보고 서 있었다. 두 사람 모두 기력이 쇠하고, 감정이 소진되고, 마음의 상처가 너무 깊었다.

천천히 운전석으로 돌아온 커너가 다시 시동을 켰다. 에비는 마치 유령처럼 인도 위에 꼼짝 않고 서 있었다.

"넌 일주일도 못 버틸 거야. 내가 장담하지."

커너가 스스로에게 다짐하듯 되풀이해 말했다.

애스턴 마틴이 복잡하게 뻗은 월스트리트의 컴컴한 도로를 달려 허드 슨강 연안에 도착했다. 커너는 속도를 줄이면서 배터리 파크 시티 안으 로 들어섰다. 대서양 문턱에 위치한 이 고급 빌딩은 세계무역센터를 건 설할 때 나온 흙으로 바다를 매립해 지은 것이다.

커너는 마그네틱 카드를 사용해 주차장 출입구를 통과한 뒤 제일 아 래층에 차를 세웠다. 차에서 내린 그는 몇 미터 뒤에서 따라오고 있는 에비에게 말 한마디 건네지 않은 채 주차장을 터벅터벅 가로질러 걸어 갔다. 두 사람은 여전히 입을 열지 않고 승강기에 올라 모차르트 병원 로비에 내렸다. 파이낸셜센터의 두 개 층을 사용하고 있는 초현대식 병 원이었다.

커너는 접수대에서 당직 책임자와 잠시 이야기를 나눈 다음 직접 에 비의 입원 서류를 작성했다.

그사이 간호사 한 명이 에비를 병실로 안내했다.

20분 후

커너가 살며시 병실 문을 열고 들어섰다. 전등은 모두 꺼져 있었지만 도시의 감청색 불빛이 병실을 희미하게 밝혀주고 있었다. 환자복 차림의 에비가 팔에 주삿바늘을 꽂은 채 멍하니 천장을 바라보며 누워 있었다.

"기분, 괜찮아?"

커너가 물었다.

침묵.

커너가 다시 에비의 말문을 트기 위해 가슴속에 담고 있던 말을 꺼냈다.

"아마 살아오는 동안 아무도 너에게 친절을 베풀거나 도움을 준 적이 없었을 거야. 넌 스스로를 보호하기 위해 무감각해질 필요가 있었고, 불신이라는 방어벽을 높게 쌓아 올려야 했겠지."

에비는 꼼짝 않고 누워 있었지만 숨소리가 또렷이 들려왔다.

"그래, 네가 옳았어. 이 냉혹한 세상에서 살아남으려면 부득이 그럴 수밖에 없었겠지. 사실은 나도 너처럼 살아왔어. 나 역시 아무도 믿지 못했으니까."

커너의 눈길이 닿는 것을 의식한 에비가 눈을 감았다.

"한데 나를 가둔 채 산다고 해서 문제가 해결되는 건 아니었어."

커너는 창문 쪽으로 몇 발자국 다가섰다. 그의 시선은 어둠 속에서 빛을 발하는 오십여 척의 배들에 화려한 보석 상자를 선물하고 있는 허드슨 강가의 노스코브 마리나를 향해 있었다.

"우리 같은 직업에 종사하는 사람은 약속을 많이 하지 않지."

커너의 이야기에는 진실함이 묻어났다.

"확신이란 불가능하니까. 그래서 난 환자들에게 진료를 받으면 반드시 완쾌될 거라는 보장은 하지 않아."

갑자기 병실 문이 열리더니 간호사 한 명이 커너에게 말했다.

"커너 맥코이 박사님, 안내데스크에 전화가 와 있습니다. 위급한 일인 것 같아요."

커너가 에비를 돌아다보았다. 호흡이 일정한 것으로 보아 잠이 든 것 같았다. 그래도 그는 직업윤리 선서를 끝까지 마무리 지었다.

"다만 최선을 다해 널 돕겠다고 약속하마. 조금의 가능성이라도 기대하고 싶으면 일단 나를 믿어야 해."

커너가 에비의 침대 가까이 얼굴을 숙이며 속삭였다.

"네 믿음이 없으면 난 아무것도 할 수가 없단다."

7시 – 커너, 마크

커너가 안내데스크 직원이 건넨 수화기를 받아들었다.

수화기 너머에서 낯익은 여자 목소리가 들려왔다.

"나야, 니콜."

"미안해, 니콜, 전화를 걸려다가 깜박했어."

커너가 미처 전화를 걸지 못한 이유에 대해 설명할 틈도 주지 않고 니콜은 이야기를 시작했다.

"날 좀 도와줘. 마크 문제야."

"마크가 집에 돌아왔어?"

"응, 하지만……."

니콜은 흐느끼느라 말을 제대로 잇지 못했다. 한참 동안 흐느끼던 그녀는 노상강도한테 불의의 습격을 당했을 때 마크가 나타나 구해주고 하룻밤 집에서 머물다 아침에 떠난 이야기를 시작으로 그간에 벌어진 상황에 대해 자세하게 말해주었다.

마크는 심각한 부상을 당하고도 동이 트자마자 래브라도 강아지와 함께 다시 집을 나갔다. 니콜은 남편을 영영 잃게 될까봐 두려웠지만 차가운 새벽 거리로 사라지는 그를 무기력하게 지켜볼 수밖에 없었다. 그녀가 눈물을 흘리며 한참 동안 집 앞에 서 있는데 래브라도 강아지가 컹컹 짖으며 되돌아왔다. 그녀는 도로를 두 개나 횡단하며 급히 강아지를 뒤따라갔다. 마크가 눈 쌓인 길 한가운데 의식을 잃고 쓰러져 있었고, 래브라도 강아지가 주인을 향해 서글프게 짖어댔다.

"당장 손을 쓰지 않으면 마크가 죽을지도 몰라."

니콜이 이야기 끝에 말했다.

"마크 옆에 그대로 있어. 최대한 빨리 앰뷸런스를 보낼게."

크리스마스 밤은 그렇게 지나가고 있었다.

커너는 병원 앞에 나와 앰뷸런스가 돌아오기를 기다렸다. 그의 뒤쪽으로 유리와 화강암으로 지은 파이낸셜센터가 하늘을 향해 높이 솟아 있었다. 그는 새벽바람이 실어온 한기를 떨쳐버리기 위해 강을 따라 나 있는 산책로를 몇 걸음 걸었다.

상처 입은 세 영혼이 그를 향해 찾아든 기이한 밤이었다.

앨리슨, 에비, 마크. 벼랑 끝에 서 있지만 세 영혼은 아직 살아 숨 쉬고 있었다. 매우 중요한 임무를 맡게 되었다는 중압감이 밀려들었다.

내가 과연 그들을 도울 수 있을까? 어떻게?

커너는 깊은 생각에 잠겨 항구를 오가는 순찰선들을 망연히 바라보았다. 바람이 거세지면서 눈구름이 서쪽으로 밀려나고 있었다. 화창한 날씨가 예상되는 날이었다.

커너는 하늘을 올려다보았다. 저 높이, 구름 사이로 하얀 꼬리를 길게 달고 날아가는 비행기 한 대가 보였다.

그 순간, 그의 뇌리에 좋은 생각이 떠올랐다.

30. 눈을 떠라

눈을 감고 살면 정말 쉽다.
_존 레논
두려움은 영원히 남을 것이다. 사람은 사랑, 믿음, 증오, 심지어 회의까지,
자기 안에 있는 모든 것을 없애버릴 수 있다. 하지만 삶에 집착하는 한 결코 두려움을 없앨 수는 없다.
_조셉 콘래드

오늘, 비행기 안, 저녁 6시 30분

비행기는 구름을 향해 활강을 계속했다. 푹신푹신해 보이는 권층운 위로 기체가 거대한 그림자를 드리웠다.

마크는 라일라와 에비 옆으로 돌아왔다. 에비는 자리에 앉아 꾸벅꾸벅 졸고 있었다.

"안전벨트 했니?"

라일라가 고개를 끄덕였다.

"조금 있으면 착륙할 거야. 다시 집으로 돌아가는 기분이 어때?"

마크가 아이의 뺨을 톡톡 두드리며 물었다.

아빠를 사랑스러운 눈길로 쳐다보면서도 라일라는 정작 묻는 말에 대답하지 않았다.

마크도 거듭 묻지 않고 창 쪽으로 고개를 돌렸다. 두텁게 겹친 희뿌

연 구름들이 짙은 색의 축축한 수의처럼 비행기를 감싸고 있었다. 구름에 덮인 비행기의 모습이 마치 거미줄에 걸려 발버둥 치는 곤충 같았다.

라일라가 알쏭달쏭한 말로 침묵을 깼다.

"아빠, 난 어둠 속에 있는 아빠를 봤어."

"어둠 속에?"

"터널 속에. 지하철 터널 속에……."

그를 쳐다보는 아이의 눈에 슬픔이 어려 있었다.

터널, 어둠, 지하철…….

마크는 잠시 생각하고 나서야 라일라가 맨해튼의 하수구와 터널 속에서 보낸 자신의 지난날에 대해 말하고 있다는 것을 깨달았다. 맨해튼의 내장 속에서, 지하철이 지나다니는 구불구불한 터널 안을 떠돌면서 보낸 지옥 같은 2년이었다. 세상 낙오자들, 마약중독자들과 어울려 거의 산송장이 되다시피 했던 날들이었다. 절망감을 술 속에 묻었던 지난 2년의 세월…….

마크는 당황스럽기 그지없었다.

어떻게 라일라가 그 일을 알고 있을까? 누가 지옥의 문턱까지 갔던 그때 일을 이야기해준 것일까? 니콜이? 유괴범이?

"아빠가 터널 속에 있을 때 난 정말 슬펐어. 다시는 터널로 돌아가지 마, 아빠!"

"하지만…… 네가 어떻게……."

마크가 놀란 눈길로 라일라를 쳐다봤다.

"아빠를 봤으니까."

라일라가 같은 말을 되풀이했다.

"나를 봤어? 넌 어디에 있었는데?"

"저 위……."

라일라가 위쪽을 가리키며 말했다.

마크는 영문을 모른 채 라일라가 가리킨 곳을 보려고 고개를 들었지만 비행기 천장 말고는 아무것도 보이지 않았다.

"아빠, 이제 더 이상 술 마시지 마. 또다시 엄마 곁을 떠나버리면 안 돼. 집으로 돌아가 엄마와 함께 살아야 해."

라일라가 간곡하게 말했다.

그 말에 당황한 마크는 자신의 행동을 합리화하려고 애썼다.

"아빠가 집을 떠난 건 견딜 수 없었기 때문이야. 네가 잘못될까봐 두려웠지. 아빠는 너 없인 도저히 살아갈 자신이 없었으니까."

마크는 조금이나마 라일라에게 기대했던 확신이 와르르 무너지면서 짙은 안개 속으로 빠져들었다. 그는 라일라를 쳐다보았다. 좌석에 푹 눌러앉은 라일라의 몸은 너무도 작아 보였다.

마크는 그제야 자신도 모르는 중대한 문제가 개입돼 있다는 사실을 깨달았다. 여행 내내 잡힐 듯 머리를 맴돌다가 사라져버린 의혹이었다.

"아빠가 궁금한 게 있는데 설명해주겠니, 라일라?"

그가 라일라 쪽으로 바짝 몸을 붙이며 말했다.

"뭔데?"

"넌 왜 엄마와 대화를 나누지 않으려는 거니?"

라일라가 생각에 잠겼다가 때가 왔다는 듯 차분하게 털어놓았다.

"엄마는 벌써 다 아니까."

"엄마가 뭘 벌써 아는데?"

"내가 죽었다는 걸."

라일라가 대답했다.

*

같은 시각, 앨리슨은 비행기 창밖을 우두커니 내다보고 있었다. 점점 구름이 옅어지는가 싶더니 드문드문 바다가 내려다보였다.

앨리슨은 딱딱하게 굳은 얼굴로 마크가 두고 간 지갑을 집어 들었다. 지갑 안의 내용물을 들여다보고 싶어 미칠 지경이었다. 단순한 호기심을 뛰어넘는 절체절명의 욕구였다. 사느냐 죽느냐의 문제라고 누군가 그녀에게 속삭이는 듯했다. 마침내 그녀는 유혹에 굴복하고 말았다.

반들반들하게 닳은 지갑 속에는 기대와 달리 그리 특별한 물건이 들어 있지 않았다. 신용카드 두 장, 약간의 현금, 운전면허증, 명함 그리고 그와 아내의 사진이 들어 있을 뿐이었다.

앨리슨은 사진 속의 니콜을 황홀한 눈으로 쳐다보았다. 아름답고 기품 있는 얼굴이었다. 그녀도 원했지만 결코 갖지 못한 우아함을 풍기는 얼굴. 지갑을 막 닫으려는 순간 부부의 사진 뒤에 붙어 있는 또 다른 사진 한 장이 눈에 들어왔다. 살짝 들창코인 얼굴에 짓궂게 웃고 있는 다섯 살쯤 된 어린아이 사진이었다. 짧은 머리에 운동복을 입고 야구 모자를 눌러쓴 모습만 보자면 천생 곱상한 사내아이였다. 두 손으로 턱을 괴고 있는 아이의 왼쪽 팔목에 제레미라는 이름이 새겨진 은팔찌가 선명하게 보였다.

그 순간 앨리슨의 뇌리에 둔중한 충격이 가해졌다. 이제야 비로소 모든 걸 이해할 수 있었다. 그녀가 차로 친 아이는 바로 마크의 딸이었다. 그날은 비가 억수처럼 쏟아졌고, 아이는 야구유니폼 차림이었고, 너무 놀란 탓에 사내아이라고 착각했던 것이다. 게다가 팔찌에 새겨진 제레미라는 이름 때문에 사내아이라는 사실을 한 번도 의심하지 않았다.

앨리슨은 훗날 그 팔찌가 라일라의 사촌이 차던 것임을 알게 된다. 팔찌가 작아 착용하지 못하게 되자 라일라에게 물려주었던 것이다.

큰 충격을 받은 앨리슨은 자리에서 벌떡 일어났다. 그녀는 승무원이 급히 제지했지만 아랑곳하지 않고 아래층으로 이어지는 계단을 뛰어 내려갔다.

*

"왜…… 왜 네가 죽었다고 말하는 거니, 라일라?"
딸의 대답에 정신이 멍해진 마크가 계속해서 물었다.
"사실이니까."

라일라의 얼굴에 미안해하는 마음이 드러났다.

"그건 불가능한 일이야, 라일라. 넌 지금 여기 있잖아."

라일라가 기분 좋게 어깨를 으쓱해 보였다. 세상사가 그리 단순하지만은 않다고 이야기하는 듯한 표정이었다.

"라일라, 그럼 네가 언제 죽었다는 거야?"

마크는 결국 그렇게 물을 수밖에 없었다.

"자동차에 치인 순간에……."

라일라가 태연하게 말했다.

"자동차?"

"지프."

"그럼 넌…… 유괴당한 게 아니었어?"

"사고였어. 심심해서 쇼핑몰 밖으로 나왔다가 비바람이 몰아치는 바람에 그만 길을 잃었어."

라일라의 말을 도저히 납득할 수 없는 마크의 입에서 예기치 않은 반응이 튀어나왔다.

"그러게 왜 밖으로 나왔어? 아빠가 쇼핑몰에서 혼자 돌아다니면 안된다고 수없이 말했잖아. 그날은 비까지 내려 얼마나 위험했는데……."

"미안해, 아빠. 하지만 어릴 때는 간혹 비를 맞고 돌아다니는 게 재미있게 느껴지잖아."

라일라가 천연덕스러운 목소리로 말했다.

아이의 맑은 눈빛에 마크는 마치 자신의 몸이 타들어가는 것 같았다.

지극히 비현실적인 대화로 보였지만 마크는 아이가 왠지 진실을 말하고 있다는 느낌을 받았다. 다만 아직 그 자신은 진실을 받아들일 마음의 준비가 돼 있지 않았다.

"난 죽었지만 아빠 더 이상 슬퍼하면 안 돼."

라일라가 마크의 손을 살며시 잡으며 말했다.

"네가 죽었다면 아빠가 어떻게 슬퍼하지 않을 수 있겠니?"

마크가 간절하게 말했다.

"내가 죽어야 했던 건 이미 정해진 일이었어. 반드시 그렇게 될 수밖에 없었지."

라일라가 운명론자처럼 말했다.

마크는 이제 시간이 많지 않다는 걸 알 수 있었다. 그 자신의 의지와는 무관하게 결국 통제할 수 없는 상황이 되리라는 걸 직감했다. 그는 라일라를 힘주어 껴안았다. 저승사자의 손에 이끌려가기 전에 딸을 꽉 붙잡고 놓아주지 않겠다는 듯이…….

"때가 되었기 때문에 어쩔 수 없이 벌어진 일이었어."

라일라의 조그마한 목소리가 엔진 소리에 묻혀 들릴락 말락 했다.

"아니야!"

마크가 있는 힘을 다해 소리쳤다.

그의 고함 소리가 비행기 뒤쪽에서 나는 고성과 뒤섞였다. 뒤를 돌아보니 앨리슨이 그를 향해 달려오고 있었다. 아주 가까운 거리까지 뛰어온 그녀가 갑자기 제자리에 우뚝 멈춰 섰다.

"제가 차로 친 아이가……."

그녀가 핏기 하나 없는 목소리로 말을 꺼내고는 손에 쥐고 있던 사진을 힘없이 떨어뜨렸다. 사진이 공중에서 몇 차례 맴을 돌다가 마크의 발치에 툭 떨어졌다.

"……그때는 남자아이라 생각했는데…… 선생님의 딸이었어요."

마크와 앨리슨이 동시에 라일라의 좌석을 쳐다보았다.

아이가 사라지고 없었다.

그뿐만이 아니었다.

승무원들도, 600명의 승객들도, 모두가 증발해버렸다. 거대한 A380기 안은 이제 텅 비어 있었다. 이제 500톤이 넘는 비행기 안에 남은 승객은 딱 세 사람이었다.

마크, 앨리슨 그리고 에비.

31. 예전처럼

네가 파란 알약을 삼키면 얘기는 멈춰버려. 넌 침대에 누운 채 꿈에서 깨고, 네 마음대로 믿는 거야.
네가 빨간 알약을 삼키면 이상한 나라에 남아있게 돼. 그럼 내가 굴이 어디까지 이어지는지 가르쳐줄게.
_영화 〈매트릭스〉 중에서

오늘, 비행기 안

"아니 대체 이게……."

앨리슨은 비명을 지르고 싶었지만 목이 메어 소리가 나오지 않았다.

에비도 극도의 공포에 사로잡혀 눈을 휘둥그레 떴다.

말도 안 돼.

마크는 어리벙벙한 눈으로 텅 빈 좌석을 쳐다보았다. 아무도 없었다.
순식간에 승객과 승무원들까지 몽땅 사라져버린 것이다.

마크는 중간 통로를 걸어 앞으로 갔다. 두 여자가 마크를 뒤따랐다.
좌석 전체가 비어 있었고 옷, 가방, 책, 신문 따위도 보이지 않았다. 앨
리슨이 짐칸을 열어보았지만 하나같이 텅 비어 있었다.

"라일라! 라일라!"

마크가 흐느끼는 소리로 딸의 이름을 불렀다. 하지만 아무리 절박하

게 불러도 라일라는 대답이 없었다.

앨리슨과 에비가 조금이나마 위안을 얻기 위해 서로 쳐다보았다.

이건 사실이 아니야.

에비는 도무지 믿을 수 없는 일이 벌어졌지만 지나치게 현실적으로 느껴지는 악몽 앞에서 두려움을 참지 못하고 울음을 터뜨렸다.

"조종사들! 조종사들은 어떻게 됐지?"

마크가 물었다.

겉으로 봐서 비행기는 여전히 안정적인 비행으로 뉴욕을 향해 계속 강하하고 있었다.

아직 누군가 조종간을 잡고 있는 걸까?

마크는 두 여자를 데리고 2층으로 통하는 계단을 뛰어 올라갔다. 일등석과 비즈니스석 역시 텅 비어 있었다. 마크는 조종실과 연결된 1층과 2층 사이의 서비스 구역으로 들어섰다. 조종실로 이어지는 출입문이 잠겨 있지 않아 마크는 조심스럽게 문을 열었다.

조종실 앞쪽 여덟 개의 조종 스크린에는 조이스틱처럼 생긴 손잡이들이 위쪽을 향해 쭉쭉 뻗어 있었다. 기장과 부기장의 좌석은 역시 비어 있었다.

앨리슨과 에비가 마크를 뒤따라 들어왔다. 세 사람은 극도의 두려움에 휩싸인 채 유리창 가까이 다가섰다. 비행기는 낮은 고도로 날고 있었다. 구름 사이를 빠져나온 비행기는 이제 맨해튼을 향해 접근해갔다. 벌써 날이 저물기 시작했다. 끔찍한 상황이었지만 세 명의 승객은 눈앞에 펼쳐지는 장관을 넋을 잃고 바라보았다. 하늘이 구릿빛으로 물들면서 세계에서 가장 유명한 맨해튼의 스카이라인이 화려한 황갈색 배경을 바탕으로 펼쳐졌다.

눈 아래 보이는 풍경들 속에서 그들을 당혹스럽게 만드는 장면이 있었다. 하늘을 찌를 듯 솟아 있는 세계무역센터 쌍둥이 빌딩이었다. 그러니까 마크가 딸을 잃기 전, 앨리슨이 라일라를 치기 전, 에비가 엄마를 잃기 전의 뉴욕이었다.

시간을 거슬러 올라 과거의 뉴욕을 다시 보게 되는 건 참으로 기이한 일이었다. 보이지 않는 힘에 의해 움직이는 비행기는 이제 속도를 늦춘 채 저공비행을 하고 있었다. 비행기가 마치 글라이더처럼 사뿐하게 쌍둥이 빌딩을 스칠 듯 지나가는 순간 하얀 동체가 은빛 유리창에 비쳤다.

마크와 앨리슨, 에비는 서로 가깝게 모여 있었다. 그들의 팔과 손, 어깨가 서로 맞닿았다. 그들은 두려웠고, 시련을 혼자 겪고 싶지 않았다.

무슨 일이 일어나고 있는 걸까?

세 사람의 두뇌는 지금 보이는 현상에서 납득할 만한 원인을 찾아내려고 애썼다.

꿈인가? 코카인과 알코올 과다 복용으로 인한 환각효과인가?

이 신비한 여행은 깊숙이 숨겨져 있던 그들의 고통을 환기시켰다. 그들을 괴롭히던 악마와 직접 맞닥뜨리게 만들었다. 그들은 비록 머릿속에서이지만 인생의 결정적인 순간들을 다시 한번 경험했다. 세 사람 모두 그동안 살아온 날들을 객관적으로 바라보면서 정리할 수 있는 기회였다. 마치 죽음을 준비하는 사람들처럼 말이다.

죽음이 이번 여행의 종착역인가?

이 비행기는 일종의 연옥인가?

죽을 고비를 넘긴 적이 있는 사람들이 경험한 것과 비슷하게 길고 환한 터널을 지나가고 있는 중인가?

그럴 수도 있지.

비행기가 이스트리버 상공에서 반 회전하더니 맨해튼 남쪽으로 기수를 돌렸다. 이제 비행기는 지상과 수면에서 불과 몇십 미터 떨어진 정말 낮은 고도를 날고 있었다. 텅 빈 도시는 전혀 움직임이 느껴지지 않았다. 대형 여객기는 배터리파크와 뉴욕만을 지나 엘리스섬과 자유의여신상까지 날아갔다.

비행기가 추락하기 직전, 앨리슨이 마크의 팔을 잡으며 속삭였다.

"정말 죄송해요."

마크가 고개를 끄덕였다. 눈물이 그득한 그의 눈에는 증오심보다는 연민의 정이 어려 있었다. 그는 마지막으로 에비를 돌아다보았다. 에비의 두 눈에서 공포감을 읽은 마크는 그녀의 손을 살며시 잡으며 위안의 말을 잊지 않았다.

"두려워하지 마, 에비."

비행기가 격렬하게 수면을 때리며 추락했다. 외마디 비명이 터져 나왔다. 다음은 푸른색, 다음은 검은색 그리고 그다음은? 그리고 그다음은?

32. 진실

행복해지려면 불행을 감수해야 한다. 행복해지고 싶다면, 어떻게든 불행을 피하기 위해 애써서는 안 된다. 그보다는 어떻게, 누구로 인해 불행을 극복할 수 있을지 찾아봐야 한다.

_보리스 시룰니크

오늘, 모차르트 병원, 저녁 7시

마크, 앨리슨, 에비. 병실에 나란히 누워 있는 세 사람의 몸.

누에고치 모양으로 생긴 방음 칸막이 안에 들어 있는 세 사람의 몸.

컴퓨터와 전극으로 연결된 헤드폰을 쓴 세 사람의 머리.

커너와 니콜이 컴퓨터 콘솔 뒤에 선 채 몇 시간째 최면 상태에 빠져 있는 세 사람의 환자가 어서 깨어나기를 기다리고 있었다.

여객기 같은 건 아예 없었고, 추락사고도 없었다.

마크와 에비, 앨리슨이 비행기에서 서로 만나게 된 건 최면을 이용한 집단치료의 일환이었다. 크리스마스 날 밤, 커너는 도움을 구하러 온 세 사람을 치료하기 위해 일종의 역할놀이 시나리오를 구상했다.

커너와 니콜은 마크에게 라일라의 죽음을 알리는 게 그다지 현명하지 않다고 판단했다. 몸이 극도로 쇠약해진 데다 정신적으로 혼란을 겪고 있는 그에게 사실을 밝혔다가는 자살하거나 정신착란을 일으킬 위험이 다분했기 때문이다.

커너는 친구가 받을 충격을 완화하기 위해 최면 프로그램을 활용하기로 결정했다. 에비에게는 복수심을 떨쳐버리게 만들고, 앨리슨에게는 실수로 라일라를 치어 죽인 죄책감을 있는 그대로 받아들이게 할 생각이었다.

니콜이 걱정스러운 눈길로 마크의 얼굴을 바라보았다. 몇 분 전까지만 해도 평온하게 누워 있던 마크가 몸을 꿈틀했다. 곧 최면 트랜스 상태에서 벗어난다는 뜻이었다. 거의 동시에 에비도 머리를 움직였고, 앨리슨도 팔을 쭉 뻗었다.

세 사람이 곧 최면 상태에서 깨어날 조짐을 보이자 커너는 타원형의 아치 모양으로 배열된 컴퓨터 화면을 주시했다. 환자들의 두뇌 활동을 실시간으로 관찰할 수 있게 한 최신 MRI 설비였다. 최면 치료를 할 때면 환자들의 두뇌 활동은 매우 왕성해지는 반면 억제 메커니즘은 느슨해져 심리 영상의 생성이 원활해지고 감정에도 훨씬 예민하게 반응하게 된다.

커너는 컴퓨터 화면을 통해 행동을 관장하는 전두엽의 활동이 활발하게 늘어나는 것을 확인했다. 환자들이 다시 스스로 몸을 컨트롤하기 시작했다는 증거였다.

세 명의 환자들은 점차적으로 혼수상태에서 깨어났다.

"여기로 간호사 좀 보내주세요."

커너가 인터폰 버튼을 누르며 말했다.

즉시 두 명의 간호사가 달려와 환자들이 몇 시간 전부터 맞고 있던 환각용 향정신성 의약품인 DMT가 든 점적 주사액을 뽑아 의식이 깨어나도록 조처했다.

가장 먼저 눈을 뜬 마크가 헤드폰을 벗었다. 그는 자리에서 일어나 걸으려 했지만 비틀거리다가 다시 주저앉았다. 그의 머릿속에서 여러 이미지와 느낌이 한꺼번에 떠오르다가 어느 순간 서로 겹쳐졌다. 라일라를 다시 찾았을 때 느꼈던 감격, 라일라가 살아 있다는 걸 알았을 때 느꼈던 기쁨, 비행기가 이륙할 때 느꼈던 불안감, 화장실에서 본 이상한 그림들과 환각 증세, 몹시 당황스러웠던 알코올 금단증세, 앨리슨과의 만남 그리고 너무나 가슴이 먹먹했던 에비의 고백…….

"기분이 어떤가, 마크?"

커너가 그에게 물었다.

뭐라 대답하고 싶었지만 그는 아직도 정신이 몽롱해 이마를 짚은 채 가만히 앉아 있었다. 수많은 이미지들이 계속 머릿속을 떠다니며 그를 괴롭혔다.

커너와 함께한 어린 시절, 니콜과의 연애 시절, 플로리디타에서 아이스크림을 앞에 두고 환하게 웃던 라일라의 얼굴이 빠른 속도로 지나쳐 갔다. 라일라가 이미 저 위에 가 있다고 말하는 동안 충격 속에서 그 말을 경청하던 그 자신의 위태로운 얼굴도 떠올랐다가 사라졌다.

커너가 다가와 마크의 어깨에 손을 얹었다.

"걱정하지 마, 마크. 모두 잘될 거야."

앨리슨이 간호사의 부축을 받으며 힘겹게 자리에서 일어섰다. 헤드폰을 벗은 그녀는 넘어지지 않기 위해 무릎을 짚었다. 머리가 빙빙 돌고 숨을 쉴 수 없었다. 그녀가 최면 상태에서 벗어나 현실로 돌아오기까지 한참의 시간이 필요했다.

에비도 팔다리와 뒷목을 쭉 뻗었다. 간호사가 주사액을 빼자 갑자기 몸이 무거워지며 순간적으로 강경증이 나타났다. 에비는 눈을 깜빡이며 희미하게 보이는 형체를 제대로 인식하려고 안간힘을 썼다. 그녀는 반사적으로 자신의 팔을 쳐다보았다. 앨리슨의 경우처럼 그녀의 팔에 새겨졌던 문신도 어느새 사라지고 없었다.

콘솔로 돌아온 커너가 암흑 상태나 다름없던 병실의 조도를 서서히 높였다. 이제 그가 입은 가운 호주머니에 새겨진 병원 로고가 모두의 눈에 선명하게 보였다.

Clinique Mozart

커너의 새로운 치료법은 과연 성공을 거둔 것일까?

아직 단정하기에는 일렀다. 그는 이번 치료에 의사로 일하면서 배우고 익힌 능력을 있는 대로 쏟아부었다. 최면요법에 관심을 갖게 된 지 몇 년이 지났다. 그는 알코올중독, 흡연중독, 우울증, 편두통, 불면증, 거식증, 폭식증 따위를 치료하는 데 최면요법을 활용해왔다. 최면요법은 환자의 심리 장애나 심리적 방어 작용을 뛰어넘는 치료법이었다.

최면 트랜스 상태에서 의사와 환자는 삶을 관장하는 데이터가 무수히 저장된 무의식의 세계에 접근할 수 있었다. 최면 트랜스 상태에서는 환자가 무의식의 세계로부터 잃어버린 기억을 떠올려 실제처럼 재현하는 꿈을 꾸게 된다.

커너는 세 사람을 동시에 치료하기 위해 역할놀이 시나리오를 만들었다. 최면 트랜스 상태에서 환자들의 몸은 마치 전원이 빠져버린 것처럼 부자유스럽게 되지만 정신은 가상현실과 연결되어 무의식 속에 잠재된 악마의 실체를 찾아낸다. 세 사람 역시 최면 트랜스 상태에 이르게 되자 그들을 고통의 세계로 내몰았던 두려움의 실체와 직면하게 되었던 것이다.

커너는 여러 시간에 걸친 최면요법을 통해 세 사람을 작별, 수용, 용서의 길로 이끌었다. 최면 트랜스 상태에서는 일반적인 심리 상태에서는 족히 몇 년이 걸릴 수도 있는 심리 변화를 단 몇 시간 만에 이끌어내게 된다.

커너는 환자들이 최면 트랜스 상태로 깊이 빠져들게 하기 위해 자성을 띤 헤드폰을 고안했다. 측두피질을 강한 자기장에 노출시켜 환자의 의식을 희미하게 만들어주는 헤드폰이었다.

DMT와 함께 사용할 경우 헤드폰은 강력한 환각효과와 더불어 유년기 혹은 외상성 충격을 받은 시기들로부터 강렬한 기억을 이끌어내게 되는 것이다.

이제 의식이 완전히 돌아온 마크와 앨리슨, 에비가 머뭇거리며 서로의 얼굴을 쳐다보았다. 커너는 크리스마스 날부터 개별적인 심리 면담을 진행하는 동안 세 사람이 절대로 마주치는 일이 없도록 했다. 사실상 세 사람은 서로의 얼굴을 처음 대면하는 것이었다.

상대에게 말을 건네는 사람은 아무도 없었지만 그들은 이제 끊을 수 없는 인연으로 묶여 있었다. 체력적으로는 숨 고르기도 하지 못하고 몇 시간 동안 내쳐 달린 사람들처럼 기진맥진해 있었다. 하지만 그들의 정신력에는 대단한 변화가 나타났다. 그들의 뇌는 바이러스에 감염된 파일을 삭제하고 디스크 조각모음을 한 다음 포맷한 컴퓨터의 하드디스크에 비견할 수 있었다.

비로소 그들은 오랫동안 짓눌려온 슬픔과 죄의식의 중압감에서 벗어난 것일까?

*

병원을 나온 그들은 배터리파크시티 광장에 다시 모였다. 강을 따라 나 있는 산책로에는 바람이 쌀쌀하게 불었지만 달리기를 하는 사람들,

노점상들, 롤러블레이드를 타는 사람들로 붐볐다. 이미 해는 기울었지만 하늘에는 여전히 빛이 남아 있어 아이들이 공놀이와 원반던지기를 하며 놀고 있는 잔디 색깔이 도드라지게 화사해 보였다.

커너는 멀찍이 떨어져 세 사람을 바라보았다. 그들의 앞날이 어떻게 변화할지 정확하게 예상할 수 없었다. 최면 상태에서 깨어나면 대부분의 환자들이 이전보다 훨씬 자유로워지고 가뿐해지지만 장기적인 효과에 대해서는 장담할 수 없었다. 완치됐다고 생각한 환자들 중에도 간혹 원인을 알 수 없는 이유로 자살한 사람이 있었다. 그와는 반대로 절망적이라고 판단한 환자인데도 도리어 균형 잡힌 생활을 되찾는 경우도 있었다.

앨리슨은 어떻게 될까?

상속녀가 택시 안으로 들어섰다. 그녀가 행선지를 말하며 택시 운전사와 몇 마디 주고받는 모습이 보였다. 마침내 택시가 출발했다. 택시가 차들 사이로 사라지기 직전 그녀는 커너와 짧지만 깊은 눈인사를 주고받았다. 택시 유리창에 손을 대고 바깥을 내다보는 장면이 커너가 기억하는 그녀의 마지막 모습이었다.

니콜이 주차장에 차를 가지러 간 사이 마크와 커너는 말없이 허공을 바라보며 서 있었다.

"정말 얼마나 실제 같았던지……."

마크가 한참 만에 겨우 입을 뗐다.

커너가 공감하는 표정으로 고개를 끄덕였다.

"그때 본 라일라의 모습이 실제였다면, 아직 내 딸이 살아 있다면……."

마크의 목소리가 떨려 나왔다.

"그나마 너에게 가해질 충격을 최대한 줄일 수 있는 방법이 최면요법이었어. 크리스마스 날에는 너에게 라일라가 죽었다는 걸 사실대로 말해줄 수 없었지. 그때 알았더라면 아마도 넌 라일라를 따라 죽으려 했을 테니까."

"아마 그랬겠지. 난 그때 이미 살아갈 힘을 완전히 소진한 상태였으니까."

마크도 순순히 인정했다. 그의 시선이 엘리스섬과 자유의여신상이 있는 바다 쪽을 향했다.

"라일라와 마지막으로 얘기할 수 있게 해줘서 고마워. 내겐 너무나 소중한 경험이었지."

커너가 친구를 포옹했다. 눈물이 그의 스웨터를 적시며 흘러내렸다. 서로 부둥켜안은 채 마크가 한마디 덧붙였다.

"라일라는 행복한 얼굴이었어, 저 위에서……."

'저 위에서…….'

그 말이 묘하게 두 사람의 머릿속에 울림을 남겼다. 두 사람은 잠시 생각에 잠겨 '저 위'라는 말에 어떤 의미를 부여할지 생각했다.

단순히 최면 상태로 치부하면 그만일까? 아니면 저 위 세상이 실제로 존재하는 걸까?

그때 니콜이 차를 운전하고 나타나는 바람에 두 사람은 생각에서 깨어났다. 차의 자동문을 내린 그녀가 두려움이 묻어나는 목소리로 마크를 향해 물었다.

"자, 이제 어디로 갈 거야?"

마크가 한시도 망설이지 않고 조수석에 오르며 대답했다.

"우리 집."

*

이제 햇빛은 거의 자취를 감추었다. 10분만 더 지나게 되면 분홍빛으로 물든 배터리파크의 빌딩들은 갈색과 회색빛으로 물들어갈 것이다.

에비는 겨울 정원의 온실에 둘러쳐진 울타리 옆에 서 있었다. 커너는 그녀가 서 있는 곳을 향해 발걸음을 옮겼다. 그곳은 9.11 테러 당시 많은 손상을 입었지만 이제 비극의 자취는 거의 찾아볼 수 없었다. 그러나 그라운드제로와 근거리에 위치한 그곳은 여전히 너무도 많은 죽음, 바람, 영혼이 떠다니는 듯했다.

강가의 벤치에 책상다리를 하고 앉은 에비는 노스 코브에 정박해 있는 우아한 요트들을 건성으로 바라보았다.

"기분이 어때?"

커너가 벤치 난간에 기대서며 물었다.

"괜찮아요."

에비가 무미건조한 목소리로 대답했다.

담뱃불을 붙여 문 커너는 에비에게서 눈을 떼지 않은 채 연기를 깊숙이 빨아들였다. 그는 에비가 복수를 포기하기를 진심으로 바라고 있었다.

"아마 선생님은 일찍 죽을지도 몰라요."

에비가 한참 만에 입을 열었다.

"뭐 말이야?"

"담배."

커너가 어깨를 으쓱했다.

"사람을 죽게 만드는 게 어디 한두 가지겠어?"

"죽는 게 무섭지 않다는 뜻인가요?"

커너가 담배 연기를 동그랗게 말아 내뿜고 나서 말했다.

"난 사실 사는 게 훨씬 더 무서워."

커너는 다른 사람 앞에서 이다지도 솔직한 자신이 생경하게 느껴졌다. 담배꽁초를 강물로 던진 그는 한 대 더 피우고 싶은 욕구를 간신히 억눌러 참았다.

커너는 몇 주 동안 잠을 제대로 자지 못했다. 매일 밤 악착같은 기질을 발휘해 심리치료법을 구상하느라 밤을 새운 적이 한두 번이 아니었다. 이제야 누적된 피로가 밀려오며 몸이 노곤하고 정신이 몽롱했다. 하지만 그는 아직 임무를 완전히 끝내지 못했다. 에비가 복수를 포기해야만 그의 임무는 확실하게 마무리되는 셈이었다.

이제 방법은 단 한 가지였다. 의대에서는 가르치지 않는 폭력적이고 비상식적인 방법이었다. 하긴 그는 원래 보통 의사들과는 다른 사람이었다. 성공과 함께 주어진 고급 승용차, 2백만 달러짜리 집 따위는 그저 모래성일 뿐이었다. 그는 단 한 번도 뉴욕에서 활동하는 정신과 의사들의 이너서클에 낀 적이 없었다. 그와는 도무지 맞지 않는 세계였다. 시카고 빈민가의 세계, 황폐화된 유년의 세계, 폭력과 공포로 점철된 세계가 바로 그의 세계였다.

커너가 망설임 끝에 에비와 나란히 앉았다. 그는 주머니에서 은색 손잡이가 반짝이는 권총 한 자루를 꺼내 들었다. 20년 전, 마약 딜러들에게서 빼앗은 권총이었다. 명백한 살인 증거물이었지만 그는 끝내 없애지 않았다. 언젠가 반드시 총이 필요할 날이 있으리라는 걸 미리 알았던 예언가처럼…….

에비는 권총을 보고도 전혀 동요하지 않았다. 그녀 역시 비천한 세계 출신이었기 때문이다. 폭력이 난무하는 세계, 희망보다는 절망을 더 자주 대하는 세계…….

"그 사람을 찾았다."

커너가 말했다.

"누구요?"

에비가 그의 눈을 뚫어져라 쳐다보았다.

"크레이그 데이비스, 네 엄마를 죽인 살인자."

두 사람의 얼굴이 이제 닿을 듯 말 듯 가까워졌다. 가볍게 몸서리를 친 에비의 두 눈에서 순간적으로 불꽃이 일었다.

"그는 성 요한 성당 바로 뒤쪽 아담한 아파트에 살고 있다. 일주일 전부터 매일 저녁마다 거기에 가보았어. 그의 아파트 호수도 알고, 출입문 비밀번호, 당직 시간대, 즐겨 쇼핑하는 장소도 알아냈지."

에비는 커너의 말이 진실이라는 걸 본능적으로 알 수 있었다. 하지만 그가 이런 식의 제안을 해올 것이라고는 추호도 상상하지 못했다.

"네가 부탁하면 나는 언제라도 놈을 죽일 수 있어."

커너가 머리로 권총을 가리키며 말했다.

커너의 제안에 에비는 어안이 벙벙했다.

"정말 복수하고 싶다면 오늘 밤 당장 끝낼 수도 있지. 네가 한마디만 하면, 한 시간 후 크레이그 데이비스는 더 이상 이 세상 사람이 아니겠지."

에비는 그가 괜히 해보는 말이 아닌 것 같아 당혹스러웠다.

"이제 칼자루는 네가 쥐었어."

커너는 이제 자신의 운명이 에비의 두 손에 달려있다고 생각하며 자리에서 일어섰다.

일 분쯤 지났을까. 에비가 난간에 기대 서 있는 그에게로 다가왔다. 그녀가 한마디 말도 없이 살짝 커너의 손에서 권총을 빼앗아갔다. 그의 인생에 깊은 상처를 남긴 사건의 마지막 증거물을……

에비가 혐오감과 황홀감이 뒤섞인 눈으로 한참 동안 총을 바라보다가 갑자기 있는 힘을 다해 허드슨강의 차가운 물 속으로 던져버렸다.

이제 햇빛은 완전히 사라졌다. 환하게 불을 밝힌 고층 빌딩들이 부채처럼 펼쳐진 도시를 마주하고 있는 부두에는 서서히 인적이 끊기고 있었다.

커너와 에비는 오랫동안 꼼짝하지 않고 서 있었다. 둘이 함께였지만 둘 다 외로웠다. 찬 바람이 불자 한기를 느낀 에비가 몸을 떨었다.

커너는 병원으로 돌아오는 길에 에비의 어깨에 자신의 외투를 둘러주었다. 두 사람은 평온한 눈길을 주고받았다.

커너는 이제 에비를 구했다고 확신했다. 그리고 그녀가 자신을 구해주었다는 사실도.

에필로그 1

이후의 삶 – 마크, 앨리슨

마크는 커너가 운영하는 병원에 합류하지 않았다.

치료를 받고 두 달이 지나고 나서부터 그는 노숙자 지원 단체에서 의사로 일하기 시작했다. 온종일 도시 구석구석을 돌며 일백여 명의 노숙자들을 돌보는 게 그에게 주어진 일이었다. 그는 그들이 술을 끊고 거리 생활을 청산할 수 있게 도움을 베풀었다. 새 삶을 찾아 떠난 노숙자들이 다시는 거리로 돌아오지 않게 하는 게 그의 임무였다.

마크는 이 새로운 일에 전력을 쏟은 결과 큰 성과를 거두었다. 지옥문 앞까지 갔던 경험은 그를 완전히 새사람으로 태어나게 했다. 야망 있고 확신에 찬 정신과 의사였던 그는 연약하지만 보다 더 인간적인 의사로 거듭났다.

마크는 간혹 길모퉁이, 현관 층계, 놀이터의 시소에 앉아 있는 라일라를 봤다. 비행기에서처럼 여전히 예쁜 얼굴에 차분한 표정이었다. 라일라는 말하지 않았지만 그에게 살짝 손짓을 했고, 그는 미소로 화답했다.

라일라가 어린 시절의 수호천사처럼 어디서나 그를 살펴보고 있다는 생각만으로도 큰 위안거리였다. 커너와 니콜에게는 라일라를 봤다고 이야기하지 않았다. 라일라와의 만남이 머릿속에서만 가능하다는 것을 잘 알기 때문이었다. 상상이 만들어낸 세계라도 상관없었다. 비록 상상의 세계일지라도 그가 다시 현실에 뿌리내리기 위해 만들어낸 균형의 일부였으니까.

그러면 되는 것 아닌가.

9월의 어느 날 아침, 마크는 라디오를 듣다가 앨리슨 해리슨이 아마존 밀림 속에서 헬리콥터 사고를 당했다는 뉴스를 전해 들었다. 앨리슨은 몇 달 전부터 아버지로부터 물려받은 재단들 가운데 하나를 맡아 열대 밀림 파괴를 막기 위한 환경운동에 참여하고 있었다.

여러 주가 흐른 뒤에야 헬리콥터의 잔해를 찾았지만 브라질 출신 조종사와 앨리슨의 시신은 끝내 발견되지 않았다.

11월, 마크는 라사에서 온 우편엽서를 한 장 받았다. 엽서의 그림은 티베트 사원 입구에 있는 법의 바퀴 조각(彫刻)이었다.

발신자의 이름은 없었지만 앨리슨이 보낸 엽서라는 걸 금세 알 수 있었다.

카드에는 이런 사연이 적혀 있었다.

종종 선생님을 생각합니다.

이제야 선생님 생각이 옳았다는 걸 깨달아요. 선생님은 예전에 저에게 삶이란 지금까지 살아온 대로 계속 살아갈 수도 있지만 전혀 다른 모습으로 새롭게 살아갈 수도 있다고 했었죠.

저는 지금부터 그 희망을 부여잡고 살아갈 생각입니다.

우선은 선생님께 무슨 소식이든 전해드려야 할 것 같아 이렇게 엽서를 띄웁니다. 아버지가 사용하던 노트들 중 한 권에서 메모를 발견했어요. 아버지가 언젠가 선생님께 전해드리기 위해 메모를 남긴 것이라 믿고 싶어요.

사연 뒤에는 위도, 경도, 고도라는 세 단어가 적혀 있었고, 그 뒤에는 숫자가 나열되어 있었다. 마크는 처음에는 언뜻 이해하기 어려웠지만 결국 그 숫자들이 뜻하는 게 무엇인지 알 수 있었다. 라일라가 묻혀 있는 곳의 GPS 데이터.

12월의 어느 토요일, 마크와 니콜은 산악지대와 자갈투성이 평지가 끝도 없이 이어지는 모하비 사막을 달리고 있었다. 해도 없는 이른 오후에 그들은 네바다주 경계에서 그리 멀지 않은 황량한 벌판에 도착했다. 그들은 GPS 수신기가 안내하는 대로 큰 도로를 벗어나 먼지가 뽀얀 자갈들과 삐죽삐죽하게 침식된 바위들로 뒤덮인 지역으로 들어갔다. 메마른 땅 한가운데서 그들은 죠수아 나무에 가려 잘 보이지 않는 후미진 장소를 발견했다. 바로 그곳이 라일라가 묻힌 장소라는 걸 한눈에 알 수 있었다. 차에서 내린 그들은 손을 잡고 그곳으로 걸어갔다.

라일라가 죽은 지 6년 만에야 그들은 겨우 작별 인사를 나누었다.

그 후, 삶은 또 다른 모습으로 그들을 찾아왔다.

어느 날, 마크는 자신도 모르게 활짝 웃기 시작했고, 다시 미래의 계획을 이야기하기 시작했다.

시간이 지나면서 꿈속에서 라일라를 만나는 일도 뜸해졌다. 더 이상 라일라를 생각하지 않아서가 아니라 다른 방식으로 생각하기 때문이었다.

이제 그는 라일라를 떠올려도 괴롭지 않았다.

어느 날 저녁, 그는 니콜이 전하는 임신 소식을 한없는 기쁨으로 맞이했다. 그들은 사내아이를 낳았고, 3년 후 사내아이를 하나 더 낳았다.

다시 세월은 흘러갔다.

7월의 어느 늦은 오후, 이 이야기가 시작되고 나서 10년 후, 히드로 공항에서 묘한 만남이 이루어졌다.

그해 여름 마크와 니콜은 여덟 살짜리 테오, 다섯 살짜리 샘을 데리고 휴가를 떠났다. 아이들에게 구대륙을 보여줄 계획이었다. 그들 가족은 아테네, 플로렌스, 파리, 런던을 거쳐 리스본으로 가기 위해 공항에서 기다리는 중이었다.

"자, 이리 와, 샘."

마크는 둘째 아들을 어깨 위에 올리고, 니콜은 테오의 손을 잡았다. 네 가족은 탑승구로 향하는 에스컬레이터를 탔다.

반대쪽에서 다른 가족이 에스컬레이터를 타고 내려오고 있었다. 남미 출신으로 보이는 남자가 옆에 선 아내와 구릿빛 피부의 작고 귀여운 딸을 그윽한 눈길로 쳐다보고 있었다.

그들이 가까이 다다랐을 때, 마크는 순간적으로 내려가는 여자와 눈이 마주쳤다. 그의 기억이 옳다면 여자는 앨리슨 해리슨이 틀림없었다. 외모는 완전히 다른 사람처럼 보였다. 불면 날아갈 것 같던 몸매, 세련된 옷차림, 모난 성격의 금발 미인은 이제 살집이 붙은 원숙미 넘치는 갈색 머리 여인으로 변모해 있었다. 하지만 눈빛만은 예전 그대로였다.

마크는 간혹 앨리슨에 대해 궁금한 적이 많았다. 그녀의 사망 보도가 나간 지 몇 달 후, 그는 신문에서 리처드 해리슨의 미망인이 〈그린크로스〉 그룹의 경영권을 승계했다는 기사를 읽었다.

앨리슨 해리슨과 관련된 소식은 그게 전부였다.

그 기사를 마지막으로 수년 동안 전 세계 타블로이드판 신문의 헤드라인을 장식했던 앨리슨은 언론에 작별을 고했다.

앨리슨을 떠올려도 마크는 전혀 괴롭지 않았다. 도리어 그녀가 마음의 평화를 얻을 수 있기를 바랐다.

에스컬레이터에서 앨리슨과 마주쳤을 때, 마크는 한눈에 알 수 있었다. 전혀 다른 사람으로 다시 태어난 그녀가 위장 죽음을 도운 헬리콥터 조종사와 함께 새로운 인생을 살고 있으며, 비로소 행복을 찾았다는 것을……

앨리슨 역시 그를 알아본 듯했다. 두 사람은 긴 눈인사만 나누고 헤어졌지만 서로의 눈빛에서 상대의 감정을 고스란히 읽을 수 있었다.

에필로그 2

그들의 이야기 – 에비, 커너, 시카고

병원에서 급히 뛰어나온 에비가 20분 전부터 대기하고 있던 택시에 올랐다. 그녀는 매그니피센트 마일에 위치한 레스토랑 주소를 기사에게 건네준 다음 근무 시간에 입는 흰 가운을 벗고 평상복으로 갈아입었다.

커너와 만난 지 10년이라는 세월이 흘렀다. 감수성이 예민했던 열다섯 살 소녀는 이제 스물다섯의 아름다운 숙녀로 성장해 있었다.

에비는 두 달 전, 우수한 성적으로 의대 졸업장을 땄다. 그녀는 이번 주부터 시카고 장로교 병원의 중환자 병동에서 레지던트 일 년 차로 근무를 시작했다. 아주 오래전, 커너가 심한 화상을 입고 치료를 받은 바로 그 병원이었다. 우연의 일치 같아 보이지만 실상은 그렇지 않았다.

에비는 그 병원에서 일자리를 얻어내기 위해 최선을 다했다. 그녀는 커너가 나고 자란 시카고에 오고 싶었다. 그의 발자취를 느끼고, 그가 보았던 것을 보고, 그가 겪은 고통을 생각하며, 그와 완벽한 일체감을 이루고 싶었다.

에비는 졸업을 기념해 커너를 레스토랑에 초대했다. 지난 10년 동안 완벽하게 뒷바라지해준 것에 대한 감사의 마음을 전하기 위해서였다. 그는 늘 그녀 곁에 있어 주었고, 학비 문제를 해결해주었고, 마크 부부와 함께 오갈 데 없는 자신을 가족이라는 울타리 안으로 받아들여주었다.

에비는 오늘 그를 만나면 오래도록 가슴속에 숨겨온 결심을 털어놓을 계획이었다.

에비는 이틀 전, 신규직원을 위한 병원 안내 프로그램에서 지난날 중환자 병동을 이끌었던 로리나 맥코믹 원장을 만났다. 얼굴은 처음 대면하지만 이름은 자주 들어서 마치 전부터 알고 지낸 사이 같았다. 그녀는 지난날 로리나 원장이 얼마나 헌신적으로 커너를 돌봐주었는지 잘 알고 있었다.

"내가 아직 이 세상에 살아 있는 건 로리나 덕분인지도 몰라."

커너가 드물게 속내를 드러내 보이며 한 말이었다.

에비는 사실 전부터 그녀를 만나보고 싶었다.

분명 처음 보는 데도 로리나 원장은 그녀를 거북스러울 만큼 뚫어지게 쳐다보았다. 에비는 그녀가 왜 쳐다보는지 영문을 알 수 없었다.

다음 날, 에비는 로리나에게 이메일 한 통을 받았다. 앞뒤 설명도 없이 어떤 환자의 진료기록 번호만 달랑 적힌 이메일이었다. 그녀는 로리나 원장의 의도가 무엇인지 알 수 없어 당혹스러웠다. 진료기록을 찾아보면 곧 의도를 알게 될 거라 생각한 그녀는 곧 컴퓨터에 환자 번호를 입력했다. 그러나 그 진료기록은 너무 오래되어 전산 조회가 불가능했다.

에비는 당직 근무를 마친 한밤중에 지하 3층으로 밀려난 자료 보관실을 찾았다. 그녀는 산더미처럼 쌓인 서류 박스들 때문에 당장이라도 무너져 내릴 것 같은 선반 사이의 좁은 통로를 오가며 몇 시간을 찾아헤맨 끝에 결국 문제의 서류를 손에 넣게 되었다.

커너의 진료기록이었다.

에비는 떨리는 손으로 서류철을 열었다. X선 사진들과 수술 보고서들 사이에 커너가 입원해 있는 동안 그린 수십 장의 그림이 들어 있었다. 그녀는 눈물을 글썽이며 그림을 한 장 한 장 넘겼다. 연필로 여자의 얼굴을 스케치하고 나서 크레파스로 연하게 색칠한 그림이었다.

그런데 놀랍게도 그 얼굴의 주인공은 바로 에비, 그녀 자신이었다. 그녀는 그 그림을 운명의 신호로 받아들였다. 이제는 그녀가 용기를 내 커너에게 사랑을 고백할 차례였다.

최면 치료를 성공리에 끝낸 커너는 어린 시절의 기억을 떠올리게 만드는 에비에게 강한 책임감을 느꼈다. 마크도 치료 중간에 '이 아이는 우리와 같은 부류야'라고 인정했을 만큼 그들은 어린 시절 끔찍한 시련을 겪으며 살아온 사람들이기에 서로에 대한 애정과 관심이 각별했다.

에비는 지난 몇 년 동안 커너만 바라보며 살았다. 그의 도움을 받아들이기로 결정하는 순간 그녀는 자신의 운명을 그에게 맡겼다.

에비는 종종 라스베이거스 시절에 일기장 맨 마지막에 적어놓은 소원 목록을 떠올리곤 했다. 별로 이루어진 건 없었다. 엄마와 함께 휴가를 떠나지도 못했고, 엄마는 간이식수술도 받지 못한 채 세상을 떠났다. 하지만 엄마 때문에 뉴욕에 온 그녀는 자신을 깊이 이해해주는 사람을 만났고, 직업적으로 성공을 이루었다.

그녀가 일기장에 적어놓은 마지막 소원은 '언젠가 사랑하는 누군가를 만나기를'이었다. 이제 그 소원에 대해 그녀가 바라는 건 딱 한 가지였다. 그 사람이 바로 커너였으면……

먼저 레스토랑에 도착한 사람은 뉴욕에서 날아온 커너였다. 공항에서 렌트한 BMW 쿠페를 주차요원에게 맡긴 그는 승강기를 타고 시카고 강이 내려다보이는 전망 테라스까지 올라갔다. 그는 직원의 안내를 받아 햇살이 가득 내려앉는 테이블에 자리 잡고 앉아 창 너머로 펼쳐진 빌딩 숲을 바라보았다.

30년 전, 비극적인 사건과 함께 시카고를 떠난 이후 한 번도 고향을 방문한 적이 없었다. 그때는 도망치듯 떠났지만 그토록 바랐던 성공을 이루고 금의환향한 셈이었다.

지난 10년의 세월은 꿈만 같았다. 그가 새롭게 개발한 최면 치료법은 의학계에서 공식적으로 인정받게 되었고, 의대에서도 가르치는 과목이 되었다. 그는 새로운 최면 치료법으로 수백 명의 환자를 치료했고, 2년 연속 전미 최고 의사에 선정되는 영예를 안았다.

사생활에도 변화가 있었다. 그는 마크를 매일이다시피 만나고 있었다. 그는 테오와 샘의 대부이기도 했다. 비록 함께 일하지 않아도 둘은 여전히 둘도 없는 친구 사이였다. 마크는 그가 2년 가까이 가슴앓이를 해온 문제를 털어놓을 수 있는 유일한 사람이었다.

에비는 운동화를 벗고 샌들로 맵시를 냈다. 곧이어 파우더로 얼굴을 톡톡 두드리고, 아이라인을 그리고 나니 변신 작전이 훌륭하게 마무리되었다. 그녀는 커너가 그린 그림 속 여자처럼 예뻐지고 싶었다.

커너가 어떤 반응을 보일지 알 수 없었지만 이제 더는 미뤄서는 안 되는 일이었다. 꼭꼭 숨겨온 사랑은 수시로 그녀를 숨 막히게 했고, 가슴이 새카맣게 타들어가게 했다.

에비는 자신의 인생에서 일어난 좋은 일은 모두 커너 덕분이라고 생각했다. 가끔 그녀는 커너의 가방을 훔치려 했던 크리스마스 날 밤을 생각했다.

그날 그와의 운명적인 만남이 없었다면 과연 지금 어떤 모습을 하고 있을까?

감옥에 있을까? 죽었을까? 하급 모텔 종업원?

때로 인생의 성공과 실패는 대단치 않은 변화에 의해 좌우된다. 한 번의 만남, 한 번의 결정, 한 번의 기회, 한 가닥의 가느다란 선······.

지난 몇 년 동안 에비는 그에게 칭찬을 듣고, 좋은 인상을 심어주기 위해 부단히 노력했다. 그를 빼놓고는 아무것도 꿈꿀 수 없었다. 그는 그녀의 잃어버린 반쪽이었다. 그는 그녀의 모든 걸 알았고, 그녀도 그의 모든 걸 알았다. 그녀는 그의 약점과 결점 그리고 그가 두려워하는 게 무엇인지 잘 알고 있었다. 이제 그와 함께하지 않는 미래는 상상조차 할 수 없었다. 언젠가 낳게 될 아이의 아빠 자리에 그가 아닌 다른 사람을 앉힌다는 건 꿈에도 생각해본 적이 없었다.

커너는 손목시계를 쳐다보고는 미네랄 워터를 한 모금 마셨다.

왜 에비의 초대에 응했을까? 왜 이런 고통을 자초했을까?

오랫동안 에비와 손발이 척척 맞는 관계였다. 최근 그는 해외 학회 참석 횟수를 늘렸다. 그녀와의 전화 통화를 자연스레 회피하며 거리를 유지하기 위한 방편이었다.

왜 그랬을까?

커너는 그녀를 오래전부터 사랑해왔다. 그는 그녀의 모든 게 좋았다. 그녀의 목소리, 그녀의 몸짓 그리고 그녀의 피부까지. 이제는 더 이상 그의 사랑을 단순한 애정으로 위장하는 게 불가능했다.

그녀는 그에 대해 모든 걸 알고 있었다. 그녀와 함께할 때면 가슴 깊숙이 숨겨온 감정들이 다시 살아나는 느낌이었다. 그녀는 그에게 내일에 대한 희망, 세상을 향해 열린 마음, 미래에 대한 믿음을 되찾아주었다.

커너는 신경정신과 전공이기에 사랑의 감정이 호르몬과 신경전달물질의 작용에 의한 생물학적 차원의 문제라는 걸 누구보다 잘 알고 있었다. 이제 그는 사랑의 구속으로부터 벗어나야 한다고 생각했다.

사랑을 고백하고 에비의 마음을 얻게 될 수도 있지만 그녀를 완전히 잃게 될지도 모른다고 생각하면 차라리 포기하는 편이 옳을 것이라 생각했다. 그는 이제 마흔다섯 살이었다. 커리어는 절정기에 이르렀고, 여자들 사이에서 인기도 하늘을 찌를 만큼 높았다. 아직은 충분히 매력적이지만 앞으로 10년, 15년, 20년 후에는 어떻게 될지 장담할 수 없는 나이였다. 그는 젊고 아름다운 에비의 짝이라면 나이가 좀 더 어려야 한다고 생각했다.

커너는 머릿속을 떠도는 잡다한 생각을 떨쳐버리지 못하고 자리에서 벌떡 일어섰다.

내가 지금 무슨 짓을 하는 거지? 관광객들이 드나드는 이 근사한 식당에서 결코 사랑해서는 안 되는 여자를 기다리고 있다니?

커너는 테이블 위에 지폐 한 장을 남기고는 출구로 나와 승강기 버튼을 눌렀다.

택시가 에비를 레스토랑 앞에 내려놓았다. 그녀는 홀을 지나 테라스로 가기 위해 승강기 버튼을 눌렀다.

그들도 모르는 사이 승강기 두 대가 서로 엇갈리며 지나쳤다.

두 사람의 사랑이 맺어지지 못하는 조건은 무엇일까? 찰나의 시간,

망설임, 한 번의 기회, 한 가닥의 선······.

머리가 복잡해진 커너는 주차해놓은 차에 올랐다. 공항으로 차를 몰아가던 그는 막 고속도로에 오르려는 순간 위험천만한 유턴을 해 어린 시절 살던 그린우드를 향해 차를 몰았다.

30년이 지났지만 그린우드는 외관상 그다지 달라진 게 없었다. 사우스사이드 일부 지역에 불어닥친 재개발 바람도 그린우드의 남루한 건물들은 비켜가버린 듯했다.

커너는 차를 주차장 한가운데에 세웠다. 예전 같았으면 이런 고급 차종은 눈 깜짝할 사이에 도난당하거나 불태워질 게 분명했다.

오늘은 과연 얼마나 오래 버틸 수 있을까?

떼 지어 몰려다니는 불량배들이 차를 쳐다보며 야유를 던지는 것만 봐도 예전과 별 차이는 없는 듯했다.

커너는 조금도 주눅 들지 않고 놈들 앞을 태연스럽게 걸어갔다. 그의 발밑으로 공 하나가 떼굴떼굴 굴러왔다. 몸을 숙여 공을 집어든 그는 어린 시절 마크와 함께 운동화 바닥이 닳도록 뛰어다녔던 바로 그 공터에서 농구 연습에 열중인 두 소년을 향해 힘껏 내던졌다.

커너는 약간의 불안감을 느끼며 예전에 살던 건물 로비로 들어섰다. 우편함을 확인해본 결과 몇몇 친숙한 이름이 눈에 띄었지만 그가 마지막으로 살았던 위탁가정의 이름은 찾을 수 없었다.

계단 통로에서 한 소년이 조용히 숙제를 하고 있었다.

이런 녀석은 언제나 있지.

커너가 소년을 향해 살짝 고갯짓을 했다.

커너는 이제 쓰레기 컨테이너로 내려가는 계단으로 들어섰다. 그는 불안한 걸음걸이로 콘크리트 난간을 붙잡고 천천히 발걸음을 옮겼다.

무엇 때문에 이런 짓을 하는 거지? 이 춥고 음산한 곳에서 뭘 찾고 있는 거야?

"헤이, 겁쟁이. 우리가 쓰레기를 어떻게 처리하는지 아나?"

소스라치게 놀란 그는 뒤를 돌아보았지만 아무도 보이지 않았다. 환청이었다. 비극적인 사건 이후 30년이라는 긴 세월이 흘러갔지만 그는 그날 밤 악몽으로부터 한시도 자유롭지 못했다.

쓰레기장 입구에서 스위치를 눌렀지만 불이 켜지지 않았다. 여전히 깨진 전구를 갈지 않은 듯했다. 그는 안으로 들어가지 못하고 밖에서 머뭇거렸다.

대체 나는 여기서 뭘 증명해 보이려는 걸까? 이제는 두렵지 않다고? 이제는 날 괴롭히는 악마와 맞닥뜨릴 수 있다고?

그는 두려움에 떨면서도 쓰레기장 안으로 들어가 철문을 닫았다.

"불을 질러 몽땅 태워버리지!"

그의 머릿속에서 다시 외치는 소리가 들려왔다.

암흑 속에서 그는 혼자였다. 온몸이 떨리고, 식은땀이 등줄기를 타고 흘러내렸다. 또다시 어디선가 무슨 소리가 들려왔다.

캄캄한 어둠 한가운데에서 열다섯 살 아이의 실루엣이 보였다. 심장이 빠르게 곤두박질쳤지만 그는 아이를 향해 몇 발자국 다가섰다. 마치 어릴 적 그 자신처럼 창백하고, 깡마르고, 허름한 옷을 걸쳐 입은 아이였다. 어쩌면 아이는 그날 이후 이곳에 남아 있었던 자신의 환영인지도 몰랐다.

아이는 너무나 오랫동안 그의 방문을 기다려왔다는 듯 얼굴을 빤히 쳐다보았다. 갑자기 오래도록 그를 괴롭혔던 두려움이 되살아났다. 시시때때로 나타나 그의 인생을 암흑 속으로 몰아넣곤 하는 바로 그 두려움이었다.

"이젠 두려워하지 않아도 돼."

아이가 조용히 속삭였다.

커너가 쓸쓸하게 대답했다.

"내가 두려워하는 건 널 위해서야."

아이가 그를 차분하게 바라보았다.

"이제 난, 괜찮아."

커너는 어린 소년의 어깨 위에 손을 올려놓고 두 눈을 감았다. 그런 다음 두려움이 서서히 물러나기를 기다렸다.

커너는 쓰레기장 밖으로 나오다가 자동차 옆에서 기다리고 있는 에비를 발견했다. 비로소 두 사람의 재회가 이루어졌다.

에비는 결국 이곳에서 모든 일이 마무리될 거라 확신했다. 어느 누구도 결코 완전히 떠나올 수 없는 고향의 문턱에서……

에비가 자신감 넘치는 걸음걸이로 커너를 향해 걸어갔다.

앞으로는 모든 게 잘될 것이다.

서로 사랑할 때는 결코 밤이 찾아오지 않는 법이니까.

〈끝〉

10장에서 화장실 벽에 나타난 두 개의 문구 중 '하나도 두려워할 게 없다. 다 이해하게 될 것이다'는 마리 퀴리를 인용한 것이고, 또 하나 '인간은 파괴할 수는 있어도 무릎을 꿇릴 수는 없다'는 어니스트 헤밍웨이를 인용한 것이다
29장에 나온 '죽은 타워들의 그림자 속에서'라는 표현은 9.11 사건 이후 아트 슈피겔만이 발표한 만화책의 제목이다

독자 여러분들께 소곤소곤 드리는 말씀

사랑하는 독자 여러분, 《사랑하기 때문에》를 탈고하는 것으로 네 권의 소설을 내게 되었습니다. 새 소설이 나올 때마다 여러분은 저를 믿고 주인공들과 그들을 둘러싼 이야기에 늘 귀를 기울여주셨지요. 저로서는 정말 과분한 영광입니다.

많은 분들이 저에게 편지를 보내 제 이야기가 바로 여러분 자신의 이야기가 되어버렸다고 하시면서 많은 애정을 표해주셨습니다. 여러분이 보내주신 한 통 한 통의 편지와 이메일들은 빠짐없이 읽어보았습니다.

사인회 현장에서 더러는 제가 여러분 곁을 스쳐 지나간 적도 있을 겁니다. 짧지만 가슴에 와닿는 몇 마디 말, 순식간에 오간 따스한 말 한마디…….

독자 여러분들을 뵙고 나면 늘 정작 중요한 말을 하지 못했다는 느낌이 듭니다.

늘 감사드린다는 말씀 말입니다.

제 소설들에 생명력을 불어넣어 주셔서 감사합니다.

제 소설들이 존재하고, 알려지게 해주시고, 기꺼이 변호해주셔서 감사합니다.

여러분들께서 제 소설을 읽어주시는 바로 그 순간 비로소 제 글들은 의미를 가지게 되니까 말입니다.

여러분은 물론 다 알고 계셨겠지요?

그럼 또 찾아뵙겠습니다.

기욤 뮈소

옮긴이의 말

지금까지의 독서 경험에서 보면 소설은 대개 두 부류로 나누어지지 않나 싶다. 하나는 독자가 외부인의 관점을 유지하면서 비교적 객관적이고 덤덤하게 스토리 라인을 따라가는 소설들이고, 다른 하나는 활발한 감정이입을 통해 독자가 등장인물들과의 긴밀한 일체감을 느끼게 되는 소설들이다. 두 번째 부류의 소설들은 보통 마지막 책장을 덮기까지 책을 손에서 놓기가 쉽지 않다. 이미 독자 자신의 얘기가 되어버린 허구의 세계가 현실보다 더 생생하고 현실감 있게 다가오기 때문이다.

기욤 뮈소의 작품들은 두 번째 부류에 속한다. 작가는 매 작품마다 특유의 긴장감 넘치는 간결하고 빠른 문체로 독자들의 시선을 마지막 페이지까지 붙들어두는 탁월한 재능을 발휘하고 있다. 《르 파리지앵》의 서평대로 그는 "어떠한 수식도 없이 본능적으로 서스펜스를 빚어내는 사람"이다. 서스펜스의 효과를 극대화시키기 위해 기욤 뮈소는 영화의 스토리 전개 방식을 차용하고 있다. 마치 영화의 한 컷 한 컷을 연상시키는 문장들은 어느 것 하나 늘어지고 처지는 느낌이 없이 팽팽한 긴장감을 유지한 채 결말에 이른다. 이미 《구해줘》와 《당신, 거기 있어줄래요?》에서 입증된 바 있는 뮈소적 문체의 흡입력은 이번 작품에서도 유감없이 발휘되고 있다.

이번 작품의 배경 역시 뉴욕이다. 프랑스의 신세대 작가 뮈소에게 뉴욕이라는 공간은 과거의 아픈 기억을 간직한 채 모여든 주인공들이 미래에 대한 새로운 희망을 품게 되는 곳이다. 5년 전 어린 딸이 실종된 후 삶의 좌표를 잃고 노숙자로 전락한 전직 정신과 의사 마크. 딸을 잃고 남편마저 사라진 후 상실감에 시달리는 마크의 아내이자 바이올리니스트인 니콜. 마크와 절친한 친구 사이로 과거의 망령을 떨쳐버리지 못한 채 살아가는 유능한 정신과 의사 커너. 엄마를 죽인 살인자를 찾아 복수의 일념으로 뉴욕에 도착한 가난한 소녀 에비. 돌이킬 수 없는 잘못으로 인해 가슴에 깊은 응어리를 간직한 채 방황하는 재벌 상속녀 앨리슨. 이 다섯 주인공들에게 과거의 상처는 현재 느끼는 고통의 원천일 뿐만 아니라 차마 미래를 바라보지 못하게 가로막는 족쇄이다. 이들이 미래에 대해 느끼는 두려움과 불안감은 막연한 존재론적 불안이라기보다는 경험적 불안이다. 그렇기 때문에 이들을 바라보는 독자들의 시선은 더욱 애틋할 수밖에 없다. 이번 작품은 전작들에 비해 보다 극적인 반전의 묘미를 느낄 수 있는 결말이 기다리고 있다. 아슬아슬한 긴장감이 한순간에 풀어지는 기분을 독자 여러분도 맛볼 수 있을 것이다.

가슴에 와서 꽂히는 인용문들을 되새겨 읽는 것도 기욤 뮈소 소설의 또 다른 재미다. 간결하지만 삶의 의미를 꿰뚫는 듯한 문장들을 접하다 보면 왠지 진실에 조금 더 가까워진 듯한 느낌이 든다. "미래는 과거가 우리에게 주는 선물이다."

전미연

Parce que je t'aime